KB057674

고독한 대화

고독한 대화

제로(0), 무한(∞), 그리고 두사람

함기석 시산문

ㄴㄴ> <ㄷㄴ

차례

3부

제로(Zero) 속의 무한(無限),
_ 무한 속의 제로

4부

언어는
_ 감각의 육체다

5부

파괴된
_ 진공(眞空)

6부

글쓰기의
_ 공포

7부

무상(無相)의 시,
무주(無住)의 시인

8부

관점의 차이,
균열과 붕괴에서
시작되는 미(美)

9부

추상 세계를 응시하는 두 개의 눈·
_ 해석학자의 눈과 위상수학자의 눈

10부

한계,
반복,
_ 행위

11부

윔홀(Wormhole)
_ 텍스트 시론

12부

특이점
_ X

13부
말에 관한
_ 몇 가지 단상

14부
광기의
_ 디아스포라

15부
상상하는 눈

16부
성(性)과 죽음, 위반의 상상력

17부

떠도는 섬,
_ 불안한 초상들

18부

고독한 사물들의
_ 세계

19부

가배시광(珈琲時光)에서의
_ 고독한 대화

20부

벽에 오줌 누는 사람들,
_ 우리는 진짜인가?

1부

명 조간의 침묵

―

001

코스모스 육체

죽음은 흰 뼈고 삶은 그것을 둘러싼 검은 근육이다. 그 틈과 여백으로 시간이라는 핏물이 흐른다. 인간의 육체는 이 비극적 명제로부터 수렴과 발산 운동을 반복하며 소멸을 향해 나아간다. 자궁에서 무덤까지, 나의 육체는 기억과 망각의 포로다. 나의 발에 쇠사슬을 채워 열대의 사막 한복판으로 끌고 가는 한 쌍의 늑대 부부가 있다. 사물과 언어. 거기서 나는 조각조각 찢겨 모래로 돌아간다. 산 자의 울음과 죽은 자의 웃음으로 뒤덮인 공중의 사막이 있다. 그것은 낮에 내 머리 위에서 흰 기저귀처럼 펄럭이고 밤엔 내 발밑에서 검은 수의처럼 침묵한다. 어떤 이는 그것을 코스모스 Cosmos라 부르고 어떤 이는 떠도는 허공虛空이라 부르고 나는 시詩라고 부른다. 그러나 내가 만지는 순간 그것들은 모두 흔적 없이 부서져 흩날린다.

나는 착륙이 불가능한 공항이다

활주로 여기저기 은어들이 파닥거린다. 체온 37.5도라는 이름의 활주로, 도대체 저 은어들은 어느 하늘에서 쏟아진 걸까. 저 반짝거리며 죽어가는 물고기 별들은 어느 우주에서 살다 추방된 낱말들일까. 왜 나를 찾아온 걸까. 왜 내 살에 깃들어 울고 있는 걸까. 내 육체에 잘못 불시착한 저들의 비극적 운명을 보며 나는 울음을 멈출 수 없다. 이제 나는 저들을 어떻게 되살려 태초의 우주인 당신에게로 돌려보낼 것인가. 나에게 시는 늘 가혹한 만남이고 참담한 이별이다. 근원을 알 수 없는 곳에서 불어오는 회오리바람이고, 내 육체 속의 시간과 공간을 진흙처럼 뭉개버리는 짐승의 발이고 아린 사랑이다. 사랑은 내 몸과 마음이 내 의지와 상관없이 누군가의 몸과 마음에 불시착하는 돌발 사태다. 아름답지만 슬프고 고통스러운 꿈, 사랑은 눈을 뜬 채 꾸는 아픈 꿈이다. 저 은어들 또한 불면 속에서 나를 찾아온 누군가의 절박한 마음일지 모른다. 어떻게 저들을 되살려 당신에게로 돌려보낼 것인가.

연인과 포로

말과 그림자가 온다. 어제는 연인처럼 팔짱을 끼고 오더니 오늘은 말이 그림자를 전쟁 포로처럼 끌고 온다. 내 눈엔 분명하다. 그러나 분명하다는 말의 분명함은 인간의 오만한 시각에서 도출된 단정이다. 단정은 부정을 싹트게 하는 독버섯이다. 단정은 반역을 모반하는 칼이다. 우리는 앞으로 걸을 때 뒤로 걷고 있고 움직일 때 정지해 있다. 우리는 살아 있지만 조금씩 살해되고 있다. 상대론의 시각으로 다시 보니 그림자가 말을 사랑의 포로처럼 수갑을 채워 이끌고 온다. 그림자는 흔적이 아니라 사물과 우리 몸속의 죽음이 검은 피가 되어 잠시 밖으로 흘러나오는 것. 이렇게 사고와 인식의 상대적 모순 사태들이 수시로 벌어지는 공간이 시이고 현실이다. 시 텍스트는 현실에서 이탈한 욕망의 표출 장소가 아니라 현실 자체다. 모든 장소는 각각의 연이고 사물들은 벌거벗은 낱말이다. 현실 텍스트와 시 텍스트는 기형의 팔다리와 머리의 관계처럼 분리 불가능한 하나의 참혹한 신체기관이다.

004
말과 사물

말은 주어고 사물을 목적어로 선택해 사랑을 시작한다. 침대에서 그들은 알몸으로 껴안고 뒹굴고 키스하고 애무한다. 깔깔거리며 장난친다. 그 과정에서 사물이 주어가 되고 말이 목적어가 되어 사랑의 관계를 역전시키기도 한다. 말과 사물은 이런 반反역할극을 통해 상대의 감정과 상처를 이해하고 시인을 객관화한다. 이 교감 과정에서 말과 사물은 속닥속닥 농담을 나누며 밀어를 나누며 인간처럼 죽음을 예습한다. 섹스를 하면서 인간처럼 오르가슴을 체험한다. 그러나 말과 사물은 인간처럼 사랑을 통해 사랑을 황폐화시킨다. 인간처럼 끌림으로 시작해서 버림 또는 버려짐으로 끝난다. 말과 사물의 관계는 인간세계의 남녀 관계와 매우 흡사하다. 말과 사물은 육체의 합일을 통해 생명의 시를 잉태하기도 하지만 서로가 서로에게 가학적 폭력의 주체가 되기도 한다. 말과 사물의 영원한 합일은 시인의 궁극적 욕망이지만 이 불가능한 욕망이 시인을 소외시키고 더 깊은 절망의 벼랑으로 이끈다. 시인은 말과 사물 사이의 불륜관계, 애증관계를 함부로 판단하고 확정할 수 없다.

세계는 사실들의 집합체

명료한 사실이 명료한 언어로 인화된 시가 있다. 명료한 사실이 불명료한 언어로 채색된 시가 있다. 불명료한 사실이 명료한 언어로 투시된 시가 있다. 불명료한 사실이 불명료한 언어로 은폐된 시가 있다. 그것들은 모두 옳고 모두 그르다. 그것은 사실이고, 이 비논리적 사실들이 모여 세계라는 위험한 저수지를 이룬다. 나무는 보이지 않고 나무 그림자만 수면에 일렁이는 저수지, 파동이 파동을 일으키고 이미지가 이미지를 부르는 연쇄적 운동의 물결 장場, Field, 언어라는 물고기는 비늘의 색이 수온에 따라 변한다. 시인은 그 물결 위를 표류 중인 빈 배, 배의 뒤쪽은 언제나 안개가 자욱하게 퍼져 있고 안개 속에서 고독한 나무들이 우는 소리 들린다. 인간처럼 식물들도 식물임을 포기하고 자살하고 싶을 때가 있다. 저녁이 소금쟁이 모습으로 수면에 고요히 떠 있다. 구름이 흰 옷을 입고 죽은 여자의 모습으로 물가에서 들어온다.

006

빛이 차단될 때

　말은 그림자를 몸속으로 흡입한다. 말을 만지고 감각한다는 것은 말의 육체 속에 은닉된 그림자를 찾아내려는 행위다. 이는 곧 의미화 과정인데 이 둘 간의 괴리가 심각하게 진행되면 텍스트는 유희로 방향을 바꾼다. 나는 이것을 '그림자 유희'라고 부른다. 그것은 곧 말을 소거하고 그림자의 입장에서 세계를 인식할 때 발생하는 시 정신 또는 시적 방법론이다. 반대로 그림자를 말의 2차 생성물 혹은 흔적으로 바라볼 때 파생되는 정신 활동이 '시니피앙 유희'다. 말을 통해 의미의 무화 혹은 의미의 무한확장으로 나아가는 방법은 보편화되고 있지만, 의미에 대한 심층적이고 근원적인 고찰을 통해 말의 무화 혹은 말의 우주를 무한히 확장하는 실험은 부족하다. 모든 실험에는 위험과 희생이 따르고 나는 나의 육체, 나의 삶, 나의 악몽, 나의 사랑, 나의 실패, 나의 기억과 망각을 제1의 실험 대상으로 삼는다.

직관하는 몸

목련꽃 몽우리 속에 호랑이가 웅크리고 있다. 밤과 낮의 두 줄 무늬가 선명하게 교차된 호랑이, 호랑이가 등을 활처럼 휘고 당장이라도 튀어나올 듯 바깥을 노려보고 있다. 내게 떠오르는 직관의 이미지다. 이미지는 돌발적 점프를 통해 또다른 이미지로 비약하면서 이전의 이미지를 잡아먹는다. 시간이 시간을 살해하며 흐르듯 이미지는 이미지를 삼키면서 흐른다. 이는 내가 어떤 대상을 볼 때 나 자신이 운명적으로 지닌 이미지의 한계 조건을 토대로 대상을 볼 수밖에 없음을 암시한다. 나는 너 혹은 세계라는 대상을 순수하게 대상 그 자체로 볼 수가 없고 순간 이미지로만 포착할 뿐이다. 또한 나의 모든 감각기관이 포착한 순간 이미지들조차 언어로 구성된 조건적 틀에 의해 한계지어진다. 사물들을 대면할 때 나는 이 점 때문에 극심한 고통과 갈등을 느낀다. 시인은 상승과 하강을 반복하는 직관하는 시소다.

여우와 사냥꾼

　이미지는 시간 사이로 가면을 쓰고 걸어오는 여우들이다. 육체 전체가 거울인 그들은 시인과 사상을 동시에 흡입하며 걸어오다 말도 사물도 아닌 중간물로 변이된다. 몸의 형태와 색채와 명암을 바꾼다. 가면을 또다른 가면으로 바꾼다. 자신을 구성하는 내적 형식, 외적 형식을 모두 바꾸어 카멜레온이 되기도 하고 한 번도 본 적 없는 야만적 늑대가 되기도 한다. 그때 나 또한 야만적 사냥꾼이 된다. 즉 나에게 이미지들의 기호공간은 즉흥적 촬영 현장이자 생존의 고투가 벌어지는 야성의 숲이다. 완성된 영화의 장면을 하나하나 순차적으로 나열하여 보여주는 문명의 설치공간이 아니라 개별 인물과 사물들이 원시의 원주민처럼 숨가쁘게 달리고 뛰는 밀림의 행위공간이다. 언어들, 사물들, 시간들, 타자들의 원시적 퍼포먼스 공연장이고, 생식의 싸움이 벌어지는 본능적 사냥터다. 내가 사물들의 대상 혹은 타자로 변이되는 과정은 무의식에 의해 진행되지만 나는 텍스트 밖에서 의식적으로 강제하고 차단할 때가 있다. 나는 그런 문명화된 나에 대해 동물적 살해충동을 느낄 때가 있다. 나는 사냥꾼인 나를 사냥하는 시간이라는 사냥꾼의 절대과녁이다.

시의 언어는 말해지기 이전에 부재의 형식으로 존재한다. 발화
는 이 부재의 형식을 이미지로 증식시키는 유희의 과정이다. 이 과
정을 거치면서 언어는 자신의 존재성을 몸으로 시각화하여 현현
시킨다. 즉 자신의 목소리와 색채, 의미와 위상학적 좌표까지 바꾼
다. 따라서 시의 언어를 확장한다는 것은 발화의 유희 영역을 부재
의 영토까지 무한히 확장한다는 것이지 언어 너머로 초월한다는
것이 아니다. 언어 너머의 언어가 사라진 세계를 언어로 표현한다
는 것은 관념적으로는 가능하나 텍스트가 산출되는 순간 언어 너
머의 세계는 언어의 세계에 갇혀버린다. 이러한 비극적 모순과 부
조리와 대면하는 일련의 과정이 시의 문장의 탄생 과정이다. 결국
언어가 최소한으로 존재하는 범주 안에서의 시적 해방이란 언어의
울타리를 늘려나가는 전쟁이자 죽음놀이고 무한의 유희일 수밖에
없다. 언어를 버린 언어가 사라진 후의 세계는 불교의 관점에서 논
의되어야 할 또다른 눈물의 문제다.

가혹한 무대

너의 얼굴은 암실의 지도다. 눈 코 입 귀 그리고 피부, 너를 감각하는 나의 육체는 가혹한 무대다. 지금 누Nu가 무대 중앙의 빨간 의자에 앉아 암실의 지도를 읽고 있다. 두껍게 쌓인 먼지를 손으로 문지르며 구불구불한 등고선을 읽고 있다. 감각의 뿌리, 기억의 아픈 편린들, 호환되지 못하고 증발된 시간들을 더듬는다. 나의 입술에 닿던 너의 입술, 나의 살에 전해오던 너의 체온, 나의 귓불에 맴돌던 너의 숨소리, 내 등에 선인장 가시처럼 촘촘히 박히던 네 말의 한기寒氣를 느낀다. 느낌은 무늬와 색깔이 모두 다른 다섯 손톱이다. 그것은 천천히 그리고 깊고 은밀하게 살을 파고든다. 사랑의 기억을 탐구할 때 시인의 탐구 행위 자체가 기억 텍스트를 변질시킨다. 너와 함께한 시간 속으로 회귀할 때 나는 과거의 배우이면서 동시에 현재의 관객이 된다. 그때 나는 과거의 나를 암살하는 현재의 나를 목격한다. 언어는 갑자기 힘과 균형을 상실하고, 시는 내가 전혀 예상하지 못한 칠흑의 밤바다로 떠내려간다. 어두운 바다를 떠도는 섬이 된다. 결국 기억을 소재로 하는 시는 대상 텍스트에 대한 탐구자로서 시인의 감각과 질문 방식 속에서 이미 발아하지만 그것은 살을 베는 감옥이다. 기억은 현재와의 상응이고 아름다운 호흡이지만 고통스러운 암살이기도 하다. 텅 빈 무대의 어둠 속에서 누Nu가 홀로 울고 있다.

미시적 물질세계

입자에 입자를 충돌시켜 그 반응을 관측하는 것이 소립자 물리학 실험의 기본 방법인 것처럼 나는 시의 쿼크quark의 존재 여부를 확인하기 위해 거시적 관념세계에서 미시적 물질세계로 나아가고 있다. 천체망원경과 원자현미경은 정반대의 관측 도구이지만 손등과 손바닥처럼 하나의 육체의 양면이다. 물질계는 관측자의 감각과 심리에 따라 다르게 보인다. 다르게 보이는 것이 그대로 다 옳은 역설과 모순의 공간이다. 시간의 길이나 개념 또한 객관적 단일 의미로 정의될 수 없다. 시공간과 물질이 상호 연결되어 있어 물질 없이 시공간이 없고 시공간을 떠나 물질을 생각할 수 없다. 물질이 형체 없는 에너지로 바뀌고 형체 없는 에너지가 유형의 물질로도 바뀐다. 감각과 언어의 관계도 그러하며, 거미와 거미줄의 관계에서 중요한 건 끈끈함의 한계치와 형식의 밀도다. 자신이 친 생존의 거미줄에 걸려 빠져나오지 못하고 죽음을 맞는 거미 시인들이 있다. 감각이 언어를 지나치게 압도하고 억압할 때 감각은 언어의 저항과 반발을 다 통제할 수 없다. 사물이나 현상에 대한 시인의 감각이 직관적 통찰과 사유가 겸비된 조화적 감각일 때 언어는 웃으며 자신의 아름다움을 드러낸다.

뼈와 피부

어떤 형식은 인간의 생애와 유사한 교란이고, 어떤 형식은 기억과 망각이 교직된 흔들리는 커튼이고, 어떤 형식은 숨쉬는 돌이고, 어떤 형식은 새가 되어 공중을 나는 모자고, 어떤 형식은 생식과 죽음이 뒤엉킨 아름다운 회오리다. 나는 형식을 욕망한다. 형식의 무형식을 욕망한다. 피부 바깥으로 불던 찬바람이 살 속으로 스미어 뼈에 응고될 때 그것은 비로소 육체의 형식이 된다. 형식은 포즈가 아니라 간절한 몸이고 존재와 부재의 선험적 기원이다. 시의 비극은 뼛속이 아니라 피부에서 시작된다. 살은 살殺의 배후에서 잠들지 못한다. 어떤 형식은 짐승의 피와 눈동자를 갖고 스스로 움직여 세계를 향해 다가간다. 어떤 형식은 식물의 뿌리와 가지를 뻗어 자신의 꽃그늘 속으로 세계를 불러들인다. 어떤 형식은 언어들이 등장인물이 되어 말하고, 어떤 형식은 사물들이 울고 웃는 희비극 무대다. 내가 쓴다고 내가 언어의 주인이 아니다. 계속해서 나를 탈주하는 언어들, 살 속의 살들, 그들은 어떤 피를 가진 어떤 피부의 종족일까. 나의 혈족이었던 스마일smile이 은행나무 밑에서 울고 있다.

013

영원한 바이올린 소리

묘지 뒤에서 누가 바이올린을 켜고 있다. 얼굴을 보니 무無다. 삶은 죽음의 고통을 잊으라고 그녀가 잠시 들려주는 바이올린 연주다. 음악과 시는 하나의 바퀴를 가지고 굴러가는 마차, 나는 지금 형상 없는 말이 끄는 마차를 타고 나의 묘지로 가고 있다. 바이올린 소리가 송진 냄새를 풍기며 헝클어진 달의 머리카락처럼 쏟아지고 있다. 그 냄새를 맡을 때마다 나의 눈 코 입 귀, 감각기관마다 뱀들이 꿈틀거리며 기어나온다. 말은 계속 어둠 속을 달리면서 내 안의 징그러운 환각의 타자들을 불러낸다. 그 체험은 종교적 신성神聖 행위와 유사하다. 나는 유한자이며 결핍의 존재물이다. 나에게 타자성은 하나의 존재 방식이다. 나는 나를 타자他者화하면서 역설적이게도 나와 타자가 분리되기 이전의 초현실적 존재양태를 욕망한다. 거창하게 말한다면 타자화는 일체 중생이 부처라는 사실을 자각하는 행위고 인간존재의 원초적 조건을 회복하려는 행위다. 결국 타자화의 욕구는 합일을 향한 열망, 존재의 지속과 망각 사이의 불균형 상태에서 유발되며 이 어두운 열망을 통해 나는 무한 속의 유한자임을 지속적으로 자각한다. 일시적 존재자로서 존재와의 관계망을 말로 그리는 나의 현존재는 무無가 들려주는 침묵의 음향세계 속에 갇혀 감각적으로 해체된다. 그것이 내 몸의 파괴된 실존이고 이 참혹한 붕괴로부터 시는 빅뱅을 시작한다.

음악은 산소다

육체의 깊은 곳 어디선가 끊임없이 음악이 샘물처럼 흘러나온다. 숨결과 죽음의 리듬이 동시에 물결을 타고 흘러나오는 것을 나는 계속 느낀다. 내가 백색의 종이에 백색 원圓의 우주를 새기는 동안 시간은 내 몸에 형체 없는 죽음의 백색 음표들을 문신으로 새긴다. 리듬은 육체 활동 나아가 시적 담화의 의미를 조직해주는 필수요소이자 생명력을 담보하는 숙명적 피다. 그러기에 언어예술 나아가 모든 예술은 끊임없이 음악의 조건들을 지향할 수밖에 없다. 시의 율동적인 흐름은 음절과 소리의 조화, 아름다운 운율의 연속적인 물결, 이미지와 사유의 균형 속에서 이루어지고 이 긴장된 진행 자체가 시의 육체를 매혹적으로 만든다. 시 속의 개별 낱말들은 리듬을 지닌 음표 생물체여서 시가 음악을 떠날 때 문장들은 낙엽처럼 시들어 쇠락하게 된다. 산문적 진술에 의한 내용 전달이 지나치게 강조되고 음악성이 메말라가는 작금의 상황을 나는 우려하고 있다. 산문은 시를 도구화하여 시인을 작문 기술자로 전락시킨다. 결국 음악과 요원한 환경에서의 시쓰기란 산소가 희박한 실내에서 호흡하는 것과 같다. 그러나 문명은 자연의 호흡을 극소화하여 인공의 가상 낙원을 지향하므로 미래의 시는 숨결과 감정, 피와 열이 제거된 외계外界 기계 생물체의 환각 홀로그램에 가까울 것이다. 그러나 그때조차도 내 육체의 깊은 곳 어디선가 끊임없이 음악이 샘물처럼 홀러나올 것이다. 숨결과 죽음의 리듬이 동시에 물결을 타고 흘러나올 것이다. 시인의 육체는 언제나 백색의 침묵으로 텅 비어 있고 검은 음악으로 꽉 차 있는 비탄의 시다. 검은 눈망울이 별빛을 내며 떠다니는 무한의 우주다.

015

썩는다는 것

만약 네가 혹은 너의 시가 고여 있는 물이라면, 흐르지도 증발하지도 못하는 애매한 물이라면, 차라리 썩어라. 아무도 접근하지 못하도록 악취를 진동시켜라. 몸의 환부에서 구더기들이 기어나와 새로운 나비가 될 때까지 철저하게 부패해라. 눈 내리는 밤이다. 나는 썩은 물이 든 책상의 꽃병을 집어 창밖으로 던진다. 잠시 후 보면 꽃병은 다시 방에 돌아와 있다. 나는 꽃병을 책상에 놓고 그대로 잠든다. 내가 잠든 사이 꽃병은 방문을 열고 계단을 걸어 내려가 거리로 나간다. 불 꺼진 가로등 밑을 지나 눈길을 걷는다. 포장마차에서 텅 빈 몸속을 독한 술을 채운다. 출렁거리는 몸을 일으켜 비틀비틀 어둠 속을 걷다가 토한다. 토하고 토해도 토해지지 않는 썩은 물의 시간들 기억들, 찬 밤공기를 제 몸의 피로 흡수하면서 페니스처럼 발기한 빌딩들 사이를 거닌다. 알 수 없다. 이 어두운 꿈속에서조차 왜 내 귀엔 선명하게 들리는 걸까. 바람도 나무도 잠든 고요한 겨울밤에 죽음이 홀로 눈길을 가는 발소리. 나는 잠에서 깨어난다. 책상에 앉아 백지에 무언가 적는다. 몽유의 기록이고 착란의 기록이고 환멸의 기록이다. 소리와 향기, 말과 침묵이 하나의 아름다운 물뱀이 되어 내 몸을 휘감아들어올 때 찰나지만 시가 된다. 그러나 시는 태어나자마자 썩기 시작하는 물이고 죽음을 시작하는 육체다.

016

화엄 우주

　사물들은 기호의 그물망 관계 속에서 사물들이다. 나에게 사물이 하나의 의문부호이듯 사물에게 나 또한 하나의 기이한 의문부호다. 역전된 상상력이지만 기호들에게도 인간은 하나의 기호일 뿐이라고 나는 생각하곤 한다. 내가 주변의 모든 사물과 기호들에게 물음표를 달아 의문을 제기하듯 기호들 또한 나에게 물음표를 달아 인간 전체에 대한 의문을 제기한다. 시는 그러한 물음과 물음의 선문답적인 화답이고 화엄華嚴 우주다. 이 거대한 우주에서 하나의 자의적 기호에 불과한 내가 또다른 자의적 기호인 너에게 혹은 사물에게 혹은 세계에게 던지는 끝없는 물음의 과정, 매혹의 과정, 사랑의 과정, 그 파괴와 건설의 운동 속에서 시의 씨앗 하나가 간신히 싹을 틔운다.

몇 초간의 침묵

어느 술자리에서 누가 시가 뭐냐고 물었다. 나는 아무 말도 할 수 없었다. 술집을 나오면서 나는 내가 대답한 몇 초간의 침묵을 그는 이해했으리라 생각했다. 내게 시는 존재와 무 사이에 놓인 아름다운 다리일 뿐 존재를 위한 구원救援의 길도 무를 향한 열반涅槃의 길도 아니다. 그 다리에서 죽음의 강물 속으로 뛰어내리고 싶던 때가 몇 번 있었다. 나는 나로부터 계속 망각된다. 나는 나로부터 계속 유실된다. 나는 사물들 사이를 표류중인 액체, 기체 또는 그 중간물이다. 이 유동적 움직임 이 가변적 운동성은 존재자가 본능적으로 갖는 양면 중 앞모습이다. 존재자의 뒷모습은 무無다. 그녀는 외침으로 침묵을 말하고 침묵으로 외침을 말한다. 이때의 메아리는 방향이 없다. 회귀가 없다. 그것은 그대로 대기 속으로 흩어져 대기의 일부가 된다. 무한無限이 된다. 우주는 무한한 검은 백지다. 반짝거리는 저 무수한 별들이 글자가 되어 거대하고 장엄한 시를 엮고 있다. 인간도 우주를 떠도는 무수한 아름다운 암호들 중 하나다. 시간이 나를 풀어 나를 지우며 시를 쓰고 있다. 우주는 문자 없는 시를 쓰는 궁극의 시인이다.

2부

홍차과 틈이

현실과 문장

사과나무를 향해 걸어간다. 나의 시각示角의 크기가 점점 커진다. 시각視覺에 포착되는 나무도 점점 커진다. 거리는 점점 없어지고 대상은 계속 변형되고 대상을 표현하는 언어도 계속 변형된다. 걸어가며 나무의 기둥을 지우고 가지들을 지운다. 그러자 '빨간 사과들이 공중에 둥둥 떠 있다'라는 비현실적 문장이 발생한다. 그때 나무 밑으로 한 쌍의 연인이 걸어간다. 난시의 눈으로 그들을 바라본다. 그러자 '한 쌍의 걸어가는 연인은 두 쌍으로 걸어간다'는 모순된 문장이 발생한다. 거리 제로 지점에서 나는 나무속으로 흡입되고 나무는 내가 지운 기둥과 가지들을 원래대로 복원시킨다. 그 사이 나의 그림자는 나무를 관통해 계속 걸어간다. 내가 걸어온 거리만큼 걸어가 그림자는 정지한다. 뒤돌아서서 그림자는 그림자의 눈으로 나무속의 나를 바라본다. 그러자 '한 남자의 머리에서 사과나무 가지들이 뻗어나와 있다'라는 초현실적 문장이 발생한다. 이 모든 불합리한 초현실적 문장들은 현실에서 발생한다.

틈 혹은 배후

문장들 사이에 검은 공간이 있다. 이 보이지 않는 무한공간을 흐르는 음의 파도들이 문장을 매혹적으로 만든다. 이 파동을 발생시키는 근원지는 문장 사이 혹은 문장 배후의 현부玄府다. 거기엔 유령, 몽환, 환각 같은 헛것들이 기거한다. 이 헛것의 입을 통해 의미와 기능이 휘발된 음들이 태어난다. 헛것은 비가시적 무형이지만 그것은 하나의 시 텍스트 속에 문장들과 함께 존재하는 비극적 실존체이다. 손가락과 무관해 보이는 손가락 사이의 틈들이 손가락으로 하여금 손가락의 미적 기능과 실용적 기능을 동시에 발휘하도록 한다. 문장들이 기술될 때 그 문장들에 의해 버려지는 무수한 틈들도 함께 기술된다는 점을 나는 주목한다. 그것은 없는 것이 아니라 '없는 형태'로 엄연히 존재하는 것이다. 문장의 틈 혹은 배후의 공간은 문장 자체의 의미 못지않게 중요하기에 그에 대한 사유와 탐색은 내게 필연적이었다. 이러한 관점에서 보면 시는 사물과 언어의 현현이면서 동시에 사물과 언어의 실종 사건이다.

물리적 시

말에 대해 물리학적 관점으로 사유할 때가 있다. 말 자체는 독립적인 에너지, 밀도, 질량, 시간 등을 갖는 스칼라 성질을 띤다. 그러나 말이 텍스트 자기장 속으로 들어올 때 말은 벡터 성질의 방향성까지 띠게 된다. 그것은 운동성 즉 주변의 다른 말들과의 역학 관계 속에 놓이게 된다는 것인데, 이때 말들은 우주공간을 순환하는 행성들처럼 유기적 관계를 맺고 움직이기도 하고 상호 충돌해 폭발을 일으키기도 한다. 이러한 말들이 들어선 텍스트는 운동량, 충격량, 중력장, 힘, 속도, 변위 같은 벡터 성질들을 갖추고 움직이며 또다른 텍스트인 독자와의 새로운 관계를 만들게 된다. 그러기에 텍스트는 늘 진행형이고 그것은 팽창하며 운동중인 우주의 성질을 띠는 개방적 텍스트가 될 수밖에 없다. 역으로 말하면 우주라는 텍스트는 운동중인 미시적 시 텍스트의 거대한 확장 모델이자 모텔이다. 인간은 누구나 이 모델 속에 하룻밤 묵으며 낯선 꿈을 꾸다 떠나는 쓸쓸한 여행객이다.

021
찰나刹那

　말이 대상을 지시하기 위해 다가갈 때 대상이 내뿜는 자기장에 의해 말은 휘고 빗나간다. 휜 말이 다시 대상을 향해 나아갈 때 말은 반복해서 휜다. 이 순환 메커니즘의 반복 속에서 말과 대상은 본래의 초상인 무無의 얼굴을 서서히 드러낸다. 말과 대상 사이엔 에로티시즘의 갈등관계가 존재하고 시간은 그 틈으로 끝없이 개입한다. 사랑이 성性의 감정적 측면을 강조한다면, 에로티시즘은 감각적 측면을 강조한다. 결국 없는 말로 없는 대상을 표현하려는 안타까운 사랑의 고투, 그 아픈 흔적이 시인 셈이고 그것은 죽음과 부재로 직결된다. 너를 향해 새가 날아간다고 할 때 과연 날아가는 것은 무엇일까. 새보다 먼저 날아간다는 언어가 날아가고 날아간다는 사실이 발생한다. 사물과 현상이 언어를 전제한 후에 발생한다는 인식은 '아름답다'라는 미에 대한 탐구를 '있다'라는 존재에 대한 탐구로 전환시킨다. 그럼 과연 너는 어디 있고 새는 어디 있는가. 둘 다 없다는 게 내가 내린 잠정적 결론이다. '발생하는 말'이 말의 최후를 담보할 때 시가 되지만 시는 언제나 찰나다.

말과 침묵

태양을 향해 날아가는 말을 상상한다. 날아가는 말은 날아가면서 날개부터 녹아 없어진다. 말이 태양을 향해 날아간다는 것은 자신의 죽음, 존재의 자궁이었던 부재의 진공眞空으로 회귀하는 것이다. 그러니까 없어진 말 이후에 비로소 시의 말이 시작된다. 이러한 말들과의 섹스, 말의 몸과 나의 몸의 감각적 접촉이라는 에로티시즘 행위와 교감 속에서 나는 계속 불탄다. 현재가 불타며 사라지는 것을 응시하며 현재는 불탄다. 어쩌면 말과 나와 사물의 주검의 재, 그 형체 없는 환영幻影이 헛것의 몸을 빌려 잠시 현현하는 것, 그것이 시인지도 모른다. 시는 시를 통해 무엇을 창조하고 의미를 생성하기보다는 무엇에 대한 환멸과 의미의 허구성을 일깨워가는 자각 과정인지도 모른다. 없는 말로 없는 대상을 표현하려는 안타까운 사랑의 고투苦鬪, 그 아픈 흔적들. 의미가 타버린 재인 언어를 통해 인간이 불멸을 꿈꿀 때, 시간은 침묵 속에서 전율할 소멸놀이를 계속한다. 인간이 말로써 말의 사원을 세울 때 시간은 녹아 사라질 말의 운명을 보고 인간의 역사와 문명을 허문다. 시는 내 죽음의 현전現前이자 사후死後의 사태들이다.

023

연쇄 피살 사건

시의 언어는 감각의 육체이기에 그것은 실종과 증발이 전제된 사랑이고 부재의 합일을 욕망한다. 언어 또한 인간처럼 영원한 결핍 속에서 꿈을 꾸고 잠시 꽃을 피웠다가는 다시 낙화한다. 어쩌면 언어가 사물을 선행한다는 내 생각과는 달리 사물들은 언어의 사후死後 혹은 사유 이전에만 존재하는 것인지도 모른다. '돌의 입술에 내 혀가 닿자 돌은 피를 흘린다'라고 쓴 적이 있다. 사물이 흘리는 피는 초현실적 이미지이지만 하나의 사물에 언어의 그림자가 드리워지는 순간 사물이 흘리는 존재론적 눈물이기도 하다. '돌의 차가운 입술에 내 입술을 포개자 돌은 날개를 펴고 날아오른다'. 이 문장은 사랑에 의한 죽음의 재생 이미지로 읽힐 수도 있지만, 감각을 통해 돌을 사유 이전의 본래의 독립적 사물로 위치시키겠다는 나의 의지를 이미지화한 것이다. 그러나 나는 나의 고통과 진실이 담긴 문장들조차도 절대적으로 신뢰할 수가 없다. 하나의 확고했던 생각이 시간의 흐름 속에서 새로이 나타나는 생각에 의해 무참히 살해되기 때문이다. 문장이 문장에 의해 피살되는 사건들이 계속 벌어지기 때문이다. 하나의 무서운 사건이 다음의 사건에 의해 묻혀버리는 불가해한 현실처럼 시 텍스트 또한 무섭고 부조리한 또하나의 불가해한 현실이다.

024

이 문장은 관이다

오래전 나는 위의 문장 하나를 놓고 3개월 동안 고민한 적이 있다. 간암으로 죽은 친구를 화장하고 돌아온 후 그의 주검이 머릿속에서 지워지질 않았다. 관 속에 길게 누워 있던 그의 마지막 모습이 자꾸만 눈에 어른거렸다. 술에 취해 돌아온 어느 밤, 나는 백지에 저 문장을 적었다. 나는 그것이 어떻게 나에게 왔는지 궁금했다. 타인에게는 별것 아닐 수도 있었지만 나에겐 심각한 것이었다. 저 문장에서 연상되는 기억과 문장의 발아 과정에 대한 의문으로부터 나는 자유롭지 못했다. 그것은 늘 뱀처럼 나를 졸졸 따라다니며 몸과 영혼을 동시에 괴롭혔다. 나는 문장을 관에 비유하는 시적 메타포로 쓴 것이 아니었다. '이 문장'은 '이 문장은 관이다'라는 문장 자체를 지시하고 그것이 실제의 관이라고 생각한 것이다. 문장을 길이와 크기를 가진 현실에 실존하는 사물로 받아들이고 그 안에 누워 있는 친구의 주검을 보았던 것이다. 그러자 "'이 문장은 관이다'는 관이다'라는 문장이 또 발생했고 '이 문장'은 다시 문장 전체를 지시했다. "''이 문장은 관이다'는 관이다'는 관이다.' (……) 이 문장의 복제증식은 무한히 확장되는 시간, 계속되는 만물의 죽음을 반복의 형식으로 드라이하게 드러내고 있었다.

인간의 삶과 시의 우주에도 수학의 세계처럼 영원히 증가하는 무한이 무한히 존재한다는 사실을 나는 깨달았다. 시공時空이라는 이 거대한 무한집합 속의 부분집합인 공집합이 바로 나라는 사실을 깨달았다. 이후 문장과 시 텍스트에 대한 나의 생각은 이전과는 조금 다른 방향으로 전개되었다. 치환과 반복의 유희놀이 성격을 띤 언어운용, 무와 무한에 대한 기하학적 상상, 비극적 허무와의 알몸 대면이 본격화되기 시작했다.

025
마찰에너지

바이올린이나 첼로 같은 현악기의 아름다운 음은 붙었다가 미끄러지는 마찰현상 때문에 생긴다. 연주자가 만드는 현의 미세한 진동을 악기의 통이 공명시키기 때문이다. 이 마찰과 공명이 없다면 나는 멘델스존이나 모차르트의 곡들을 즐길 수 없을 것이다. 그렇다면 사물과 언어, 시인과 언어 사이에 생기는 마찰은 어떤 양태를 띨까. 나는 그것을 육체와 육체의 접촉, 에로스로 시작해서 파탄으로 끝나는 죽음의 연주회라 생각하곤 한다. 음악가의 바이올린이나 첼로는 시인의 언어에 해당된다. 언어와 사물이 붙어 있을 때 생기는 정지마찰보다 상호 미끄러질 때 생기는 운동마찰을 나는 주목한다. 시 텍스트 안팎에서 이러한 운동마찰은 자주 발생하고 마찰에너지는 사물이 갖는 고유의 탄성과 언어의 운동 속도에 따라 달라진다. 이때 에너지와 함께 발생하는 진동이 텍스트를 다채로운 음색으로 만든다. 언어들은 움직임 자체를 목적으로 움직이면서 다층의 텍스트를 만든다. 음악이 마찰과 공명을 통해 태어나듯 시는 사물과 언어, 시인과 언어, 세계와 언어의 에로스 접촉과 합일에서 태어난다. 그러나 그것은 죽음의 시작일 뿐이다.

기억과 망각

기억은 쓰라리다. 나는 '쓰라리다'라는 말의 맛을 본다. 낱말들이 내겐 현실의 구체적 사물로 다가올 때가 있다. 지금 내 눈엔 '쓰라리다'가 접시에 놓인 네 토막 난 생선으로 보인다. 그것은 지금 여기 내 앞에 있다. '지금-여기-있음'의 삼자관계를 통해 '시간-공간-존재'의 문제를 생각한다. 나의 눈과 생선과 표현의 상관관계를 통해 '감각-사물-언어'의 관계를 따져보고 하나의 어휘, 하나의 문장이 내 몸에서 발아하기까지의 과정들을 생각한다. 하나의 시 텍스트가 하나의 유기체로 지금 여기 내 앞에 현현하기 이전의 무수한 사태들을 생각한다. 시 텍스트는 늘 기억과 망각 사이에서 흔들리는 그네이고 다리 없는 새이기에 안주할 거처가 없고 유목의 운명을 떤다. 그 떠돎과 표류의 시간이 반복되는 죽음을 낳고 아이러니컬하게도 유머와 유희의 정신을 낳는다. 망각되지 않는 기억은 이미 미래의 시간인 것이다. 시 텍스트는 이 미래를 지향하는 말들로 채워지지만, 인간처럼 태어나는 순간부터 죽음을 체험하기 시작한다.

027

추상의 탄생

추상은 현실의 극한 연소燃燒점에서 발생하는 연기의 기호다. 그래서 나는 시에서 섣부른 추상의 진술, 잠언의 진술 문장을 경계하고 조심한다. 잠언의 문장들이 시에 철학적 깊이를 줄 수 있지만 그것은 시인 자신의 몸에서 내화內化되어 폭발한 것들이 아닌 경우가 많다. 자기의 것이 아닌 것을 언어적 수사를 통해 자기의 것인 것처럼 보이는 기술적 언어 트릭에 의해 발생한 최면의 문장에 현혹되었다가 실망한 적이 많았기 때문이다. 한 시인의 사유 체계를 몇 년 정도 지켜보면 그것은 적나라하게 드러난다. 사유와 직관적 통찰을 진술하는 것보다 더 어려운 것은 그것을 눈에 보이도록 이미지화하는 과정이다. 나는 이미지로 사유를 담보할 수 있는 시적 실천이 사물의 실존에 더욱 가까이 다가가는 것이라 생각한다. 사랑, 죽음, 고독 같은 추상적 테마에 대한 접근도 그렇다고 본다. 낱말을 이루고 있는 물리적 형태는 현실계의 사물들에서 추상화된 것이다. 나의 경우, 축약과 생략보다는 감각의 언어들이 에너지 탄환처럼 즉각적으로 나와 사물을 관통해 백지에 착륙할 때, 백지 속의 무無에 닿을 때 추상의 알들이 하나둘 태어난다. 그 알에서 무한의 물고기들이 태어난다. 기체의 몸을 가진 아름다운 물고기들.

그것은 즐거운 피, 시각의 공空, 고통의 색채 같은 현실과는 또다른 세계의 목소리를 낳으며 백색공간을 유영한다. 지시 기능으로부터 자유로워진 기체 물고기들이 자율적 유동을 통해 동그라미 삼각형 사각형 같은 평면 이미지를 만들기도 하고, 원뿔 원기둥 사면체 육면체 같은 입체 이미지를 만들기도 하고, 다차원의 다양체가 등장하는 꿈의 공간을 탄생시키기도 한다. 이형異形의 기하학적 도형들과 꿈이 뒤섞여 엉뚱하고 충격적인 초현실의 추상 텍스트를 발생시킨다. 나에게 추상은 관념의 차원에 귀속되지 않는 물질공간이자 의미의 아름다운 살해가 벌어지는 비극 공간이다.

028

대칭symmetry

흔히 시인과 수학자는 대립되는 인물로 생각한다. 그러나 나는 내 몸이 이 두 대립자가 동거하는 아름다운 신혼집이라 생각하곤 한다. 나는 대칭을 양립개념이 아니라 공존개념 또는 공생개념으로 받아들인다. 음악이나 미술 같은 예술 장르, 수학이나 물리학 같은 자연과학 모두에서 대칭은 중요한 역할을 한다. 미술에서 추상적 데칼코마니 무늬들은 좌우대칭을 통해 균형과 조화를 낳고, 자연에서 사람의 신체나 나비의 날개는 대칭구조를 바탕으로 공간 이동을 한다. 현대 물리학의 두 기둥인 상대성이론과 양자물리학을 지배하는 패러다임도 대칭의 세계이며, 이 대칭구조를 기호로 형식화하는 것이 수학이다. 내가 수학의 방정식에 매료되는 건 아름답고 우아한 대칭의 미감美感 때문이지만 이 아름다움에 매혹되어 미궁의 감옥에서 고통스러운 시간을 보내기도 한다. 현대 시는 아름다움과 그로테스크, 존재와 죽음, 생멸生滅이 공존하는 고차원 언어방정식이고, 형식과 내용 모두에서 대칭은 지대한 기능을 한다. 갈루아(Galois, 1811~1832)는 5차방정식이 왜 대수적 공식으로 풀 수 없는지 연구하다가 대칭을 발견한 수학자다. 이후 수학자들은 근호로 풀리는 5차방정식도 있다는 사실을 밝혀내고, 왜 어

떤 것은 풀리고 어떤 것은 풀리지 않는지 규명해냈다. 그 과정에서
수학의 새 영토인 군론群論, Group Theory이 태어났다. 군론은 현재
우주를 수학적 형식으로 설명하는 현대 물리학에서 매우 강력한
개념으로 활용되고 있다. 내 몸은 나만의 거주 공간이 아니라 대칭
적 타자들의 집합 장소이자 밀회공간이다. 그러기에 내가 주목하
는 것은 어떤 수학자나 물리학자의 천재성도 아니고 성공한 마지
막 결과식도 아니다. 하나의 최종 식式을 도출하기 위해 그들이 보
냈을 무수한 실패의 시간들, 타자들로부터 무수히 수혈받았을 상
상력이다. 실패와 성공은 대립 개념이 아니라 동일한 육체에 사는
대칭적 동거자, 아름다운 동반자이다.

029
왜 왜 왜

　나에게 왜라는 질문은 가장 단순하지만 가장 중요한 시발점이다. 그것은 '무엇'이라는 대상에 대한 심층적 사유, '어떻게'라는 방법에 대한 비판적 자각을 낳는 모태母胎다. 존재와 현상, 죽음과 무에 대한 사유를 촉발하는 기폭제이다. 나는 나를 소멸시킨다. 시는 시를 파괴한다. 수학은 수학을 붕괴시킨다. 수학이라는 생물체의 몸을 구성하는 몇 가지 기초 질문들을 떠올려본다. 첫째, 타당한 결론을 이끌어내는 형식적 규칙이란 무엇인가. 둘째, 계산될 수 있는 것은 무엇이고 그 대상은 어디까지인가. 셋째, 인간은 불확실한 정보를 가지고 어떻게 추론하는가. 그 추론된 결과 값은 어떤 의미를 함의하는가. 이런 자문自問들은 내 몸에 뿌리내린 논리 Logic, 계산Computation, 확률Probability의 확정된 개념, 그 개념의 형식화에 대한 미시적 접근과 부정의식을 싹트게 한다. 수학은 때로 수학이라는 자신의 육체를 잔인하게 붕괴시켜 자신을 재건설한다. 나는 시를 쓸 때 내 안의 비논리적인 논리, 비계산적인 계산, 비확률적인 확률에 의해 논리, 계산, 확률이 정교해지고 정확도가 높아지는 체험을 한다. 시인은 때로 시인이라는 허상, 자신의 혼魂과 언어를 전면적으로 붕괴시켜 재건설해야 한다.

비선형 현실 세계에 대한 카오스 수학적 인식이 시적 언어로 변용되어 나타나는 경우, 언어 자체에 내재된 선형적 규칙과 기능만으로는 그런 세계를 다 감당해내고 표현해낼 수가 없다. 현실의 언어는 이이러니하게도 현실을 정확히 포착해내고 해부해내기에 역부족이다. 그 한계 인식이 나로 하여금 안전한 현재의 언어를 버리고 불안전하고 공격받기 쉬운 미지의 언어를 꿈꾸게 한다. 어떤 형태로도 어떤 의미로도 고정되어 있지 않는 물렁물렁한 반고체 언어를 통해 시 텍스트가 곧 현실이 되는 상상을 하게 한다. 손과 발과 눈이 달려 스스로 움직이고 스스로 의미를 확장시켜 분산시켜 버리는 언어, 그런 언어들이 모여 사랑하고 싸우며 울고 웃는 장소가 되는 자율적 텍스트, 시인의 개입을 최대한으로 차단시킨 언어들의 순수 놀이터, 새와 구름과 물고기와 아이들이 제일 좋아할 그런 놀이터가 있는 미지의 놀이 세계를 꿈꾸게 한다. 꿈은 상처를 앓는 피고 혹독한 숨결이다.

031
시원詩源

　영속을 꿈꾸는 인간의 유한성과 시의 운명을 생각한다. 거울의 양면처럼 존재의 뒷면인 부재의 영역, 죽음 이후의 시간, 무無 속으로 사라진 무수한 시간의 흔적들을 사유한다. 삶과 죽음의 영원한 순환성 속에서 사물과 세계와 나는 어디서 왔고 어디로 가는가. 시는 내게 이런 실존적 질문을 던지면서 글쓰기와 삶에 대한 반성적 사유를 촉발한다. 시의 존재성에 대한 사유는 현실과 역사를 넘어 찰나와 무에 대한 사유로 이어진다. 무한히 계속되는 현재와의 싸움 속에서 시인과 시인의 말은 결국 침묵의 영역, 무의 영토로 회귀한다. 그러나 그곳은 끝이 아닌 새로운 시원詩源이다. 시원始原에서 다시 시작하는 새로운 여행의 출발지이자 아직 기록되지 않은 '다음 문장'이다.

3부

제로(Zero) 속의 무한(無限), 무한 속의 제로

0과 ∞은 일란성 쌍둥이다. 인간의 등과 배, 남극과 북극처럼 대극對極의 위치에서 상생하며 생멸生滅에 관여한다. 또한 0과 ∞은 서로에게 역설과 반어의 존재이면서, 공동의 생식生殖에 관여하는 기이한 부부다. 0과 ∞의 관계는 곧 무無와 무한, 공空과 영원永遠의 관계이며 세계의 존재와 부재에 관여하고 인간의 패러다임을 변화시키는 기저에너지로 작동한다. 인류의 역사는 0의 발견과 수용으로부터 급진적 발전을 이루었고 과학과 문명의 변화, 철학과 종교의 심층화로 이어졌다. 그러나 0의 운명은 비극적이다. 시간의 무한한 흐름 속에서 0은 거부와 부정의 대상이었고, 이단아의 운명 속에서 인간에게 반反인간적 존재였다.

나는 0을 논리를 부정하여 논리를 초월하는 상승에너지를 내장한 반물질로 생각하곤 한다. 나는 세계의 존재 양식을 다음과 같이 약호화한 적이 있다. (−∞)······反物反物反物反物反物······(0)······物物物物物物物······(∞). 이 기호의 나열에서 내가 중요하게 생각한 것은 시각적으로 기호화된 부분이 아니라 비非시각화된 무수한 공백들이다. 그곳에 멸절된 시간, 멸절된 하늘과 땅, 멸절된 사물들, 멸절된 인간들, 멸절된 음악과 춤, 멸절된 꿈과 비명 들이 빼

곡히 들어차 있기 때문이다. 나는 그 틈에서 울려나오는 무수한 울음과 탄식을 보고 듣고 실감으로 느낀다. 0은 플러스(+) 세계 내 존재의 물物인 내게 마이너스(-) 세계 내의 타자들과 끊임없이 연결하는 다리이자 터널이다. 0은 내게 삶과 죽음, 육체와 정신, 존재와 부재를 하나의 육체로 인식게 하는 무형無形의 시공간 터널이다.

오늘은 10월 0일이다. 나는 지금 하늘 이편에서 텅 빈 공중을 바라보고 있다. 공중으로 0마리의 새가 날아간다. 0마리의 새들이 떼를 지어 무한한 하늘 저편으로 날아간다. 새가 없는 것과 새가 0마리 있는 것은 분명 다르다. 0의 개념의 있고 없음의 차이가 문장 진술의 변화를 가져오고, 없는 대상에 대한 기호의 역할 변화를 가져온다. 0이 부재하면 문장이 부재하고, 의미는 무한대로 확장되지 못한다. 0이라는 공空의 존재가 물物을 물로서 존재하게 하므로, 0은 텅 비어 있지만 역설적으로 시공을 초월하여 무한한 변화를 촉발하는 운동에너지로 꽉 차 있다. 0은 지움, 연속, 망각, 순환을 상징하는 하나의 거대한 수레바퀴다. 0에는 혼돈과 어둠, 태초의 우주와 원초적 공포가 들어 있다. 0에는 위험한 공격본능, 전복성과 냉혹성을 숨긴 태고의 야수가 숨어 있다. 시에 대한 제로(0) 시계時計/視界가 필요하다.

×(곱셈)과 ÷(나눗셈)

어떤 수에 0을 곱하면 그것은 0으로 환원된다. 존재는 일시에 붕괴되어 무無로 회귀하고 수직선은 와해된다. 나눗셈은 곱셈을 취소하는 것과 같다. 2로 나누는 것은 두 배로 늘어났던 고무줄의 길이를 원래의 상태로 환원시키는 것이다. 나는 하나의 문장을 진술하고 다음 문장에서 앞의 문장을 취소할 때가 있다. 반대로 앞의 문장의 사유와 의미를 두 배로 증폭시킬 때도 있다. 문장의 진술 과정에 곱셈과 나눗셈의 연산원리가 작동한다. 이것은 나의 경우만 해당되는 특수한 사례가 아니다. 모든 문장들이 진술되고 확장되고 제거되는 과정에는 불규칙적인 연산운동이 무의식적으로 벌어진다. 특히 시의 문장은 문장 속에 0과 ∞을 동시에 탑재한 채 상승과 하락, 수렴과 발산을 반복하며 미적 에너지를 발산하고 의미를 발산한다. 우리는 이 점에 대한 반성적 자각이 없다.

없다. '없다'가 있다. '없다'가 피어나고 있다. 장미꽃 진 울타리에서 '없다'가 무한히 피어나고 있다. 이렇게 문장이 태어나는 사이, 장미꽃 진 울타리에서 피어난 '없다'가 백지처럼 찢어지고 있다. 있다. '있다'가 있다. '있다'가 무한히 지워지고 있다. '있다'가 없다. 없다. 이 없다가 있다가 없어지는 문장현상은 세계 내 존재들의 순환하는 생멸의 운동을 형식 자체로 보여주는 동시에 그 문장 자체의 의미 또한 생성하고 소멸시킨다. 그사이 꽃이 핀다. '핀다'가 핀다. 꽃이 '핀다'와 함께 핀다. 어느 먼 곳에서 꽃이 지는 사이 '꽃이 핀다'가 핀다. ''꽃이 핀다'가 핀다'가 핀다. 문장은 자신을 복제하여 제 자궁 속에 잉태하는 방식으로 피어나고 진다. 그렇게 꽃도 지고 세계도 지고 '진다'도 진다. 문장의 증폭과 멸실 과정에는 사물의 존재와 절멸, 말의 현존성과 부재성이 동시에 내재된다. 그것은 곧 곱셈과 나눗셈의 과정으로 환원될 수 있다.

나눗셈은 극한極限, limit으로 가는 고속버스고 극한값이라는 죽음의 종점을 향해 달린다. 그러나 0으로 나눌 경우는 다르다. 어떤 수를 0으로 나눌 경우 수학 세계의 토대와 논리학 전체가 붕괴될 수 있다. 그만큼 0은 강력한 폭발에너지를 지닌다. 따라서 한계적 존재인 세계와 나를 0으로 나누는 문장 행위는 세계와 나 자신에 대한 전면적 도전이자 논리적 공격인 셈이다. 그러나 논리는 제 속에 비논리의 피를 갖는다. 농담 같지만 실제로 논리의 비논리성에 의해 처칠은 당근이 될 수도 있고 히틀러는 콧수염 달린 당나귀가 될 수도 있다. 말이 안 된다고 생각하면 그냥 웃으면 된다. 그러나 그 웃음엔 핏물이 스민 당신의 살이 너풀거리고 주검이 들어 있음을 기억해야 한다. 말이 안 되는 것이 말이 되는 곳이 나눗셈의 세계이자 시의 무의식 세계다. 나눗셈의 세계는 근원적 역설과 모순이 내포된 극한極限/極寒의 세계이다. 제논의 역설 중 가장 유명한 아킬레스와 거북이의 경주에서 아킬레스가 거북이를 영원히 따라잡을 수 없는 것은 0과 극한의 부재인식 때문이다. 0이 없는 세계는 극한값도 없는 세계다. 시는 0의 세계이자 극한의 세계이고, 인간과 세계와 우주를 0으로 나누는 불온한 나눗셈이다.

034

$$f(x, y)=0, \ x^2+1=0$$

$f(x, y)=0$. 이 수식은 기하와 대수가 하나의 동족同族이자 체계 system라는 메시지다. 좌표계의 중심 0은 모든 기하학적 도형들이 은닉한 거대한 성소聖所이자 시원始原이다. 하나의 의미 있는 수식 기호는 기존 패러다임의 전면적 해체의식, 치열한 사투死鬪 끝에 탄생한다. 데카르트가 수와 도형을 통합한 것은 이런 의식을 토대로 하고 그 결과는 막강한 파괴력을 발휘했다. 그러나 데카르트는 데카르트 식 논리와 상상의 한계에 갇혀 파괴된다. 그는 음수陰數, negative number를 방정식의 근根, root으로 인정하지 않고 잘못된 근이라고 주장했다. 그리하여 자신이 창안한 좌표계에 음수를 포함시키지 않음으로써 기하와 대수의 통합을 발전시키지 못한다. 또한 무無, 곧 0의 존재를 수없이 목격했음에도 무의 존재를 신神의 영역으로 축출하여 진공眞空을 부정한다. 기하학적 도형들을 방정식으로 환원하여 세계를 재편하면서도 그는 아리스토텔레스의 세계관에 갇혀 있었던 것이다. 데카르트의 합리주의적 사고는 파스칼에 의해 어느 정도 극복된다. 그러나 파스칼은 0과 무한의 존재를 신神의 증명에 활용함으로써, 수학을 인간과 신에 대한 성찰도구로 삼는다. 인간을 0과 무한의 중간적 존재로 보고 수학을 통해

철학적 형이상학의 사유를 펼쳐나간다. 만약 파스칼이 0과 무한을 신의 영역이 아닌 수학 자체로 환원시켜 통찰하고 사유했다면 세계는 크게 달라졌을 것이다.

데카르트는 제곱하면 음수가 되는 수를 나쁜 수, 가짜 수라 하여 허수虛數, imaginary number라고 불렀고, 그것이 지금까지 사용되고 있다. $x^2+1=0$이라는 이차방정식에서 이 방정식을 만족시키는 실수 근은 존재하지 않는다. 이 존재하지 않음에 대한 부정, 즉 실수의 범주를 벗어난 또다른 수가 있을 수 있다는 불온한 상상으로부터 수학의 영역은 파열하고 확장된다. 실수 근만이 참된 근이라는 통념적 패러다임을 붕괴시키면서 수학은 급진적으로 발전하여 복소수라는 신대륙을 발견했다. 나는 가끔 이 세계도 나도 복소수의 결합 방식($x+yi$)으로 존재한다고 생각하곤 한다. 존재와 비존재, 현실과 꿈, 실재와 허구, 육체와 정신, 실수와 허수의 결합체로서 시간의 강을 떠내려가는 부유물질 같다는 생각에 빠져들곤 한다. 만약 내가 그렇게 떠내려가는 복소수 세계의 하나의 점點 존재라면 어딘가에 대점對點이 있을 것이고 그것은 필시 죽음일 것이고, 생의 마지막 순간에 비로소 나의 몸과 일체가 되는 것이 아닐까.

이런 몽환적 상상을 기초로 나는 사영기하射影幾何적 몽상과 타원의 상상력을 펼치기도 한다. 타원은 두 개의 초점 F1과 F2로 구성된다. 이 두 개의 초점 F1과 F2를 각각 나와 나의 죽음으로 본다면 타원의 곡선은 나와 나의 죽음이 공동으로 만들어내는 삶의 궤적, 시의 궤적인 셈이다. 타원은 하나의 초점에서 시작된 빛들이 결국은 모두 나머지 초점에 수렴되는 성질을 갖는 평면도형이다.

이때의 빛은 언어, 시간, 사랑, 욕망의 상징이자 전달물질일 것이다. 이런 평면 타원에서 하나의 초점을 나머지 초점에서 점점 멀어지게 하여 무한원점을 설정하면 타원은 포물선으로 변한다. 포물선은 하나의 초점이 무한대에 있는 타원이다. 즉 나로부터 날아간 빛은 결코 되돌아오지 않고 어두운 진공 속으로 무한히 날아가는 것이다. 시간, 언어, 존재, 사랑의 의미들이 운명적으로 그러한 포물선의 무한운동성을 띠는 건 아닐까. 이런 내 상상은 2차원 평면에서 그치지 않고 3차원 입체 나아가 더 높은 차원의 구조물들을 만들어내곤 한다. 내가 시를 통해 다양체多樣體, manifold에 대한 상상과 사유를 펼치는 것은 이런 연유 때문이다.

　사영기하와 복소평면을 결합하면 직선은 원이 되고 원은 직선이 되는 세계가 펼쳐진다. 0과 ∞은 수數로 가득찬 구球의 남극과 북극이 된다. 리만의 기하학적 상상력에 기초하여, 구를 가득 채운 수數를 지구상에 존재하는 모든 사물로 본다면 내사 사는 이 지구가 무한원점을 가진 복소평면과 동일해진다. 0과 ∞은 동일한 육체의 쌍극이지 대립자가 아닌 것이다. 그런 점에서 0과 ∞은 인간의 이성이 만든 모든 질서와 편제를 집어삼키는 블랙홀이다. 인간은 누구나 지극히 제한된 세계에서 제한된 사고에 갇혀 살아간다. 수학에 비유하여 말하면 정수와 유리수의 세계에서 그 너머의 세계를 보지 못하는 것이다. 현재의 우리 시가 이와 같은 형국이다. 자신을 가둔 울타리 밖으로 뛰쳐나가려는 불온한 상상, 위험한 도전이 결여돼 있다. 자신을 가둔 시계時計/視界/詩界를 내동댕이치고 무리수와 복소수의 세계로 모험을 떠나야 한다.

시는 불확정성의 시공간이다. 시는 근원적으로 각각의 가시적 낱말들과 낱말들 사이에 숨은 비가시적 낱말들이 공동으로 파생시키는 의미를 정확히 알아낼 수 없다. 문장의 진술이라는 행위 자체가 진술을 통해 얻으려는 의미의 일부를 파괴하기 때문이다. 물론 시는 물체들이 움직이고 정지하고 충돌하는 물리공간은 아니다. 그러나 시인의 의식과 무의식에 의해 끊임없이 유동하는 물리적 공간이고, 낱말들은 속도와 에너지를 갖는 입자이면서 파동의 형태로 움직이고 정지하고 충돌한다. 그것은 자아에 대한 통찰이라는 심리적 고찰 이전에 부정할 수 없는 실존의 사태인 것이다.

그렇다고 시의 의미에 대한 부정을 의미의 전면적 허무로 귀결시켜 시의 무용론無用論을 펼치려는 것은 아니다. 오히려 시의 의미는 제로(0)에서 무한(∞)으로 확산되며 움직이기 때문에 그것의 불규칙한 운동을 직시해야 하고, 그것이 시적 현실임을 자각하고, 시 텍스트에 내재된 의미의 무한 가지들을 간과하지 말아야 함을 강조하고 싶은 것이다. 가능한 의미의 누락, 의미의 오독 확률을 최대치로 줄이려는 것이다. 모든 대상과 대상에 대한 진술과 진술의 결과 사이에는 오차誤差가 발생한다. 그것은 시간의 틈, 사유의 틈,

해석의 틈을 만들고 의미는 그 틈들 사이로 은폐되거나 증발하여 텅 빈 진공을 만든다. 그러나 이 텅 빈 진공은 무無의 공간이 아니라 무한無限의 에너지 알갱이들이 떠돌아다니는 영점零點에너지 지대다. 이것들이 역으로 시의 의미를 무한대로 확장한다. 시는 원천적으로 의미의 한계가 없고 무한을 지향하는 우주이다.

비유적으로 말해 시의 시공간은 거대한 고무판과 같다. 고무판 위에 자리잡은 별과 행성인 무수한 낱말들은 각각의 질량에 따라 고무판 자체에 영향을 주고, 그 가변성 때문에 시는 계속해서 변형되고 만곡彎曲을 체험한다. 의미의 질량이 큰 낱말과 작은 낱말들이 시간과 공간을 휘게 만들고 의미의 변형을 지속적으로 낳는다. 또한 시각화되지 않은 여백의 낱말들 또한 시의 일부이기 때문에 눈에 보이지 않는 그 잠재태의 별과 행성들에 대한 관측 또한 함께 이루어져야 한다는 점에서 더욱 그러하다.

또한 시의 문장들은 모순을 제 살의 일부로 승인하기도 한다. '이 문장은 거짓말을 하고 있다'. 이 모순의 무한반복이 시에서도 적용될 때가 있다. 무라는 말이 참말이라면 무라는 말 자체가 사라지고 없어야 한다. 시의 문장은 무를 내재하며, 그것은 모순의 방식으로 꽃을 피우고 낙화하고 다시 싹을 틔우고 꽃망울 맺는다. 그러나 나는 이런 모순 속의 시간, 모순 속의 나를 연민하거나 슬퍼하지 않는다. 시는 언제나 모순 속에서 피어나는 꽃이고, 역설 속에서 자기 존재를 증거하는 불이자 얼음이기 때문이다. 무는 언제나 이전의 무에서 나왔고 그것은 무한히 반복된다. 무 속에 무한이 있고 무한 속에 무가 있다.

가능한 불가능의 세계

좌표(x, y, z, t)의 특정 지점에 예측되지 않은 눈사람이 갑자기 내 동공에 포착된다. 그는 검은 모자를 쓰고 침묵의 얼굴로 묘비처럼 서 있다. 아니 두 팔과 다리를 천천히 흔들며 속도와 위치, 방향과 시간을 바꾸면서 나를 향해 걸어온다. 내가 그의 존재를 감각하고 인지하고 판단하는 사이 눈사람은 내 시야에서 수증기처럼 사라지기 시작한다. 그리고 잠시 후 그는 거대한 어둠 덩어리가 되어 일시에 내 육체를 습격한다. 잠시 정신을 잃었던 나는 다시 깨어나 내 몸을 뒤덮고 있는 검고 끈적거리는 어둠의 잔해들을 만진다. 그것은 모두 언어다. 살들이 조각난 언어들이 내 몸에 들러붙어 말미잘처럼 흐늘거리다가 내 몸속을 파고든다. 그러고는 내 시야에서 사라진다. 이것은 환각이지만 자명한 현실이다. 이 다층적 복수의 형국과 시간을 자신의 육체에서 밤낮으로 체험하는 자가 시다.

이렇게 내가 진술하는 사이 좌표(x, y, z, t)의 또다른 특정 지점에 또다른 진흙인간이 나타난다. 얼굴과 가슴에 탄환이 관통한 구멍이 뚫려 있다. 흘러내리는 진흙 피가 몸을 따라 길게 얼어붙고 있다. 구멍이 조금씩 커지면서 그는 거대한 수갑이 된다. 다시 부드러운 악기가 되었다가 원(圓)이 된다. 그사이 내 눈은 불규칙적으로 확장과 수축을 빠르게 반복한다. 확장되는 사고는 수축되는 감각의 후면, 후면의 늪을 사고하지 못한다. 나는 지금 내 앞에서 몸을 바꾸는 3차원 다양체를 나의 육체로 사고하면서 또다른 4차원 다양체를 상상하기 시작한다. 세계는 제 육체의 형식에 안주할 수 없는 불가능한 액체 큐브, 현대 시는 그런 큐브를 관통하는 텅 빈 기체 큐브일 수 있다. 그러나 이러한 기하학적 상상은 상상 자체에 의해 계속 자해되고 무한히 피살된다. 이 모든 과정을 언어적 질서로 배열하는 행위는 불가능한데, 나는 시의 죽음을 통해 이 불가능에 도전하려 한다. Zero 속의 무한, 무한 속의 Zero. 미지 未知의 시는 언제나 두려움 속에서 잉태된다.

4부

언어는 감각의 육체다

—

시계가 있다. 의자가 있다. 테이블이 있다. 꽃이 있다. 모자가 있다. 눈깔사탕이 있다. 눈깔이 주렁주렁 달린 사탕나무가 있다. 나무가 있다. 나무에서 제 죽음을 딱 딱 쪼는 딱따구리가 있다. 멍텅구리가 있다. 내가 있다. 나라는 풍선이 있다. 나라는 풍선껌이 있다. 점점 부풀다 빵 터지는 낮이 있다. 터진 낮의 심장부에 밤이 있다. 밤의 시계가 있다. 의자가 있다. 테이블이 있다. 고릴라가 있다. 고릴라 방귀가 있다. 네가 있다. 너의 뒤통수가 있다. 너의 뒤통수만 비추는 거울이 있다. 거울은 인간이 아닌 거울의 세계에 귀속된다. 언어는 인간이 아닌 언어 자체에게로 귀속된다. 언어로 표현할 수 없는 대상이 있다. 대상 없는 언어들이 있다. 그 사이에 세계가 있다. 침묵이 있다. 내가 있고 네가 있고 그림자가 있다. 그림자의 기나긴 한숨이 있다.

038
질문

　도대체 나에게 시는 무엇인가. 도대체 방금 태어난 이 핏덩어리 태아의 시는 어디서 온 건가. 도대체 여기는 어디고 어떤 모습인가. 도대체 나는 왜 이 순간 이 시공간에 이런 형태로 존재하는가. 이 의문들은 내가 던지는 질문이기 이전에 문장이 문장 스스로에게 던지고 있는 질문들이다. 문장은 문장 스스로 생각하고 발화하고 질문한다. 문장은 문장 스스로 트림을 하고 딸꾹질을 하며 몸의 호흡과 피의 흐름을 조절한다. 나는 문장의 세계를 알 수도 예측할 수도 없다. 여기서 나를 우리로 교체하면 발화 주체는 우리이기 이전에 언어들이다. 언어들은 그들 스스로에게 질문을 던져 그 물음을 인간과 세계로 전파한다. 문장은 문장 스스로 끊임없이 방귀를 뀌어 몸안의 가스를 인간의 세계로 배출한다.

사물과 시인

    내가 사물이라고 말할 때 사물은 이미 시간을 말하고 시간은 침묵과 무를 말한다. 사물들은 나의 존재의 찰나와 허구성을 나보다 먼저 직관한다. 사물들은 인간의 감각기관보다 훨씬 예민한 촉수를 가진 존재들이고 죽음을 수없이 반복하는 일생의 선배들이다. 바위들이 그렇고 나무들이 그렇고 풀들이 그렇고 무수한 모래알들이 그렇다. 빈병이 그렇고 버려진 외짝 구두가 그렇다. 글자 잃은 간판들이 그렇고 타고 있는 죽은 자들의 옷이 그렇다. 사물은 무의 일시적 형식이자 색色이고, 소리는 침묵이 자신의 육체를 허공에 잠시 현현하고 사라지는 것. 사물로 채워지는 시 텍스트는 자신의 존재형식 속에 이미 자신의 부재 형식과 무위, 화석화될 기나긴 침묵의 시간을 내포한다. 시인이 사물들로 시를 채워 의미를 낳는 것이 아니라 사물들이 시인으로 하여금 시를 구성하게 하여 세계의 의미, 시간의 의미, 인간의 의미, 존재의 의미를 되묻는다. 사물들은 인간의 의미, 의미의 의미를 되묻는 천 개의 혀가 달린 거울이다.

지느러미 달린 어휘들

어휘들은 시간의 물결 속을 뛰노는 물고기다. 물결에 순응하기도 하고 폭포수를 역류하기도 하면서 물고기들은 헤엄친다. 물 밖으로 튀어나와 공중을 헤엄치기도 한다. 대기 속으로 몸을 던져 대기와 살을 섞는다. 그런 에로티시즘의 관계, 사랑의 리듬 속에서 죽음의 순환 양식으로 시는 존재한다. 어휘들은 자신의 육체를 통해 스스로 성장하고 타자와의 에로스를 통해 변이하고 탈피한다. 어휘들도 암수가 있고 각각의 고유한 호흡과 맥박을 갖는다. 어휘들도 짝을 찾아 사랑을 나누며 밀애의 시간을 갖는다. 어휘들도 사랑하고 증오하여 다른 어휘를 잡아먹기도 한다. 어휘들도 끝없이 모천으로 회귀하여 산란産卵을 하고 죽음을 체험한다. 죽은 짝이 남긴 알들을 부화시키기 위해 남은 어휘는 혼신을 다해 지느러미를 흔들고 숨을 불어넣는다. 어휘들의 숨가쁜 숨소리가 들리는 아름답고 참혹한 물속 사투의 전장戰場, 그곳이 현대 시의 놀이 공간이다.

에버랜드 놀이동산

시들이 에버랜드 놀이동산이면 좋겠다. 누군가에게 나의 시가 신나는 놀이기구가 될 수 있다면 참 좋겠다. 어떤 시는 바이킹, 어떤 시는 다람쥐통, 어떤 시는 팽이그네, 어떤 시는 귀신 나오는 터널, 어떤 시는 우주비행 로켓, 어떤 시는 워터 봅슬레이, 어떤 시는 해저 케이블카, 어떤 시는 갑자기 하늘로 올라갔다 뚝 떨어지는 번지드롭, 어떤 시는 정글탐험 보트, 어떤 시는 깔깔 마녀가 사는 거울의 방, 어떤 시는 사과탕, 어떤 시는 레몬탕, 어떤 시는 커플족탕, 어떤 시는 360도 회전하는 짜릿짜릿 공포의 자이언트 루프, 어떤 시는 간질간질 맨발 황톳길.

유머감각

유머가 필요하다. 유머는 권투 선수다. 나비처럼 날아서 벌처럼 세계의 코를 쏘는 무하마드 알리다. 어떤 날은 프로 레슬러다. 나를 뒤집어놓고 목을 꺾어 항복시키려는 자이언트 바바다. 세계의 대갈통에 박치기를 날리는 청년 김일이다. 또 어떤 날은 핸드볼 선수다. 수영 선수다. 장애물달리기 선수다. 높이뛰기 선수다. 리듬 체조 선수다. 피겨스케이팅 선수다. 경보 선수다. 땀을 뻘뻘 흘리며 시공의 무한트랙을 도는 외로운 경보 선수. 나와 세계와의 관계는 경보 선수의 씰룩거리는 두 엉덩이의 관계다.

형식은 육체의 연장

형식은 자유다. 인간에게 옷은 몸을 둘러싼 외투이지만 동물에게 가죽은 외형의 옷이 아니라 간절한 육체다. 얼룩말은 얼룩무늬 가죽으로 자신을 증거하고, 호랑이는 호랑줄무늬 가죽을 통해 자신이 호랑이임을 증거한다. 그것은 호랑이가 자신이 호랑이가 되기 위해 의식적으로 만든 것이 아니다. 나에게 시의 형식이란 시의 육체의 외적 연장이지 시각적 수사나 현혹이 아니다. 형식은 자유다. 숨결의 자유고 상상의 자유고 의미의 자유고 사랑의 자유다. 모든 시의 형식은 시인 자신과 언어의 실존의 투사이자 현기증이다.

044

당신은 당신이라는 최초의 시집이다

    당신은 태고의 지층이다. 당신의 말인 당신의 꿈은 그 광대한 지층 어딘가에 숨어 있는 물고기 화석이다. 죽은 짐승의 아름다운 등뼈고 노래하는 파도고 짝 잃은 반달이다. 오늘밤 나는 최후의 새가 되어 당신이라는 최초의 지층 속 허공으로 날아간다. 거기서 나는 깎아지른 벼랑을 만나고 벼랑 위의 구름을 만난다. 벼랑 아래 펼쳐진 기나긴 해안선을 걸으며 나는 소리 없이 당신을 운다. 젖은 모래에 남은 당신의 빈 발자국들을 보며 당신의 찬 맨발을 느낀다. 당신의 빈 몸을 맨몸으로 느끼며 당신의 울음이 퍼져갔을 태고의 하늘을 바라본다. 가늘고 긴 당신의 속눈썹 닮은 노을이 퍼져오고 새들이 아름다운 곡선을 그리며 날고 있다. 나는 말없이 고개를 숙인 채 점점 물이 차오르는 내 발목을 바라본다. 물들이 찰랑찰랑 웃고 있다. 물들의 일렁거림과 함께 그동안 내가 얼마나 당신을 몰랐고 무심했는지 절감한다. 당신은 태고의 지층이다. 당신은 영원히 당신이라는 최초의 시집이다. 당신은 당신이라는 세계 유일의 아름다운 시집, 문자 없는 책이다. 한 권의 시집을 읽는 일은 최초의 당신과 최후의 내가 두근거림 속에서 만나는 첫 데이트고 첫 키스다. 타인의 시집을 함부로 던지자 말자. 그것은 내가 내 얼굴을 뜯어내 재떨이처럼 벽에 집어던지는 행위와 같은 짓이다.

045

(제목) 없는 시

제목 때문에 갈팡질팡할 때가 있다. 어떤 날 제목은 상추처럼 땅에서 불쑥 솟아난다. 어떤 날은 갑자기 하늘에서 새똥처럼 내 머리로 떨어진다. 비가 오는 날 제목은 우산을 쓰고 찾아와 말한다. 저랑 맥주 마시러 가요! 눈이 오면 모자 달린 털 코트를 걸치고 찾아와 말한다. 함께 눈썰매 타러 가요! 제목과의 데이트는 참 재미있지만, 시가 이미 제목인데 제목이 꼭 필요한 걸까. '제목 때문에 갈팡질팡하다가 결국은'이라는 제목으로 시를 쓴 적이 있다. 밤새 갈팡질팡하다가 결국은 찢어버렸다. 제목에 숨어 있던 누군가의 손이 튀어나와 밤새 내 뺨을 찰싹찰싹 때렸기 때문이다. 그래서 다시 쓴 시가 '제목 없는 시'다. 제목 없는 시는 스스로 제 목을 자르고 처형의 판관이 되어 나를 찾아왔다. 판관은 목이 없었다. 목소리가 없었다. 울음도 비애도 없었다. 연민도 동정도 없었다. 판관은 내게 극형을 내렸고 내 시의 제목을 단칼에 효수梟首했다. 그렇게 태어난 시가 '없는 시'다. 없는 시는 없어야 하는데 자명하게 있었다. 없는 시엔 어떤 소리도 색깔도 없어야 하는데 백색의 암흑이 있었고 상처 난 짐승의 울음이 있었고 얼음장 밑을 흐르는 기나긴 겨울밤이 있었다. 없는 시는 없어지기 위해 태어난 최초의 빗방울

(0)이었고 최후의 나비(∞)였고 눈먼 눈사람(8)이었다. 그들은 모두 나였고 내가 아닌 모든 나였다. 나는 (   )이었다. 나는 마구 울음이 쏟아졌다. 백지에 떨어진 몇 방울의 창백한 눈물, 그건 그날 밤 내가 쓴 마지막 시였다. 그것은 제목이 없었다. 지상의 어떤 언어도 없었다.

046

카멜레온 텍스트

사물과 세계 사이, 세계와 시간 사이, 시간과 죽음 사이에는 각
각의 고유한 파동이 있다. 공기의 파동, 빛의 파동, 어둠의 파동,
불의 파동, 물의 파동, 소리의 파동. 그건 실재하는 악기들의 현이
다. 현의 팽팽함을 조율하는 것은 내가 아니라 나보다 훨씬 미세한
촉수들을 가진 언어들이다. 긴장의 촉수와 이완의 촉수들이 상호
부딪히고 결합하면서 파동의 고저장단을 만들고 색채를 만들고 정
서적 충격이나 울림을 낳는다. 나는 자리를 빌려줄 뿐 악기들의 실
질적 연주 주체는 언어들이다. 그러나 어떤 언어에는 내가 의식하
지 못한 나의 무의식이 유리 파편처럼 박혀 있다. 내가 없는 곳에
서 홀로 피를 흘리는 언어들, 자유의 몸이 되어 텍스트 속을 자유
롭게 비상하고 헤엄치면서도 어둠 속에서 홀로 우는 언어들, 나는
가끔 그들의 은폐된 슬픔을 엿본다. 부사는 형용사로 전이되어 꽃
에게 다가가고, 술어는 주어로 변신해 광장을 걸어다닌다. 접속사
는 명사 혹은 인칭대명사로 둔갑하고, 하나의 문장이 하나의 주어
로 하나의 현실 사물로 몸을 바꾼다. 이러한 언어들의 운동에 의해
의미와 해석의 무한스펙트럼을 직조하는 텍스트, 주변 환경에 따
라 몸의 색을 바꾸는 카멜레온 텍스트가 탄생한다. 이때 나는 탄생

의 이면에 서린 언어들의 비애와 고통을 본다.

047

이미지의 두 종류

흰 천에 무지개 물감 한 방울을 떨어뜨린다. 물감은 천의 결을 따라 자신의 호흡으로 리듬을 타며 각양각색의 무늬를 수놓는다. 흰 천의 다른 곳에 두번째 세번째 물감을 떨어뜨린다. 물감은 이미 수놓아진 무늬 위로 번지면서 전혀 다른 무늬를 낳는다. 이것을 나는 외재적 이미지라 부른다. 그러니까 나와는 상관없이 언어라는 물감들의 운동에 의해 발생하는 이미지를 말한다. 이미지의 중첩은 연속진행형이다. 흰 천이 우주라면 언어는 액체 상태의 비행물체인 셈이다. 외재적 이미지는 무중력공간을 자유비행중인 운동에너지고 에너지의 연속적 파장이라 할 수 있다. 이와는 달리 화산이 폭발할 때처럼 내 몸의 지하로부터 맹렬히 솟구쳐오르는 이미지들, 그것을 나는 내재적 이미지라 부른다. 그러니까 몸의 내면욕구나 충동으로부터 무의식적으로 발생하는 이미지를 말한다. 그 또한 이미지는 이미지를 부른다. 연속적으로 분열하면서 또다른 이미지를 생성한다. 시간이 시간을 지우며 흐르듯 이미지는 이미지를 지우며 계곡을 타고 용암처럼 흐른다. 이 이미지들이 활화산의 문장을 이룬다.

048

의미의 인드라망

　의미는 언어가 지칭하는 대상에서 나오는 것은 결코 아니다. 또한 인간이 언어를 어떻게 사용하는가에 따라 의미는 결정된다고 본 비트겐슈타인의 견해에도 일부 나는 동의할 수 없다. 시의 언어들은 시인의 언어 사용 방식과 상관없이 텍스트 시공간 속에서 자발적으로 움직이는 자율운동성을 갖기 때문이다. 시어들은 나의 통제권 밖으로 나가 율동적으로 춤춘다. 어휘들 스스로 상호 충돌하고 삼투하고 결합하면서 확정지을 수 없는 의미의 인드라망을 구축한다. 텍스트는 언어들이 나를 소외시키고 소멸시키면서 태어나는 의미지연의 놀이동산 혹은 럭비 경기장 같은 곳이다. 그것은 언어와 이미지가 갖는 환幻의 속성이 하나의 문장에서 텍스트 전체로 안개처럼 확산되기 때문이다. 시를 쓴다는 행위 그 자체, 시를 향해 나아가고 있다는 정신적 물리적 운동성 그 자체, 그것이 시의 유일한 의미일지도 모른다.

049
꿀벌들

시의 언어는 여객기, 스텔스 전투기, 헬리콥터 등과는 다른 비행술로 시공간 숲을 날아다니는 특수비행물체다. 시의 언어들은 나의 의지나 의식을 배반하며 자신의 충동과 본능에 따라 숲의 계곡과 하늘, 벼랑과 벌판을 오가는 꿀벌들이다. 벌집을 잘못 건드렸다가 왱왱거리며 쏟아져나오는 벌떼의 공습을 받고 눈두덩이 퉁퉁 부어오른 적이 몇 번 있다. 그러나 나는 결코 양봉업자가 아니다. 그러나 시인은 가끔 양봉업자가 되어야 한다. 그러나 벌들을 통해 꿀을 채집하는 것만을 목적으로 삼아서는 안 된다. 그러나 시인은 양봉의 미세한 기술들을 체득해야 하고 벌들의 아름다운 춤과 비행을 조정할 수 있어야 한다. 그러나 시인은 결코 벌들의 주인이 될 수 없다. 벌들의 본능과 충동을 완벽하게 통제할 수는 없다. 꿀의 주인은 시인이 아니라 벌들이고 벌들 이전에 들판에 피었다 사라진 무수한 들꽃들이다. 자연은 숭엄하고 아름답고 두려운 침묵의 시인이다. 나의 시는 결코 나 자신의 것이 아니다. 내가 언어를 통해 나의 세계관, 나의 사상, 나의 비행 계획을 백지에 투영시킬 때 그것이 전적으로 나의 것이 되는 것은 원천적으로 불가능하다. 양봉업자가 벌들을 통해 꿀을 채취했다고 해서 그것이 전적으로 양봉업자의 것이 되지 못하는 이치와 같다. 시의 언어는 검정과 노랑의 보색줄무늬 배를 가진 꿀벌이다. 자신의 육체 깊은 곳에서 울려나오는 본능적 목소리, 피의 흐름에 따라 비행하는 독침 달린 꿀벌들이다.

아침 밥상

어떤 시는 아이스크림. 어떤 시는 커피사탕. 어떤 시는 마늘빵. 어떤 시는 파인애플. 어떤 시는 물만두. 어떤 시는 안심스테이크. 어떤 시는 핫도그. 어떤 시는 달걀샐러드. 어떤 시는 위스키. 어떤 시는 누드김밥. 어떤 시는 스파게티. 어떤 시는 골뱅이무침. 어떤 시는 추어탕. 어떤 시는 토스트. 어떤 시는 멸치칼국수. 어떤 시는 사철탕. 어떤 시는 꿈틀꿈틀 산낙지. 나의 시는 어떤 음식일까. 나는 제대로 된 주방장일까. 세상에서 가장 맛있는 요리를 해 아이들 아침 밥상에 내놓고 싶다.

시는 언어들의 마임 공연장이고 사물들의 퍼포먼스 공연장이다. 시인인 나는 기획자고 연출자이다. 가끔 배우가 되어 그들과 함께 공연에 참여하지만 내가 배우들을 완전히 대신할 수는 없다. 즉흥 심야 공연의 경우 언어들은 무대에서 속옷까지 홀랑 벗고 사물들과 섹스를 하기도 한다. 엉덩이와 성기와 항문을 드러내보이며 언어들은 노출증 환자로 변신한다. 당신과 세계라는 지성의 관객이 은밀한 관음증 환자라는 걸 잘 알기 때문이다. 시는 언어와 사물들이 벌이는 에로티시즘이고, 그 무대공간의 침실은 시인 자신의 간절한 육체이다.

052

꿈꾸는 육체

바람이 분다. 소리 없는 말과 말 없는 소리 사이로 벚꽃이 흩날린다. 나는 천천히 발을 따라 걷는다. 사물들이 하나 둘 나와 함께 빗속을 걷는다. 각자의 보폭으로 각자의 리듬으로 각자의 집으로 걸어간다. 자동차가 걸어간다. 가로등이 걸어간다. 고양이가 걸어간다. 유치원 아이가 걸어간다. 빵집이 걸어간다. 목욕탕이 걸어간다. 목이 긴 굴뚝이 걸어간다. 기린처럼 걸어간다. 월요일이 걸어간다. 딸꾹질을 하면서 걸어간다. 육교도 도로도 걸어가고 STOP 표지판도 걸어간다. 나무는 나무의 발걸음으로 걸어가고 구름은 구름의 보폭으로 걸어간다. 집도 걸어간다. 새끼들 때문에 지친 암사자처럼 걸어간다. 내가 걷는 동안 집도 걷고 달도 걷고 이 문장도 걸어간다. 걸어간다도 걸어가고 정지한다도 걸어간다. 모두 걸어가며 비에 젖는다. 걸어가며 흩날린다. 걸어가며 그림자를 낳고 시간을 낳는다. 강아지처럼 예쁜 밤을 낳고 자정을 낳는다. 모두 젖은 채 각자의 방으로 돌아간다. 각자의 침실로 돌아가 각자의 깊은 잠에 빠져든다. 인간이 인간의 꿈을 꾸는 동안 사물들도 사물의 꿈을 꾼다. 침대는 침대의 꿈을 꾸고 베개는 베개의 꿈을 꾼다. 구두는 구두의 꿈을 꾸고 사진첩은 사진첩의 꿈을 꾼다. 사물은 사물의 잠 속에서 인간들이 이해할 수 없는 사물의 꿈을 꾸고, 언어는 언어의 잠 속에서 시인들이 이해할 수 없는 언어의 꿈을 꾼다. 내가 몰래 방으로 들어가 발바닥을 간질이면 그들은 몸을 비틀며 웃는다. 발가락을 꼼지락거리며 웃는다. 사물과 언어도 감각의 동물이다. 꿈꾸는 육체다.

053

동시성 그리고 실종

　나무를 본다. 내가 나무를 볼 때 나는 나무였던 나무와 나무가 아니었던 나무와 나무가 아닐 나무를 동시에 보는 것이다. 시선이 사물을 사물의 자리에 위치시켜 질서를 만들지만 사물을 가둔다. 시선은 폭력을 내장한다. 시선은 장미와 권총을 내장한다. 시선은 도끼와 수갑을 내장한다. 시선은 눈동자를 베는 칼날을 꽃잎으로 은폐한다. 은폐는 노을이 번지는 강물이고, 죽은 자가 떠내려가는 화장火葬 뗏목이다. 내가 나무를 볼 때 나무는 나였던 나와 내가 아니었던 나와 내가 아닐 나를 동시에 본다. 내가 나무를 볼 때 나무는 나의 전후좌우를 보고 나를 가둔 여백의 어둠, 까마득한 어둠 속 광기의 폭포까지 본다. 한 그루 나무는 자신의 육체와 허공에 갇혀 있고, 한 편의 시는 말과 여백에 갇혀 있다. 여백은 아름다운 감옥이다. 현대의 시인이라면 여백에 잠든 꿈꾸는 말까지도 탈옥시킬 수 있어야 한다.

5부

파괴된 진공 (眞空)

하나의 원Circle이 주어질 때 그 원과 똑같은 면적을 갖는 정사각형을 작도할 수 있을까. 이 원적 문제의 해법은 기하학이 아닌 대수학에 있다. 원의 넓이를 계산할 때 사용되는 것이 원주율 π다. 수론에서 p와 q가 범자연수일 때 분수 p/q로 표현되면 유리수, 표현되지 않으면 무리수라고 한다. 원주율 π는 무리수인데 정수 계수를 갖는 어떤 다항방정식의 해도 아니다. 즉 π는 대수식을 초월하는 초월수로 그 끝이 확정되지 않는다. 이 사실은 주어진 원과 같은 면적을 가진 정사각형을 작도할 수 없음을 의미한다. 여기서 기하학적 작도의 문제가 대수학의 정수론으로 해결된다는 사실이 중요하다. 어떤 세계 내의 중대한 문제 해결법이 그 세계 밖의 세계에 존재한다는 사실은 암시하는 바가 크다. 우리 현대 시의 한계 극복법과 문제 해결법을 연계시키기 때문이다. 시의 문제 해결을 시 밖의 세계에서 찾으려는 노력은 더욱 가속화되어야 한다. 나는 초월수의 세계를 지향한다. 나는 초월의 세계를 지양하고 초월수의 정신을 지향한다. 내 언어는 끝이 없는 무한의 세계로 가는 유한의 기호들이고 모두 나의 이름 없는 육체다.

무한은 어디 있는가? 1, 2, 3, 4, 5, 6, 7, 8, 9…… 각각의 수數 사이에도 무한은 가득하다. 무한이 전제되지 않는 수의 확산은 수 개념 자체를 부정하는 것이다. 즉 무한과 유한은 상보적으로 존재 한다. 영원과 찰나의 문제 또한 나는 상의相依의 관점에서 사유한 다. 무한은 유한의 끝 어딘가에 존재하는 섬도 제국도 행성도 아니 다. 육체와 정신이 서로를 조건으로 생겨나고 소멸하듯 유한의 세 계 속에서 나는 무한을 경험한다. 죽음은 유한의 삶 속으로 무한히 침투하는 잠입자고, 시간은 매일매일 윤회輪廻를 반복하여 태어나 는 기이한 무한이다. 어제가 죽고 어제의 업業이 쌓여 오늘이 되고 오늘의 업은 내일을 결정한다. 물론 나는 결정론자도 운명론자도 아니다. 시간은 자신을 죽여 자신을 부활시키는 무한의 물질이자 에너지다. 그렇다면 일상 속에서 무한은 어디 있는가? 1일, 2일, 3일, 4일, 5일, 6일, 7일, 8일, 9일…… 각각의 날日 속에 무한은 이미 들어와 있다. 하루하루가 찰나고 영원이다. 새벽과 저녁은 현 실에 실재하는 불가사의한 시간의 몸이다. 서녘 하늘에 채색되는 붉은 노을은 피부색이 상반된 주야晝夜가 신혼부부가 되어 하나의 육체를 이루는 아름다운 장면이다. 그 전율의 합일 순간을 나는 시적 이미지로 포착할 때가 있다. 나에게 시는 물질이면서 반물질이다. 나는 나라는 물질의 전생과 내세 사이에 놓인 하나의 점 좌표다. 점은 수학적으로 둥근 모양이지만 물리적으로는 불가능한 존재다. 크기가 없고 위치만 있기 때문이다. 그런 불안정한 점과 점 사이에 세계가 있고 무한이 있다. 나라는 외딴 점 곁에 당신이라는 외딴 점이 있다. 그 사이에 광대한 무한의 바다가 있다. 그 물결을 타고 일렁일렁 표류중인 작은 조각배, 그것이 시다.

소수素數, Prime number의 세계

소수는 1보다 큰 자연수 중에서 1과 자기 자신만으로 나누어떨어지는 수다. 2, 3, 5, 7, 11, 13, 17, 19, 23, 29, 31, 37, 41……처럼 1과 자기 자신만을 약수로 갖는 자연수다. 자연수 6은 2×3 또는 1×6과 같이 곱셈 형식으로 나타낼 수 있는데 이때 1, 2, 3, 6을 6의 인수라고 한다. 특히 인수가 소수일 때 그 인수를 소인수prime divisor라고 하고, 어떤 자연수를 소인수들만의 곱으로 나타내는 것을 소인수분해라고 한다. 수 체계에서 소수의 존재는 매우 중요하기 때문에 소수의 발생 규칙 찾기와 분포도 분석은 계속되어왔다. 고대 그리스 수학자 에라토스테네스가 자신이 고안한 '에라토스테네스의 체'를 이용하여 소수 찾는 방법을 연구한 이래 소수 찾기는 계속되고 있다. 그럼 가장 큰 소수는 무엇일까. 가장 큰 소수는 과연 존재하는 걸까. 자연수의 개수가 무한이기 때문에 소수의 개수 또한 무한이고, 따라서 가장 큰 소수는 알 수 없을 것이다. 그러나 이것은 추측이지 증명이 아니다. 어떻게 증명해야 할까. 가장 큰 소수가 있다고 가정해보자. 그 소수를 P라고 하자. 그리고 모든 소수들의 곱으로 이루어진 엄청 큰 수 N을 상상하자. N=2×3×5×7×11×13× …… ×P. 이 N은 P보다 훨씬 큰 수임이 분명하다.

N은 2로 나누어떨어진다. 3으로도 나누어떨어지고, 5로도 나누어떨어지고, P로도 나누어떨어진다. 즉 N은 어떤 소수로도 나누어떨어진다. 그렇다면 N+1은 어떨까. 2로 나누면 1이 남는다. 3으로 나누어도 1이 남고, P로 나누어도 1이 남는다. 즉 어떤 소수로 나누어도 1이 남는다. 그렇다면 N+1을 나누어떨어지게 하는 수는 1과 자기 자신뿐이다. 따라서 N+1은 소수다. 그런데 P가 가장 큰 소수라고 했으니까 모순된다. P가 가장 큰 소수라는 가정이 잘못된 것이다. 따라서 가장 큰 소수는 존재하지 않는다. 즉 소수의 세계는 무한의 세계다. 끝없이 탐험이 계속될 미지의 우주고 미지의 시詩다. 증명은 논리를 통해 이루어지는 형식체계이지만 그 형식에 미美와 생명을 불어넣는 것은 창조적 시의 정신, 예술적 상상력이다.

057

수평선

    수평선은 목적이 없다. 나는 목적이 전제된 자유를 사랑하지 않는다. 자유는 사랑에 빠진 자가 그렇듯 무목적이다. 자유는 수평선을 희원하는 새고 수평선을 횡단하는 바람이다. 사랑은 상대를 향한 집착과 공격성을 드러내면서도 근원적으로 헌신이고 이타적 배려다. 시에서 자유에 대한 내 사랑의 실천의지는 낱말들의 행동, 사물들의 춤, 진동하는 침묵, 우주를 날아가는 새 등으로 나타난다. 내게는 가식적 사랑이 은닉하는 인공의 자유를 살해할 시적 권리가 있다. 현실은 가면의 영혼들, 불구의 말들이 인공의 사건을 만들고 다시 사건을 복잡다단하게 왜곡해 재구성한다. 내가 낱말들과 연인 또는 연적이 되어 세계라는 가면무도회에서 살殺의 검무劍舞를 추는 이유 중 하나가 여기에 있다. 나는 삶 속에서 피의자와 추적자의 쫓고 쫓기는 서스펜스, 긴장된 불면과 악몽을 경험한다. 나는 나로부터 쫓기고 타인으로부터도 쫓기고 돈으로부터도 쫓기고 내 문장들로부터도 쫓긴다. 현대인은 누구나 수십 개의 가면을 써야 하는 역할극의 부속물들이다. 우린 모두 가면 쓴 엑스트라들이다. 아무리 아니라고 부정해도 부정이 부정되지 않는 현실이 우리가 직면한 자명한 현실이다. 나는 나의 시조차 그런 세태를 띠고 펼쳐지는 또하나의 현실적 지옥임을 냉혹하게 직시하려 한다. 내가 나의 시에 비인간적이고 잔혹한 이미지들의 자유를 승인하는 까닭도 여기에 있다. 나는 가면의 현실 속에서 가면의 말로 가면의 사랑을 나누는 가증스러운 나를 목격하고 방관한다. 그런 나를 끌고 말은 자신의 염라국으로 밀입국한다. 상상의 파도를 타고 말은 본능적 충동에 따라 나를 염라국으로 데려간다. 특정 목적지를 상정하지 않는 파도의 율동, 물결들의 애무, 어두운 격랑과 속도가 나를 위무한다. 시는 무목적인 연인이고 상처 난 촛대다. 어두운 난파선이고 파도 잃은 밤바다고 벼랑의 묘지다. 바다는 파도와 섬들을 유혹의 도구로 삼아 새들을 불러들이지 않는다. 섬들은 모두 바다의 뾰루지다. 바다가 꾸는 아픈 꿈들이 고독한 섬이 되어 수면 밖으로 살을 내민 것이다. 바다는 어떤 목적을 전제로 자신의 사랑을 시험하지 않는다. 무목적이 낳은 밀물과 썰물의 흰 눈썹들이 허공에 휘날리고 있다. 내 그림자가 방파제 끝에 나를 내려놓고 유령처럼 홀로 해안선을 걷고 있다.

시의 근간은 무無고 시의 궁극은 무의미다. 어떤 시에 의미가 내재되어 있든 휘발되어 있든 시의 미학은 침묵의 구현이다. 침묵을 통한 무한세계로의 전면적 개안開眼이다. 무의미화 과정에서 중요하게 생각해야 할 점은 의미의 의미에 대한 비판적 성찰, 의미의 소멸에 따른 무의미의 생성 과정에 대한 첨예한 고찰이다. 예술성이 뛰어난 시는 단순하지 않고 획일화되지 않고 인간의 사유와 상상의 카테고리 안에 종속되지 않는다. 언제나 새로운 대륙, 새로운 우주, 새로운 시간을 낳으며 신新공간으로 탈주한다. 좋은 시의 낱말과 문장들은 인식의 울타리를 단숨에 뛰어넘는 길들여지지 않는 야생마들이다. 시인의 사고思考가 의미를 일정한 범주에 가두려 해도 그 구속의 압박을 단숨에 배반하고 다른 영토로 달아난다. 결국 의미의 무한적 확산은 무의미에 다다른다. 내게 무의미는 시의 의미 확산의 최후 지점에서 발생하는 폭발, 시차時差와 위상位相이 전도된 빅뱅이다. 그 무의 환원 상태에서 새로운 세계가 시작되고 새로운 꽃들이 피고 새로운 아이들이 태어난다. 내게 의미의 삭제놀이는 처음부터 시의 의미를 포기하고 들어가는 자학적 말놀이가 아니라 세계의 상처와 결핍을 끌어안고 세계의 심장부로 들어가 의미의 허위虛僞를 지우고 무한으로 나아가는 자유의 실천이다.
그러기에 시는 어떤 의미 어떤 목적 어떤 사상 이전에 존재하는 물
음이고 부재하는 대답이고 무위無爲의 춤이다. 시는 끊임없이 팽
창수축을 반복하는 대기고 변화무쌍한 우주고 공중을 흐르는 물이
다. 시간이 응고된 육체고 침묵하는 묘비고 자궁 속의 기나긴 메아
리다.

059

노동의 양식

나는 낮 동안 일을 한다. 몸으로 땀을 흘리면서 내가 쏟은 땀의 흔적들을 바라보면 흐뭇하고 밥맛이 좋아진다. 나는 밤에도 일을 한다. 영혼의 땀을 흘리면서 상상하고 기억하고 내 삶을 되돌아보며 시도 쓰고 동화도 쓰고 수학책도 쓴다. 최근엔 초등생들을 대상으로 개념 중심의 수학책을 집필하고 있다. 나는 수학책을 쓰거나 수학 문제를 풀다가 혼자만의 엉뚱한 공상에 빠져들곤 한다. 예를 들어, 영을 영으로 나누는 일, 무한을 무한으로 나누는 일, 무한에서 무한을 빼는 일, 영에 무한을 곱하는 일, 영과 무한을 신혼부부처럼 하나의 몸으로 합체해보기도 한다. 시간, 우주, 사물, 언어, 세계를 토대로 수학의 일곱 가지 부정형을 상상한다. 세계는 인간이 기이한 부호로 들어 있는 불완전한 수식이다. 세계를 불신한다는 것은 곧 인간이라는 기호를 부정하는 것이다. 나 또한 생명의 존재물이면서 추상의 기호물이다. 기호는 현실, 시간, 존재, 망각의 문제와 긴밀하게 연계된다. 수학의 모든 정리들은 추상의 형식으로 존재하지만 결국은 망각의 영토로 소멸해간다. 그러기에 나는 수학을 추상학문이라고만 생각하지는 않는다. 수학은 인간의 몸에서 발생하는 숨이나 피처럼 일종의 존재 양식이다. 기호들의 기술記述이 추상으로 비칠 뿐이다. 수학을 이성과 논리의 산물로만 보는 자들은 가련하고 위험하다. 삶도 사랑도 이분법의 세계관으로 바라볼 것이기 때문이다. 수학은 때대로 논리를 초월하는 비논리적 상상력에 의존한다. 비이성적 상상, 공상, 망상은 수학자의 육체 속에서 기생하며 이성을 빨아먹는 거머리가 결코 아니다. 그것들은 논리의 정교함을 고양시키기 위해서 절대적으로 필요하고도 충분한 반대 조건들이다. 즉 수학자는 과학자의 집과 예술가의 집을 수시로 오가는 고양이다. 달빛 내리는 지붕에 앉아 몽상중인 고양이다. 나는 지금 달빛 스민 내 몸에 일(1)을 무한 번 곱해보고 있다. 영(0)을 무한 번 곱해보고 있다. 영(0)에 무한을 곱해보고 있다. 어떤 결과를 도출하기 위함이 아니다. 지친 몸, 피로한 하루를 지우며 나를 위로해보는 것이다. 수학은 자유고 놀이고 치유고 꿈꾸기다.

060

무한 기호 ∞

리미트limit 엑스(X)가 영(0)으로 갈 때 일(1)을 엑스로 나누는
것, 즉 (1/X)이라는 행위의 무한한 연속곡선을 나는 따라가고 있
다. 무한을 향한 수렴 과정에서 제로가 도출되지만 제로와의 만
남은 육체적 합일이 아닌 관념적 합일이다. 나는 그것을 상상으
로 느낄 뿐 직접 눈으로 확인하지는 못한다. 손으로 만지거나 코
로 냄새를 맡아 감각할 수도 없다. 내가 만난 제로가 잠정적 귀결
일 뿐 최종의 확정적 도착이 아닐 수도 있다. 그래서 나는 수학의
본질은 자유성에 있다고 말한 칸토어(Georg Cantor, 1845~1918)
의 왼쪽 눈과 미적분법微積分法에의 길을 연 존 월리스(John Wallis,
1616~1703)의 오른쪽 눈을 두 시간째 상상하고 있다. 두 개의 눈
이 동시에 박힌 기이한 얼굴을 떠올리고 있다. 한 번도 본적이 없
는 초상을 그리면서 그 얼굴을 가진 자가 지금 내 몸에 들어와 나
대신 앉아 있다는 착각에 빠진다. 때때로 인간은 자기만의 착각에
빠질 필요가 있다. 독창적 사고와 상상을 낳는 생산적 소모일 수도
있기 때문이다. 영국의 수학자 월리스가 최초로 무한기호를 ∞으
로 사용했을 때 왜 하필 그 기호를 선택했을까. 어떤 우연이 그를
그만의 착오적 상상세계로 이끈 걸까. 과연 합리적이고 필연적인

이유가 있었을까. 나는 무한기호 ∞의 탄생에 대한 질문을 통해 나와 너, 세계와 우주, 시간과 공간의 생멸을 사유중이다. 기호들은 단순히 인간의 자의적 산물이 아니라 인간을 삼켜버리는 블랙홀일 수 있다.

061

중심 없는 무한 공간

　존재하는 것은 각각이 모두 중심이고 과녁이고 무덤이다. 중심
은 무수하고 무수히 많다는 것은 없다는 말이다. 세계는 없는 중심
들을 전체 원소로 하는 기이한 무한집합이다. 세계는 불가능한 시
고 이 불가능성에 의해 세계는 다시 열린다. 시인은 각각의 독립국
가고 불가능성을 불꽃처럼 발화하는 양초들이다. 현실은 단절이
만든 굴곡의 마디들로 이어진다. 세계는 대나무 칸칸의 마디처럼
시간이 기나긴 직선直線으로 착시되는 장소이다. 이 불가능성과 착
란을 제 살의 내피로 삼으려는 시들이 있다. 가능성과 이성적 질서
를 제 몸의 근육으로 삼으려는 시들이 있다. 나는 나의 시가 중심
을 희원하는 욕구를 방기放棄하지 못한다. 나는 나의 시와 삶이 근
육만 무성한 육체미 선수가 되길 원하지 않는다. 그것은 곧 나 자
신에게 내리는 준엄한 검열이자 심판이다. 그렇다면 근육 없는 신
체의 시는 가능한가. 유한으로 무한의 구현이 가능한가. 무한의 존
재는 인간의 이성의 한계에 대한 자각에서 유추되었을 것이다. 그
것은 근육의 세계가 아닌 혈액의 세계를 통해 접근해야 한다. 무한
은 인간이 인간의 우월적 존재를 포기하면서 발아하는 미지의 시
공간 너머다. 인간은 다른 사물들의 존재 가치와 동등한 하나의 입

장이고 일시적 호몰로지일 뿐 우월하지도 무한하지도 않다. 무한에 대한 시적 접근에서 이해와 해석보다 필요한 선결 조건은 존재와 무에 대한 통념비판, 유한성에 대한 뼈아픈 자기각성이다. 불규칙적으로 반지름이 계속 늘어나는 반고체의 구체具體시, 불규칙적으로 수축과 팽창을 반복하는 가스 덩어리 시, 공간의 벽을 계속 파괴하면서 중심 없는 새로운 무한 공간으로 나아가는 기하학 시를 상상한다.

062

기하학적 마음

삼각형은 삼각형을 부정할 것. 사각형은 사각형을 부정할 것. 형태는 사물이 아닌 회화 자체의 공간 분배에서 다시 태어나게 할 것. 회화는 어떤 불합리한 2차원 질서에 의해 구축된 3차원 환영이라는 사고까지도 부정할 것. 그리하여 기하학은 기하학을 부정하고 산술은 산술을 부정할 것. 도형과 수를 행진곡의 두 발처럼 동시에 진동시킬 것. 이미지와 음을 새의 두 날개처럼 동시에 펄럭이게 할 것. 그리하여 나는 나의 두 눈을 버리고 몸 전체가 하나의 빛 입자가 되어 무한 공간을 부유할 것. 육체라는 덩어리를 버리고 하나의 먼지 알갱이가 되어 상상 공간을 부유할 것. 하나의 방정식은 기호, 수식, 형태를 갖춘 수학자의 밀실이기 이전에 장난꾸러기 아이들의 꿈꾸는 침실일 것. 하나의 그림은 계단, 누드 혹은 식탁이 보이는 응접실이기 이전에 운동중인 평면일 것. 하나의 음악은 몽상의 파도를 낳는 바닷가이기 이전에 양들이 춤추는 초원일 것. 그리하여 시가 지배하는 의미성城이 색色과 음音이 한 쌍의 아름다운 새가 되어 날아다니는 침묵의 추상성城이 되게 할 것. 형태 제로, 부피 제로, 무게 제로, 타임 제로의 세계로 나아갈 것. 그리하여 무한無限으로 나아갈 것. 이 모든 과정을 비非물질적 물질인 언

어와 서체라는 놀이 물감. 숫자와 도형이라는 놀이 음표로 수행할
것. 도저히 불가능하기에 마침내 가능할 것.

063

문文과 필筆과 서체

장욱張旭은 초서草書로 유명한 당나라 현종玄宗 때의 서예가다. 술을 몹시 좋아해서 취한 상태로 머리에 먹물을 흠뻑 적셔 호방하게 글씨를 썼다고 한다. 내가 장욱을 좋아하는 것은 이런 낭만적 도취 때문이 아니라 도취적 광기狂氣가 낳은 글씨들의 빛나는 개성 때문이다. 장욱의 초서는 자유분방한 필세와 형상이 또렷하고 매우 독창적이다. 안진경顔眞卿과 회소懷素는 장욱의 제자인데 안진경은 해서에 회소는 초서에 능했다. 회소는 붓글씨를 쓸 종이가 없을 정도로 매우 가난했다. 그래서 파초 1만 그루를 심어 파초 잎에 글씨를 썼고, 나무판자 같은 것에도 수없이 글씨를 써 판자가 닳아 없어질 지경까지 자기의 서법과 필체를 연마했다고 한다. 이들은 전통적 서법을 정통으로 승계하면서 전통을 토대로 전통을 극복했다. 완당阮堂 김정희金正喜는 조선 정조 때의 문신이다. 그는 당시의 국내 서단에 대해 비판적 시각을 갖고 있었다. 구서舊書의 법法도 제대로 모르면서 가가호호家家戶戶마다 왕희지王羲之만 추수한다고 날카롭게 비판했다. 그런 비판적 인식을 기초로 그는 동기창董其昌, 소식蘇軾, 미불, 구양순歐陽詢의 서법을 갈고닦아 추사체秋史體라는 자기만의 독창적 서풍을 창안해낸 것이다. 이들이 보여준 삶의 태도와 도전 정신을 나는 존경하고 사랑한다. 시집 『오렌지 기하학』을 준비하면서 나는 기하학의 공간 감각과 서예calligraphy의 시각 이미지와 불교의 선禪적 사유를 결합해 시의 자장 안으로 끌어들여 보았다. 초서草書는 붓의 역동적 움직임에 의해 창출되는 곡선들이, 예서隸書는 엄격한 필법에 의해 태어나는 글자들의 전체적 균형이 시각 효과를 극대화시킨다. 여기에 여백의 미美가 가미되어 아름다운 조화를 이룰 때 충격과 황홀감을 발산한다. 이처럼 서예 창작에는 공간에 대한 균형 감각, 비율과 규칙, 호흡의 정지와 운동, 단절과 비약, 직선과 곡선의 조화 등 기하학적 요인들이 매우 중요한 역할을 한다. 수학과 서예와 음악과 종교의 결합을 통해 나는 우주, 죽음, 시간, 연기緣起, 진공眞空 같은 테마들을 깊이 있게 탐구하고 삶의 근원들을 반추해보고 싶었다. 그래서 특정 대상을 최소한의 직선과 곡선으로 단순화시켜 2차원 평면상에 재구성하기도 했고, 검은 동그라미와 흰 여백과 숫자만으로 소리의 세계를 침묵으로 시각화하기도 했고, 세상의 무수한 색채들을 흑백으로 단순화시켜 음양陰陽의 대비와 균형을 통해 새로운 추상 세계를 탐험하기도 했다.

064

진공묘유眞空妙有

불교에서 공空은 수행자의 이해와 분석의 대상이 아니라 깨달음의 궁극이다. 현대 물리학에서 이와 흡사한 개념이 진공眞空, Vacuum이다. 진공은 흔히 아무것도 없는 텅 빈 공간을 가리킨다. 그러나 영국의 물리학자 디랙(Dirac, 1902~1982)은 진공을 조금 다르게 해석한다. 그는 양자역학에서 자유 입자가 갖는 에너지 중, 입자의 질량이 음수陰數값을 갖는 $E = (-)mc^2$을 주목한다. 마이너스 질량을 갖는 입자가 존재하지 않는 것이 아니라 관측되지 않을 뿐이며, 나아가 마이너스 입자들이 진공을 빈틈없이 꽉 채우고 있다고 주장한다. 나 또한 시를 미묘한 진공의 우주, 소립자들의 군무群舞의 세계로 생각할 때가 있다. 입자언어―반입자언어가 쌍으로 결합한 채 끝없이 움직이며 생성과 소멸을 반복한다고 상상한다. 가시적 문장의 세계에 사는 이미지와 의미는 헛것이고, 비가시적 여백의 세계에 사는 반물질이 진공묘유의 묘유 아닐까. 묘유는 나무는 없고 나무 그림자만 일렁이는 호수에서 지느러미를 흔들며 유유히 헤엄치는 물고기가 아닐까. 시는 문장의 탄생과 죽음, 인간의 자궁과 무덤 사이에 뚫린 치명적 구멍일 수 있다. 현대의 시인은 언어로 진공에 구멍을 뚫어 진공을 붕괴시키는 자이고, 그 파괴된 진공을 복원하여 새로운 우주를 그리는 자이다.

6부

글쓰기의 공포

—

언어는 두 개의 탄환 구멍이 뚫려 있다. 생사生死 혹은 유무有無의 웜홀 터널. 시인의 언어는 탄환에 명중된 탄환이다. 시인의 언어는 목표물을 향해 날아가면서 피격된다. 사랑의 대상을 향해 날아가다 탄환에 희생되어 지상으로 떨어지는 새들, 그 주검의 잔해가 시다. 시인은 늘 비극적 저격수다. 시인은 세계를 향해 방아쇠를 당기지만 발사된 탄환은 원을 그리며 세계를 돌고 돌아 자신의 몸에 명중된다. 시인은 자신이 쏜 언어 탄환에 심장을 맞아 피 흘리는 자다. 삶은 굶주린 짐승과 야만적 포수 사이의 거리에 불과하지만, 그것은 측정 불가능한 물리량이다. 한 발의 탄환이 심장에 닿기 위해서는 허공의 살을 무수히 찢으며 통과해야 한다. 내가 날린 탄환 또한 지금 암흑의 진공을 날아가고 있다. 횡단은 가혹하고 아름다운 비행이다. 머나먼 땅, 머나먼 숲, 머나먼 설원 한복판에서 예리한 총성이 메아리처럼 울리고 노을이 번져온다. 지금 내 눈에 번져오는 노을은 백색이다. 백발이 무성한 총소리다. 백색은 검은 공포고 환幻이다. 나는 나를 냉혹하도록 똑똑히 보려 한다. 내가 태어날 때 발사된 탄환이 지금, 빛의 속도로 나의 뒤에서 나를 향해 날아오고 있다.

066

우울한 밤

삶의 목표를 글쓰기로 정한 자들이 있다. 그들이 무섭다. 후기 자본주의 시대의 삶을 대하는 비장한 시선과 태도 때문이 아니다. 그들의 삶의 내부, 육체와 영혼의 해저海底면에 가라앉아 죽지 않고 숨쉬는 상실감과 고독을 목격하기 때문이다. 그들은 대개 자아와 세계를 적대적 불화의 관계로 파악한다. 극심한 갈등 속에서 현실 적응에 힘들어하고 자기만의 방에 유폐된 채 살아간다. 그러나 그들 중 일부는 창작과 직장의 관계를 대립구도가 아닌 불가피한 공생관계로 받아들인다. 직장은 곧 사회고 세계이기 때문에 나는 의혹이 생긴다. 글로는 자아의 갈등과 불화를 그려내면서 정작 현실에서는 갈등 없는 안온한 삶을 영위하고 있기 때문이다. 그들은 언행의 불일치 속에서 가면의 삶을 살고 있는 것이다. 내가 만난 시인들 중에는 자신의 사상과 철학을 삶에서까지 실천적으로 보여주지 못하는 자들이 많았다. 내밀하게 추구해가는 문학과 실제의 삶이 유리되어 있었다. 그러면서도 자신의 창작물이 대중의 심리적 보편성, 시대와 사회의 공감대를 획득하기를 무의식적으로 욕망한다. 물론 어느 시대나 예술가들은 구조적으로 다중의 삶, 모순의 삶을 살아갈 수밖에 없을 정도로 현실은 극도로 냉혹하다. 이것이 우리 시대의 비극이지만 가면의 시인들이 점점 늘고 있다는 점은 우울하다. 나는 그들을 존경하고 사랑하면서도 혐오한다. 내가 혐오하는 시인들 중에는 나 자신도 포함되어 있다. 내가 비판하는 세계 속에 내가 속해 있다는 슬픔 때문에 나는 비판의 칼날을 더욱 예리하게 벼려야 한다. 우울한 밤이다. 글쓰기는 언제나 공포다.

067

자객

시는 아름다운 자객이다. 미美의 자객이다. 기존의 아름다움을 살해해 미지의 아름다움을 살려내는 자객이다. 시는 탄생하는 순간 자신의 시간적 선구자였던 텍스트들을 암살한다. 이 인과와 시간의 위계질서를 무너뜨리는 글쓰기가 지속된다. 나에게 글쓰기는 영원히 계속되어야 할 미완의 암살이다. 이 과정에서 나는 칼에 베이는 칼이 된다. 육체에 꽃피는 상처를 통해 찰나의 칼이 된다. 결국은 나라는 글쓰기 주체도 행위도 산출물도 모두 베어져 사멸하리라. 21세기에 접어들어 나의 글쓰기는 분화와 무화 쪽으로 점점 나아가고 있다. 통일성을 분화시켜 의미의 다중성을 보여줌으로써 현실 또한 그런 분열적 복제 텍스트임을 강조하려는 것일까. 나는 불안하다. 내 의식의 거시적 지향성은 확고하지만 그 의식의 미시적 무한분화를 제한하여 몇 가지로 압축 확정할 수 없다. 현실의 문양이 그러하고 현실의 색채가 그러하고 현실의 의미가 그러하기 때문이다. 그래서 나는 의식 세계의 나를 살해하려 한다. 그러나 암살은 완벽한 사건이 못 되고 반역의 발화점도 되지 못한다. 그래서 나는 무한의 현실을 유한의 문장으로 추출 환원하려 한다. 비극적 언술을 실천하여 언어 텍스트에 현실의 실감적 육체를 부여하려는 것이다. 부분이 전체를 담는 프랙털 구조를 통해 물질의 현실 세계와 언어의 예술세계와 꿈의 무의식세계를 통합하려는 것이다. 나는 왜 감각, 사유, 표현이 삼위일체가 되는 국면으로 삶과 시를 동시에 몰아쳐 실천하려 하는가. 나는 왜 계속해서 나에게 가혹한 질문들을 던지고 되묻는가. 알 수 없다. 내가 바라보면 구름은 갑자기 돌이 되어 도로 한복판에 떨어지고 공중엔 불의 파도가 휘몰아친다. 검은 불의 파도들이 흰말을 탄 마적단이 되어 나의 집을 습격한다. 내게 시는 예고 없는 습격이고 나를 흡수하는 피고 냉혈의 자객이다.

068

탐험놀이

마그리트 회화는 난해하다. 그러나 사물들 하나하나는 매우 명확하고 세밀하게 묘사된다. 그런 사물들이 모여 만드는 공간은 매우 이질적이고 불합리한 환상을 불러일으킨다. 사물의 위치나 순서의 뒤바뀜, 공간들의 혼종 배치를 통해 감상자의 인식 체계를 뒤흔들어놓는 효과를 낳는다. 이런 중층의 인식론적 세계관, 다시 말해 기존의 인식론을 와해시키는 전복적인 사유와 감각을 내 시에 담보하고 싶었던 것은 사실이다. 마그리트의 회화와 달리, 달리의 그림은 유동적인 생물 이미지가 많다. 사물들은 뭉개져 흘러내리는 반고체 형태로 묘사되는데 그런 유동적 이미지들은 그로테스크하고 낯선 상상을 불러일으킨다. 달리의 이미지들 또한 나의 눈과 마음에 무의식적 연상을 일으켜 상상력을 자극하는 효과를 주었을 것이다. 그러나 나는 내 시를 그들과 연계된 어떤 흐름 혹은 어떤 사조라고 규정하고 싶지도 않고 별 관심도 없다. 나는 나의 몸과 삶과 시가 동시에 미지를 향해 끊임없이 진행해나가는 에너지이자 파동이길 욕망한다. 나는 여전히 시를 목숨이 담보된 유희이자 위험한 탐험놀이라고 생각한다. 나에게 시는 우주의 총체이다. 시에 대한 성찰은 곧 인간과 언어, 세계와 우주에 대한 감각이고 사유고

성찰이다. 우주는 영원히 미지이기에 시는 미지를 향한 아름다운
모험이고 언제나 처음인 사랑이고 섹스고 출산이고 죽음이다.

걸인

아름다움은 무엇이고 그림의 가치는 어디 있는가. 가장 그림다운 그림도 가장 그림답지 못한 그림도 존재하지 않는다. 좀더 그림다운 그림과 좀더 그림답지 못한 그림이 존재할 뿐이다. 하지만 이 애매한 해석 또한 오류다. 나는 해석이란 말의 참된 의미를 해석할 수가 없다. 인간이 만든 불완전한 언어로 추론하고 해석하고 평가하는 모든 행위는 필연적으로 불완전하다. 하지만 불완전하다는 점에서 글쓰기는 오히려 인간적이다. 내가 글쓰기를 사랑하는 것은 그 불완전과 결핍을 사랑하기 때문이다. 방금 전 야간 전시관에서 만난 매력적인 그림에 대해 나는 뭐라 말할 수가 없다. 말은 작품의 아름다움과 실존을 진실하게 드러내기 보다는 왜곡하고 포장한다. 모든 예술품에 대한 감상은 감상자의 주관적 몽상이자 일종의 망상이므로 예술은 편견의 뷔페다. 자신이 쿤 접시에 담기는 것은 언제나 맛깔스러운 자신의 편견들이다. 그러나 편견과 망상은 때로 삶에 산소를 제공하는 벤저민 식물 같다. 나는 점점 두통이 심해진다. 약국은 모두 문을 닫았다. 한국약국 앞에 자코메티 조각상 닮은 걸인이 서 있다. 그는 지금 누굴 무얼 기다리는 걸까. 내가 모르는 그만의 아름다움과 가치를 밤공기는 알아보리라.

아름다운 시에는 검은 구멍이 뚫려 있다. 읽히지 않고 보이지 않는 블랙홀이 뚫려 있다. 그 구멍은 끊임없이 세계를 빨아들이면서 동시에 미독美毒이 든 연기를 내뿜어 독자의 눈을 멀게 한다. 즉 좋은 시를 읽는 체험은 세계를 상실하고 나를 상실하고 장님이 되는 체험이다. 백야의 어둠 속에서 시야를 잃은 새가 되는 체험이다. 그때 갑자기 하늘은 벼랑으로 추락하고 섬들은 일제히 해파리처럼 수면 위로 부양한다. 한 편의 독창적인 시에는 싱크sink홀이 뚫려 있다. 예측할 수 없는 검은 홀이 깊게 뚫려 있다. 한 편의 치명적인 시에는 그 시를 쓴 시인조차도 언제 누가 파놓은지 알 수 없는 깊고 깊은 구멍이 뚫려 있다. 좋은 시를 읽는 체험은 길을 걷다가 갑자기 싱크 홀에 빠지는 충격의 체험이다. 사고의 마비 체험이고 판단의 파탄 체험이고 혼의 추락 체험이다. 밤의 숲에서 발 잃은 짐승이 소리 잃은 비명을 낳고 있다.

071
백설 공주

　생각한 것을 그대로 쓰는 것은 불가능하다. 느낀 것을 그대로 쓰는 것도 불가능하다. 내 눈과 귀로 직접 보고 들은 것을 그대로 쓰는 것도 불가능하다. 손과 연필, 종이와 빛, 모니터와 눈 사이에서 나의 생각과 느낌과 기억은 갑자기 실종되곤 한다. 왜 그럴까. 간극 때문이다. 사람과 사람, 시대와 시대, 생각과 생각, 느낌과 느낌, 기억과 기억 사이에는 메울 수 없는 크레바스가 있기 때문이다. 나는 내가 당혹스러울 때가 많다. 나는 내가 쓴 문장들이 낯설고 내 시가 권태롭고 환멸스러울 때가 많다. 나는 내가 절대로 말하지 말아야겠다고 각오했던 것들, 절대로 쓰지 말아야겠다고 다짐했던 것들을 무의식적으로 쓸 때가 많다. 내게 시의 문장은 이성의 산물만도 감성의 산물만도 충동의 산물만도 사유의 산물만도 아니다. 문장이 태동하는 과정에서 나는 검은 나를 배반하는 백색의 나를 만나 싸우곤 한다. 시는 결말 없는 격투고, 내 몸을 지배하는 폭력적 우상들을 처형하는 심판이다. 나는 가끔 시간을 알코올이 든 비커에 담아놓는다. 며칠이 지나가면 비커 속의 시간은 틀니 모양으로 변해 있다. 그럼 나는 다시 틀니를 꺼내어 끼고 사각사각 세계를 먹어들어간다. 육체가 육체를 먹어치우는 이 카니발의 반복 속에서 여름이 가고 가을이 가고 혹한의 겨울이 온다. 그러나 죽여도 죽지 않는 시간이 오히려 나를 계속 증식시키고 공중으로 수십 개 사과들이 둥둥 떠온다. 모두 사람의 머리다. 우린 그 사과를 맛있게 파먹는 백설 공주라는 이름의 동화벌레다. 독즙을 빨아먹고도 죽지 않고 점점 살이 찌는 기이한 벌레들. 현대 사회는 기이한 환상 애니메이션 속의 주인공이 바라보는 스크린 밖의 기이한 환상 애니메이션이다. 헛것의 눈에 비친 무서운 헛것의 세계다. 나의 이성과 판단을 잡아먹고 동족까지 잡아먹는 불길한 새들이 밤공기 속을 날고 있다. 내가 잡으려고 손을 뻗으면 굵은 발톱으로 내 얼굴을 할퀴고는 빌딩숲으로 사라지는 새들, 달의 눈동자 속으로 붉은 나뭇가지가 뻗고 있다.

072

불타는 빙산

모든 사물은 최초의 사물이자 최후의 사물이다. 화장터에서 한 시인의 주검이 불탈 때 주검은 자신을 규정하던 모든 언어와 의미, 존재와 시간, 울음과 웃음을 동시에 불태운다. 죽은 자의 옷이 불탈 때 옷은 자신에 깃들었던 체온과 심장 소리, 얼음의 밤과 눈보라의 말들도 함께 불태워 연기로 띄워 보낸다. 당신도 언어도 사물도 불타는 빙산이다. 사물이 남자의 형상으로 불타며 춤출 때 언어는 여자의 모습으로 불타며 춤춘다. 그 풍경을 먼 거리에서 응시하는 태양은 죽음이 깃든 눈알이다. 태양의 눈빛이 대지에 치유할 수 없는 상처를 남길 때 나는 떠난다. 발 없는 말을 타고 사막으로 떠난다. 상징과 역설의 모래설원, 인간의 피가 점점이 스민 혹한의 백지 속으로 떠난다. 거기서 시간은 흰 피를 뿜으며 증발하고 나의 허영과 지성은 한낱 누더기 헝겊이 되어 처참하게 찢긴다. 거기서 나는 네 개의 꼭짓점을 본다. 모래능선에 쓰러진 낙타의 주검 하나(점 A), 계곡에 버려진 무채색 하늘 한 장(점 B), 핏빛으로 물들고 있는 노을 한 장(점 C), 바닥에 쩍쩍 갈라진 메마른 오아시스 하나(점 D), 그 사각형의 내부 어딘가에서 불타고 있는 나를 만난다. 나도 불타는 빙산이다. 바람과 소나기, 유월의 햇살과 꽃들도 소리 없는 비명 속에서 불타고 있다. 모든 사물은 최초의 그림이자 최후의 음악이다.

073

해부놀이

내가 톱이라는 언어의 심장을 자를 때 톱은 나의 심장을 자른다. 내가 사과라는 사물의 몸을 반으로 절개할 때 사과는 나의 몸을 반으로 절개한다. 해부의 끝은 언제나 끝이 보이지 않는 지평선 너머다. 해부는 지평선 끝에 목을 매고 죽은 자신의 시신을 목격하는 현장 체험이다. 자정이 지나고 있다. 나의 해부실 뒤편 샘에서 한 소년이 울면서 피 묻은 손을 씻고 있다. 공중엔 어항 닮은 유리 달이 떠 있고, 죽은 외할머니의 치마 속에서 달맞이꽃 하나 맨얼굴을 내밀고 가만히 나를 보고 있다. 달빛이 검은 빗방울이 되어 방울방울 지붕으로 떨어지기 시작한다. 나는 새를 날린다. 달을 깨트리러, 꽃냄새를 깨트리러, 시간을 깨트리러, 공포를 깨트리러 어둠 속으로 새들은 날아간다. 새가 깨트린 유리 조각 시간들이 지상으로 떨어진다. 나의 지붕으로 떨어진다. 시인은 자기가 깬 언어 조각이 눈에 박혀 시야를 잃는 존재다. 시간이 깨지는 세계는 시간 밖이 아니라 시인의 육체 내부에 맹수처럼 눈을 도사리고 있다. 무섭고 냉혹한 파괴자인 시간의 뭉클거리는 심장을 맨손으로 꺼내는 밤이다. 언어로 언어를 지워 세계를 지우고 시간을 지우고 나를 지우는 밤이다. 언어유희, 세계유희, 시간유희는 심부의 고통스러운 파열이고 즉자적 죽음이 담보된 밤의 해부놀이다.

074

난해 시

2000년대 중반을 지나고 있다. 김민정, 김언, 김행숙, 황병승 등 몇몇 젊은 시인들의 시가 너무 충격적이고 비현실적이고 난해하다고 비판받고 있다. 과연 비현실적인 시는 비현실적인가. 비현실적인 시의 비현실성은 일상성의 일탈에 있는 것이 아니라 일상성의 폭로, 은폐된 사실들의 의도적 변형과 왜곡이 비현실로 비치기 때문이다. 아이러니하게도 이 시대의 어떤 현실적인 시는 극도로 비현실적이고, 어떤 비현실적인 시는 극도로 현실적이다. 이 양립의 모순성은 우리 시대 시의 한 특질이다. 시는 삶과 우주, 죽음과 시간, 사물과 꿈이 합일하여 만들어지는 코스모스 집합체다. 어느 시대에나 시는 모순과 아이러니를 통해 작동하는 혼융의 다면적 육체였다. 초현실적 환상과 이해할 수 없는 악몽의 기록들은 모두 불안한 세계의 불안한 기록이며 그것들은 각자의 고유한 리얼리티와 진정성을 갖추고 있다. 시의 난해성은 합리적 해석과 이해의 차원에서 내려져서는 안 되는 문제임에도 불구하고 현실의 시 판정단과 배심원들은 그것을 제1의 판정 기준으로 삼는다. 그들은 나름의 미적 판단의 눈을 갖춘 비평가이면서도 합법적 폭력의 공동생산자들이다. 과연 난해한 시는 난해한가. 난해하지 않은 시는 난해하지 않은가. 난해한 시대의 난해한 사회에서 난해하지 않은 시가 난해한 가면일 수도 있다는 반성적 자문이 필요하다. 그러나 난해하지 않은 난해한 시는 가차 없이 공해다. 인식의 깊이, 사유의 진폭, 반성적 통찰 그 어느 것도 내장되지 못한 난해를 가장假裝한 난해 시는 전혀 난해하지 않다. 난해한 전통 해체의 시에도 짝퉁이 많지만 난해하지 않은 전통 서정시에는 더 짝퉁이 많다. 이에 대한 비판과 자성은 왜 쟁점이 되지 않는가.

현대 시

현대 시는 살아 있는 즉물적 기계다. 사이보그다. 현대 시는 산소가 멸종한 실내에서도 죽지 않고 무호흡의 호흡으로 생명을 이어간다. 현대 시는 형식의 잔인함으로 존재의 잔혹함을 증명한다. 현대 시는 인간의 낭만적 피를 혹독한 나사로 교체해버린 기계 로봇이다. 현대 시는 몸속에 무한개의 방탄 거울을 갖는다. 현대 시는 거울에 비친 자신의 기계 심장, 금속 허파, 금속 두개골을 보고도 결코 놀라지 않는다. 현대 시는 무수한 주체의 분열을 통해 주체의 절멸을 목격한다. 현대 시는 자아의 부재를 비탄하지 않고 유희하고 조롱하고 개그gag한다. 현대 시는 무한(∞)과 제로(0) 사이를 오가는 기계 새고 육식성 안개다. 무통의 기이한 통증이고 백야를 발사하는 권총이다. 우리라는 괴물 엄마가 낳은 핏기 없는 기계다.

시는 늘 미완성이다. 시는 끝없이 자신의 육체를 넘어서려 한다. 세계를 넘어서려 한다. 시는 자신의 언어육체 안과 밖에 동시에 존재한다. 시는 상상과 사유, 기억과 망각으로 구현된 평면적 시각 조형물이자 음성적 언어 구조물이어서 그 언어체계 바깥으로 내달리려는 탈주 욕망을 끊임없이 드러낸다. 시는 기이한 물질이다. 인간을 초과하는 고등의 지적 활동, 심리 변화, 갈등과 번민을 겪는 무정형無定形 신물질이다. 시는 자신의 육체를 구성하는 언어의 창자, 언어의 뼈, 언어의 피와 살, 언어의 신경조직망 등을 통해 의미를 발산하면서 그와 동시에 의미 바깥에서 의미를 와해시키는 또다른 분신들을 태동시킨다. 시는 늘 잠정적 종결 상태고 일시적 판단정지 현상이고 무한변환의 중간적 진행형일 뿐이다. 시는 늘 미완성이다.

077

서정

서정은 목마름이다. 시를 하나의 생명을 가진 육체로 볼 때 서정은 몸속을 흐르는 피에 해당된다고 본다. 서정시는 자아의 정서나 감정, 내면 고통, 희열 등을 주관적으로 형상화시키는 영역이다. 세계와 자아 사이의 동일화 과정 또는 거리 죽이기라 할 수 있는데 동화同化와 투사投射가 그 대표적인 방법론이다. 동화가 세계를 자아로 끌어들이는 반면, 투사는 자아를 세계 속으로 투영·응집시킴으로써 합일을 꿈꾼다. 그러나 자아와 세계 사이에 놓여 있는 언어를 배제해놓은 채 합일을 꿈꾼다는 것은 육체 없는 꿈과 같다. 그러기에 서정적 욕망이란 실현될 수 없는 유토피아에 도달하려는 인간의 환몽幻夢과 같은 것이다. 뒤집어 말하면 시라는 장르가 존속하는 한 서정시는 계속 변화하면서 잔인하게 존속할 것이라는 말이 된다. 문제는 자아보다 세계고, 그 간극에 대한 인식 차이고, 그 간극에서 냉혈한처럼 웃고 있는 언어에 대한 관점 차이다. 그러니까 서정은 시를 나누는 카테고리이기 이전에 시적 세계관이고 시 정신인 것이다. 세계는 언제나 유동적이고 시간의 흐름에 따라 끊임없이 변해간다. 그 흐름과 변화 양상은 매우 불합리하고 비이성적인 카오스다. 우리 시의 서정에 대한 개념 정의는 폐쇄적이고 지엽적이다. 서정의 범주 또한 좁고 전통적 기득권자들의 자폐적 방어 심리가 투영되어 있다. 나는 내 몸이 속해 있는 현실의 부조리한 공간을 묘사할 때 의도적으로 서정을 제거해 제로 상태에 다다르게 하곤 한다. 피 한 방울 나지 않는 느낌을 주어 현실의 삭막함을 사실적으로 부각시키고 증폭시키기 위함이다. 이때 내 몸의 피가 눈과 귀로 빠져나가 밤하늘로 퍼져가는 환각을 보는데 이 환각의 이미지들이 시에 삽입되기도 한다. 그때 내게 서정은 혹독하고 차가운 피다. 피가 마르는 몸이 지르는 울음이다.

반발에너지

현대의 전위 음악은 뇌가 없다. 눈동자가 없다. 잇몸이 없다. 식도나 위를 갖지 않는다. 최종의 확정적 의미도 갖지 않는다. 현대 시도 마찬가지다. 어휘와 어휘, 행과 행, 연과 연 사이의 침묵의 공백 때문이 아니다. 형식적 구조와 언어체계가 시의 의미를 연기하고 왜곡하는 원인이 되기도 하지만 현대 시는 현대 시 너머에 존재하기 때문이다. 의미는 의미 너머에 존재하고 그것은 무한히 붕괴된다. 현대 시는 자신의 언어육체를 부정하고 넘어선 미지未知의 시공간에서 다시 발아한다. 현재의 현대 시는 현대인의 정신과 물질, 사고 시스템과 에러들을 자신의 언어체계 속에 숨김없이 내장할 수 없다. 시인의 꿈과 에너지, 이미지와 사상, 상상과 실재 등을 사실적으로 탑재할 수 없다. 현대 시는 이런 자신의 한계성으로부터 탈주해야 한다. 시가 자신의 육체이자 존재의 처소인 언어 자체를 부정하며 탈주할 때 발생하는 반발의 힘은 매우 강력하다. 언어는 즉물적 에너지 응집물이기 때문이다. 시가 내뿜는 자기탈옥의 욕망에너지, 헤게모니에 대한 해체에너지는 물리학에서처럼 물질과 빛의 곱으로 표시될 수 없다. 하지만 나는 그런 계량적 상상놀이를 의식적으로 즐기곤 한다. 몸으로 그 강도와 충격을 직접 실감하여 현실의 심각성을 느끼기 위함이다. 현실의 시가 봉착한 한계점들을 통렬하게 통찰하기 위함이다.

079

계약

시에 대한 회의와 열망이 늘 나를 괴롭힌다. 나는 지금 벤치에
혼자 앉아 있고 회화나무가 내려다보고 있다. 왜 나는 시인이 된
걸까. 사방에서 사물들이 동시에 나를 바라보고 있다. 왜 나무들
은 나와 달리 저런 모습들일까. 나무를 나무이게 하는 요인은 뭘
까. 어떤 죽어가는 나무라 할지라도 마지막까지 새싹 하나라도 틔
울 의지를 품고 있다면 그는 철저하게 나무이다. 그럼 어떤 사람을
시인이게 하는 요인은 뭘까. 만약 그 사람이 시인이 되기에 필요한
100가지 자질 중 단 한 가지만 갖고 있다면 그는 시인일까. 한 터
럭의 시적 자질만 갖고 있다 할지라도 시와 삶에 목숨을 걸 열망이
있다면 그는 이미 미래의 시인이다. 나는 그렇다고 생각한다. 좌절
과 패배 속에서 만물은 늘 자기갱신을 하고 그것이 자기 삶의 흔적
이 되고 시가 되기 때문이다. 즉 시인의 탄생이란 외적 등단이 아
니라 내적 자아의 처단과 부활을 의미한다. 시인이 된다는 것은 죽
음을 전제로 백지의 첫 글자가 되겠다는 무서운 계약이다.

7부

무상(無相)의 시, 무주(無住)의 시인

말없는 말

말없는 말이 있다. 중심이 없으므로 떠돌고 의미는 침묵을 향해 산포된다. 문장 바깥의 침묵이 문장 내부의 침묵으로 흡입될 때 의식은 미분微分되고, 문장 내부의 침묵이 문장 바깥의 침묵으로 방출될 때 의식은 적분積分된다. 이때 무의식은 문장에 어떻게 개입되고 어떤 양식으로 자신을 드러내는가. 말이 말에 내재된 무를 향해 움직일 때가 있다. 문장이 문장 스스로를 방화할 때가 있다. 문장이 의미를 여백으로 방출할 때가 있다. 움직임 자체를 목적으로 말들이 움직일 때가 있다. 운동중인 운동중인 운동 물체들의 무한 운동 사이에서 계속해서 변환중인 현재진행형 문장들, 말과 그림자 사이에서 세계는 표류한다. 흐르고 걷고 달린다. 내가 달리고 네가 달린다. 네가 달리는 동안 도로가 달리고 집들이 달리고 달린다가 달린다. 말없는 말이 침묵의 8차선 고속도로를 유령처럼 달린다. 응무소주이생기심應無所住而生其心, 금강경金剛經의 게偈 하나를 마음에 새긴다.

나는 없는 시다

존재와 무無는 동전의 양면이다. 나는 없다고 쓴다. 그러자 '없다'는 말이 발생한다. 없다는 말이 있다. '없다는 말이 있다'는 서술되고 있는 주어다. 서술되면서 서술되고 있는 자신을 응시하며 증발하는 두 개의 문장이 있다. 하나는 가시적 인간이고 하나는 비가시적 시간이다. 인간은 구상의 문장이고 시간은 추상의 문장이다. 세계는 이 두 문장이 뒤섞인 무한의 복문複文이고, 문장이 문장을 잡아먹는 악마적 사태 속에서 사물들은 유실되고 실종된다. 나는 그런 실종 사태 속에서 사태를 목격하고 기록한다. 그사이 나도 시간도 계속 유실되고 실종된다. 시는 사라지는 시간의 잔상이고 환영幻影의 무늬고 트라우마다. 이미 사라진 없는 존재이다. 그리하여 나는 언어에 의해 언어가 지워지고 새로운 언어세계가 펼쳐지는 시적 위상공간Topological Space을 상상한다. 기존 언어의 불변 고유 속성이 변환되는 특이점Singularity을 응시한다. 특이점은 다양체가 매끄럽지 않은 곳이다. 공간의 곡률은 시간이 지나면서 흐르는데 이 흐름에 따라 우주는 자연스럽게 그 모양을 바꾸어간다. 특이점은 이러한 흐름이 차단되는 곳, 즉 해밀턴의 리치 흐름Ricci flow에 대한 방정식이 붕괴되고 곡률의 재분배가 중단되는 점이다. 언어의 흐름이 차단되어 언어의 기능과 리듬에 급격한 변화를 가져오고, 시의 형식과 의미의 변화를 촉발하는 존재의 지평이다. 거기서 나는 언어가 쓰는 없는 시다. 곡률 제로의 백지다.

082

비와 달빛 속의 눈사람

며칠 동안 계속해서 비가 내린다. 비는 처마 끝에서 한 방울 한 방울 내 마음속으로 떨어지고 있다. 지금 나는 빗물이 가득 고인 웅덩이다. 거기엔 깨진 유리병도 있고 금붕어도 있고 죽은 친구의 얼굴도 있다. 지붕에서 빗물과 함께 흘러내린 생의 녹물이 내 마음 바닥 깊은 곳으로 가라앉고 있다. 그 풍경을 고요히 바라보며 시를 생각하고 죽은 자들의 거대한 유언인 침묵을 생각한다. 통증을 몸 속에 숙주처럼 품고 살아야만 하는 사람들, 그들에게 삶은 늪이다. 아니 인간은 누구나 늪이다. 나는 너에게 너는 나에게 가혹한 수 렁이다. 시라는 늪의 수면에 뜬 달, 그 달빛에 홀려 여기까지 왔다. 그사이 고통과 굴욕, 그 어휘들이 품고 있는 빛깔과 아픔을 조금은 이해하게 되었다. 시도 세계도 깊이를 가늠할 수 없는 늪이고 죽음 은 그 늪가에서 자라는 물푸레나무라는 사실도 알게 되었다. 태양 을 배후로 나의 발등에 검은 그늘을 드리우는 나무, 혈관과 뼈가 훤히 다 보이는 투명한 나무, 죽음과 언어는 샴쌍둥이 나무다. 언 어를 통해 세계로 진입해들어간다는 것은 결국 죽음 앞에 놓여 있 는 인간과 사물들의 실존, 그 부재하는 그림자를 찾아가는 싸움이 고 자신을 자신의 언어로 처단하는 형벌, 그것이 창작인지도 모른

다. 우린 모두 제로(0)와 무한(∞) 사이에서 녹고 있는 눈사람(8),
자신의 부재를 자신의 몸 전체로 목격하고 기억하기 위해 눈동자
부터 녹아내리는 진행형 물질.

083
제비꽃

두 개의 무덤이 나란히 있다. 요리사와 이발사였던 시인 부부의 무덤. 백골을 뒤덮은 흙엔 제비꽃들이 예쁘게 피어 있다. 두 개의 무덤이 아름다운 젖가슴 같다. 무덤 위에 동글동글한 조약돌이 놓여 있다. 나는 돌을 주워 만지작거린다. 따뜻하다. 돌이란 무엇일까. 돌을 정의하기란 돌을 먹기보다 어렵다. 내가 힘껏 바다로 돌을 던지자 돌은 물새가 되어 수면을 난다. 수평선까지 날아갔다가는 다시 돌아와 무덤에 날개를 접는다. 돌은 왜 다시 돌아와 무덤에 깃드는 걸까. 돌은 무덤이 자신의 둥지라는 듯 안온한 표정이다. 바다 저편에 섬이 보인다. 저 섬도 누가 던져놓은 돌이 아닐까. 머나먼 시간의 수평선까지 날아갔다가 다시 돌아와 바다에 깃든 물새가 아닐까. 어둠이 짙어지면서 달이 떠오른다. 달 또한 누군가 공중에 던져놓은 돌이 아닐까. 허공의 무덤에 깃든 밤의 물새가 아닐까. 달빛 속에 두 개의 무덤이 나란히 누워 잠자고 있다. 꿈꾸는 빵이다. 제비꽃이 웃는다.

084

검은 백지

유희의 산물이든, 고통의 산물이든, 꿈의 산물이든 모든 시는 시인 자신의 피고 숨결이고 맥박이다. 그러나 그 핏방울들이 차디찬 웃음소리를 내며 증발하는 사태를 목격할 때조차도 시인은 백지를 응시하고 맞설 수 있어야 한다. 그 백지는 시인 자신이 직면한 현실이고 삶의 공포고 현기증이기 때문이다. 누구에게나 삶은 단 한 번뿐이다. 그것은 부정할 수 없는 자명한 형식이다. 나는 형식을 내용으로 적당히 빗겨가려는 자들을 혐오한다. 형식을 포즈라고 말하는 사람은 그 자신이 포즈이기 때문이다. 어떤 대상에 대한 아름다움이나 전율에 무슨 설명이 필요하겠는가. 그것은 형식 그 순수 자체일 뿐이다. 시에 대한 도전은 결국 삶의 내적 형식에 대한 도전이고, 루트와 방법의 변혁을 통해 언어의 변혁을 시도한다는 것은 삶의 권태와 모멸, 죽은 미학과 모럴에 갇혀 있는 자기 자신에게 사형을 언도하는 행위다. 그러기에 첨예한 전위정신과 태도, 통념의 파괴, 죽어버린 미적 가치들을 처단하는 눈, 자신의 언어로 자신에게 극형을 언도하는 냉혹한 심판, 미래를 향한 불가능한 언어 모험이 필요하다.

085
무상無相

지금 나는 너를 기억한다. 우리의 사랑을 기억한다. 그러나 '지금' '나'는 서술되는 순간 증발하기 시작한다. 시간과 언어와 나는 참담한 육체다. 무한을 향해 굴러가는 서글픈 바퀴들이다. 나는 망각된다. 나는 파괴된다. 나는 유실된다. 주야晝夜 속에서 음양陰陽 속에서 나는 계속 실종된다. 밤이다. 밤은 인간의 눈에 보이지 않는 검은 나비의 눈을 갖는다. 인간의 눈이 읽을 수 없는 검은 문체로 자신의 몸을 세계에 교접시킨다. 세계는 하나의 매혹적인 꽃이자 헛것이다. 상相에 은닉된 비상悲傷을 드러내 또다른 상像으로 끊임없이 탄생한다. 너와 나는 본질적 상相으로서 주어가 아니다. 주체는 흐를 뿐 결정화되지 않는다. 그러니 '있다'는 없는 것이다. '있다'는 상相으로 잠시 존재하는 '없다'의 유령체다. 그러나 '없다'도 없어야 비로소 없는 것이다. 새로운 창조를 위해서는 사물과 세계에 대한 견제상비상見諸相非相의 자세, 즉 일체의 언어, 일체의 시간, 일체의 대상, 일체의 법상法相에 얽매이지 않는 무상無相의 상상력이 필요하다.

경經이라는 글자에는 바탕이라는 뜻과 근본이라는 뜻 외에 길이라는 뜻이 있다. 즉 목적지를 향해 나아가는 가장 근본이 되는 올바른 길을 뜻한다. 시詩가 비록 경의 길을 따르는 행위는 아닐지라도 뼛속 깊이 참된 경을 각인刻印하는 마음이어야 한다고 나는 아직도 믿고 있다. 시는 현시 욕구도 아니고 선취 욕구도 아니기에 그것은 언어를 통해 자기구도의 길을 닦아가는 수행자의 자세와 흡사하다. 언어를 통해, 언어를 지워버리는 언어를 통해, 언어의 세계를 내파하고 뛰어넘는 면벽의 극한정신이 필요하다. 그 정신적 고투의 과정이 낯선 유희의 방식으로 발현되는가 아니면 전통적 서정의 방식으로 발현되는가는 차후의 문제고 선택의 문제다. 어떤 경우이든 시인은 정해진 법法, 도道, 예藝의 획일화된 양식, 수사修辭, 미학에 얽매이지 않는 무주의 상상력이 필요하다.

8부

관점의 차이, 균열과 봉괴에서 시작되는 미(美)

|

서구 문명사에서 피타고라스 이후 수학의 언어는 추상의 도구로 사용되어왔다. 인간과 자연의 관계, 자연과 우주의 관계, 정신의 무수한 사고 우주thinking universe를 규칙과 질서로 설명하는 초월적 도구로 사용되어왔다. 데카르트나 라이프니츠에게 수학은 종교적 신념이 내재된 진리 언어에 가까웠는데, 그들은 수학을 인간 세계의 모든 지식을 하나로 결합하는 근본 동력으로 보았다. 즉 그들에게 수학의 언어는 세상의 진리를 밝히는 등불이자 나침반이었고 빛의 지도였다. 그러나 베이컨은 이와 정반대의 견해, 수학을 인간과 자연의 구체적 세계를 가로막는 추상적 장벽으로 보았다.

그는 언어의 내적 규율과 체계를 강조하는 논리학을 물리학의 하인으로 규정하고 데카르트를 신랄하게 공격한다. 그러나 베이컨의 견해는 수학을 물리학 실험 과정의 표현 및 결과 도출을 위한 도구로 제한할 위험이 도사리고 있다. 물리적 자연현상이 수학의 언어로 표현된다고 해서 물리학과 수학을 갑을관계로 보는 것은 타당치 못하다. 수학은 물리적으로 의미가 있는 대상과 사고만을 다루는 제한적 학문이 아니라 순수 추상의 영역까지 아우르는 보편 언어universal language를 추구하기 때문이다.

아인슈타인은 1900년대 초까지만 해도 순수 물리학자였다. 그러나 일반상대성이론을 수학적 모델로 체계화하는 과정에서 그는 물리적 사고와 상상의 한계를 다음과 같이 고백한다. "물리학 개념은 경험될 수 있는 실제 현상과 명백하고 확실한 관계를 가질 때만 정당화될 수 있다." 이후 그는 철저하게 수학자가 된다. "순수 수학적 방법을 사용해서 개념만이 아니라, 그 개념들을 서로 관련시키고 자연현상을 이해하는 데 열쇠가 되는 법칙을 발견할 수 있다. (……) 창조적 원리는 바로 수학에 있다"고 솔직한 심경을 밝힌다.

아인슈타인의 경우처럼 현대의 많은 이론물리학자들은 수학의 역할과 가치를 근원적으로 자각하여 재발견한다. 그들은 자신의 물적 세계관과 학문적 입장에서 활용 가능한 모든 자료의 데이터를 최대치로 수집하고 분석한 후엔 철저하게 수학자가 된다. 수학자가 되어 도출해낸 이론의 최종 결과를 최소 공식으로 요약한다.

이처럼 수학은 물리적 시공간을 초월하여 언제 어디서든 불변하는 진리의 핵심을 담아내려는 최소의 언어를 지향한다. 극소를 지향하여 극대의 효과를 노린다는 점에서 시詩의 정신과 일맥상통한다. 즉 수학의 언어는 과학의 언어이면서 예술의 언어고 극사실의 언어이면서 상상력의 언어다. 수학자는 구심력과 원심력을 동시에 펼치는 고독한 행성이고, 수렴과 발산을 끝없이 반복하는 외로운 진자다. 수학은 인간이 이해하는 방식을 넘어선 독립된 세계에 존재하면서도 인간의 세계에 긴밀하게 관여하고 촉발한다. 인간의 육체에 존재하지 않으면서 인간의 존재와 죽음에 깊게 관여한다. 수학은 꿈의 언어이자 존재의 언어다. 천국과 지옥, 존재와 무가 공존하는 추상의 시다.

088

수학의 대상

수, 도형, 함수, 극한, 확률, 통계, 집합, 무한 등 수학의 대상을 인간의 감각과 시공을 초월하여 독립적으로 존재하는 추상세계의 거주민으로 보는 자들이 있다. 플라톤주의자들이다. 그들에게 수학의 대상들은 새롭게 창조되거나 없어지는 것이 아닌 불변의 이데아idea다. 삼각형을 불변하는 초월적 도형으로 본 데카르트, 집합론의 창시자인 칸토어, 불완전성의 정리를 발표한 괴델 등 현대 수학자의 대다수가 플라톤주의자고 실재론자이다. 그러나 구성주의자들은 이들과 다른 입장과 세계관을 피력한다. 구성주의자들은 수학의 대상들을 수학자의 정신 속에서 꽃피는 논리와 추론의 산물일 뿐이라고 생각한다. 즉 뇌의 작용, 뇌의 사고 메커니즘 체계에서 파생되어 나타나는 물리적 현상이지 이데아와는 전혀 상관없다고 주장한다. 흄이 대표적인 구성주의자인데 그는 인지의 관점에서 기하학적 대상들 거의 전부를 뇌의 경험, 두뇌 감각의 경험의 산물로 보았다. 이와 다르게 사회적 시각에서 바라보는 사회구성주의자들도 있다. 이들은 수학을 사회의 구성물로 보기 때문에 수학의 대상들 또한 사화와의 긴밀한 관계 속에서 구성된다고 말한다. 수학 지식의 기초는 사회의 언어, 관습, 규칙, 법의 구성물인 셈이므로 수학의 대상들 또한 사회와의 변화관계 속에서 성찰해야만 한다는 것이다. 나아가 인본주의자들은 수학의 대상을 인간적 대상으로 다룬다. 인간은 오류의 존재이기 때문에 수학적 지식 또한 언제든 오류가 가능하며, 시간과 공간에 따라 수학적 해석 또한 달라질 수 있다는 상대적 입장을 취한다. 이들에게 수학의 대상은 확정된 것이 아니라 인류의 문화와 역사의 한 특수한 종류인 셈이다. 이처럼 관점의 차이와 사고의 범주에 따라 대상에 대한 접근 방식, 고찰의 구체적 방법, 가치평가 등이 현격하게 달라진다. 시의 대상들에 대한 접근 또한 다양한 관점에서 다양한 시각과 다양한 방법으로 이루어져야 한다. 견해의 차이가 낳는 아름다운 균열과 붕괴에서 새로운 미美는 시작되기 때문이다. 그러나 안타깝게도 현재의 우리의 시는 이 점을 망각한 채 기존의 관성대로만 흘러가는 경향이 짙다. 좀더 다양한 관점에서 비판적 견해가 제시되고 논쟁의 불이 붙어야 한다.

089

논리, 직관, 형식

19세기에 등장한 비유클리드기하학의 충격은 엄청났다. 수학의 근간을 뒤흔들어놓았기 때문이다. 그리하여 수학자들은 수학의 토대를 전통적 기하학에서 수론數論으로 옮겨 수학의 기초를 재건하려 한다. 수론 중에서도 집합론set theory에 토대를 두려 한다. 당시 칸토어가 발견한 집합론은 코페르니쿠스의 지동설, 아인슈타인의 상대성이론에 버금갈 정도로 막강한 수학세계의 새로운 패러다임으로 받아들여졌다. 그러나 집합론은 칸토어 자신의 역설과 러셀의 역설에 타격을 입어 흔들리게 되고, 흔들리는 수학의 기초를 다시 바로잡기 위해 논리주의, 직관주의, 형식주의가 등장한다. 프레게와 러셀로 대표되는 논리주의는 논리학을 통해 수학의 기초를 세우려 하지만 수학 전체가 이성의 논리와 언어 규칙만으로 환원되기에는 너무 방대하다는 점 때문에 실패한다. 논리주의의 한계를 지적하고 비판하면서 등장한 것이 직관주의다. 직관주의는 논리를 넘어선 직관을 수학의 기초로 삼으려 하지만 수학의 범주를 지나치게 축소시키고 논리체계를 간과한다는 점 때문에 실패한다. 힐베르트의 형식주의는 수학을 형식체계로 일반화하려 한다. 내용보다 기호들의 질서와 결합 방식에 중점을 두고 탐구한다. 형식주의자들에게 수학은 일종의 사고놀이, 기호 규칙에 의한 게임이다. 수학을 기호들이 만들어내는 형식놀이 또는 게임으로 생각했기 때문에 무엇보다 중요한 점이 형식체계의 무모순성을 밝혀내는 일이었다. 그러나 괴델의 불완전성 정리가 등장하면서 형식주의는 심대한 타격을 받고 수학의 기초 정립에 실패한다. 이처럼 수학의 기초에 대한 논쟁은 논리, 직관, 형식이라는 세 꼭짓점을 가진 삼각형 모습으로 시각화될 수 있으며, 각각의 꼭짓점을 중심으로 작도되는 원의 크기를 통해 영향과 파장을 상상해볼 수 있다. 나는 어느 쪽을 선호하며 편향되어 있지는 않은가.

090

논증과 직관

수학은 집합체다. 경계선이 존재하는 집합들의 집합이다. 어떤 동네에 미용실, 빵집, 목욕탕, 감자탕, 호프집, 노래방, 복덕방, 커피숍 등이 독립적으로 존재하는 방식으로 각각의 고유 기법을 가진 대수학, 기하학, 해석학, 위상수학, 확률론, 통계학, 삼각함수, 응용수학 등이 존재하는 추상적 집합체다. 그러나 수학에 명료한 지리적 경계선은 존재하지 않는다. 분류의 목적은 자명하다. 수학의 여러 주제들을 독립된 영역으로 나누면 체계가 생기고 그 체계가 질서를 만들고 교육의 효율성을 높이기 때문이다. 사람의 몸은 머리, 가슴, 팔다리, 등, 배, 등의 집합체이지만 각각의 기관들을 따로따로 떼어 생각할 수 없는 오묘한 코스모스다. 수학 또한 그렇다. 따라서 각 기관 또는 영역의 고유 역할과 연관 관계에 대한 깊은 성찰이 요구된다. 수학은 물질적 국경선이 뚜렷한 세계지도와는 다른 추상적 개념지도이자 우주적 존재지도. 바다와 산맥 같은 외적 지형이 아니라 내적 논리에 의해 묶이며 존재와 비존재 사이에서 가능과 불가능의 사이에서 무와 무한의 세계를 새처럼 넘나든다. 이때 초월적 논리, 비약적 직관, 체계적 형식이 동시에 요구된다. 수학의 창조 또한 시처럼 논리를 넘어선 초월논리와 기습

168

적 상상력에 의존할 때가 있다. 라마누잔의 증명 없는 식들이 대표적인데 그의 공식들은 직관의 아름다움을 머금은 추상의 꽃이다. 논증이 치열한 전투戰鬪라면 직관은 평온한 사투死鬪다. 나는 이 두 전장을 오가는 새고 포연이고 바람이고 먼지다.

091

발명과 발견

　형식주의자와 직관주의자는 수학을 창조로 본다. 수학의 과정을 창조의 과정, 즉 수학자에 의해 전개되는 발명의 과정으로 받아들인다. 그러나 플라톤주의자의 입장은 다르다. 그들은 수학적 대상을 일종의 이데아로 생각한다. 수학의 실재는 창조되는 것이 아니라 본래적으로 존재하던 것을 찾아내는 것, 즉 어떤 새로운 수학 이론이 등장하면 그것은 발견이지 발명이 아닌 것이다. 왜 그런 걸까. 밑변의 길이가 10이고 높이가 10인 삼각형의 넓이를 구하는 문제를 푼다고 가정해보자. 이 문제에는 푸는 자가 누구든 상관없이 답이 존재한다. 그 답은 전형적 표준이고 그 표준은 오직 유일하다. 이 유일한 표준을 찾아내는 것이 문제 해결의 전부다. 즉 이들에게는 숨겨진 유일한 보물을 찾아내는(발견하는) 것이 수학이다. 답이 여럿인 문제는 여러 개의 표준을, 답이 없는 문제는 없음이라는 표준을 발견하는 것이 수학이다. 이 발견을 효율적으로 하기 위해 새로운 발상, 새로운 수학 이론들이 발명된다. 이때의 발명은 발견을 전제로 한 발견의 부속물로 귀속된다. 난제의 발견되지 못한 답을 발견하기 위한 발명의 과정에서 수학은 발전한다. 기존에 존재하지 않던 새로운 수학 이론들이 등장하여 수학적 발견을 가속화한다. 가우스, 리만, 오일러, 푸리에, 힐베르트 등 위대한 수학자들은 이 과정에서 새로운 수학이론을 발명해냈다. 수학에 대한 발견의 세계관이 갖는 맹점이 새로운 수학을 낳는 모태가 된다는 점은 아이러니하다. 수학에서 발견과 발명의 역설 관계는 시의 세계에도 적용 가능하다. 발명의 언어 이면에 발견의 언어가 숨어 있고, 발견의 언어의 한계점과 부작용에 대한 철저하고도 첨예한 인식이 바탕이 될 때 진정한 발명의 언어가 태어나기 때문이다. 우리 시단은 이 점에 대한 뼈아픈 각성이 부족하다. 발견의 언어가 안정적인 전통의 세계를 투명한 언어로 표출한다면, 발명의 언어는 불안정적인 비전통의 세계를 불투명한 언어로 표출한다. 그러나 이 불투명의 세계가 과연 투명의 세계의 한계에 대한 뼈아픈 자각에서 나온 것인지 의문스럽다. 무늬만 발명發明의 언어인 발병發病의 언어, 발암發癌의 언어가 난무하고 있다.

9부

추상 세계를 응시하는 두 개의 눈:
해석학자의 눈과 위상수학자의 눈

092

수학의 추상성과 상상력

현대의 수학은 대체로 두 가지 방향성을 띠며 전개된다. 첫째는 분화의 방향 즉 현재보다 좀더 복잡하고 촘촘하고 미세한 세계로 심화되면서 분화해나가는 것이고, 둘째는 통합의 방향 즉 현재보다 더욱 단순해지고 간결해지면서 보편적 진리를 담아내는 원리를 응집해나가는 것이다. 이 두 가지 상반된 속성을 하나의 몸에 품고 역사와 시대를 따라 변화해가기에 현대의 수학은 본질적으로 역설과 아이러니를 내포한다. 그러나 수학의 분화와 통합이라는 양방향성은 인체의 앞면과 뒷면처럼 동일한 신체의 양면일 뿐 대립물이 아니다. 그러기에 수학은 음과 양의 혼융물이고 밤과 낮의 삼투현상이 벌어지는 아름다운 지평이다. 수학자는 그 아름다움을 논리와 추상의 양식으로 발현하지만 역설적이게도 그 추상성 때문에 난해함이 동반된다. 그러기에 수학적 추상화 과정은 현상의 본질과 미학을 드러내는 지난한 철학의 과정이자 예술의 과정이기도 하다.

무無라는 개념은 영(0, zero)으로 추상화된, 실재하지 않는 것인 동시에 모든 수의 기반으로 실재한다는 아이러니를 띤다. 수학은 이러한 모순의 현실에서 출발하지만 현실의 모순을 제거하는 과정을 겪기에 수학자는 탈현실을 체험할 수밖에 없다. 수학자는 현실에서 현실을 제거해 현실을 더욱 명료하게 단순화하고, 그 단순화된 기호체계를 통해 또다른 은닉된 현실과 자연을 지배하는 현상들을 읽어낸다. 자연과 우주를 구성하는 근원적 법칙이 존재한다는 상상적 가정에서 출발하여 기초 개념을 구성하고, 그것을 확장시켜 독특한 시각으로 세계를 재해석하거나 은폐된 세계를 발견해 가장 간명한 기호로 요약한다. 이 과정에서 필요한 기본 요소는 논리와 직관, 분석과 구성이고 이 모든 것을 가능하게 하는 전제 조건이 바로 상상력이다. 하나의 사물이나 현상에서 발견한 개별성을 일반성으로 보편화시킬 수 있으려면 수학자는 어떤 예술가보다 뛰어난 상상력의 소유자이어야만 한다. 특히 현대의 수학이 집중하고 있는 고차원 시공간 속으로 들어가려면 첨예하고 다채로운 상상력이 요구된다. 일반인들이 수학에 접근하기가 어려운 이유는 수학이 다루는 대상과 대상을 표현하는 기호 자체가 추상적이기 때문이기도 하지만 수학이 고도의 상상력을 필요로 하는 분야라는 점을 간과하기 때문이다.

수학적 상상력은 시인의 상상력이나 음악가의 상상력과도 연관이 있고 화가나 조각가의 상상력과도 일정 부분 긴밀한 관계를 가진다. 그렇다고 수학이 문학, 음악, 미술에서 필요한 창조적 상상력과 동일한 성격의 예술적 상상력을 요구한다는 말은 아니다. 수학자의 상상력은 그 대상 이미지를 눈으로 볼 수 없는 상상의 추상공간에서 움직이기 때문에 어떤 예술가의 상상력보다 추측하기가 어렵다. 수학자들이 비록 자신의 상상을 구체화하기 위해 현실의 사물을 이용하기도 하지만 그들에게 중요한 것은 사물들 자체가 아니라 사물들 사이의 관계이고, 그 관계 고찰을 통해 지금까지 은닉되어 있던 세계와 현상의 보편 원리를 발견해내는 일이다. 그것은 곧 근원에 대한 탐색이자 존재의 방식에 대한 철학적 탐구와 다를 바 없다. 그 구체적인 방법론 중 하나가 미적분을 중심으로 하는 해석학과 위상공간을 다루는 현대의 기하학인 토폴로지Topology다.

093

함수와 불연속적 현상들

미분학은 라이프니츠와 뉴턴에 의해 거의 동시에 탄생하였는데, 미적분은 단순히 계산 방법이 아니라 자연세계의 현상과 본질을 파헤치려는 수학적 세계관이다. 미분이 현상으로부터 본질을 추출해내는 방법론이라면 적분은 그 반대로 추출된 본질로부터 또 다른 현상을 유추해내는 방법론이다. 미적분은 자연현상을 수학적으로 설명하기 위해 연역과 귀납의 상호보조적인 역할을 하는데, 미분학의 본성은 함수의 증가율에 대한 체계적이고도 분석적인 고찰에 있다. 간단히 말해 함수는 두 변수(변량) 사이의 상관관계 법칙이다. 그렇다고 두 변수, 독립변수 x와 종속변수 y의 상호의존적인 관계가 반드시 원인과 결과라는 뜻은 아니다. 원인과 결과라는 측면에서 함수를 해석하려는 자들은 주로 철학자들이다. 또한 함수에서 수학자가 관심을 기울이는 것은 함수에 사용되는 연산과 연산의 대응법칙과 연산을 나타내는 $f(x)$라는 기호와 기호작용이지 그 결과값이 아니다. 결과물로 나타나는 물리적 양에 더 관심을 기울이는 자들은 물리학자들이다. 그들은 수학적 처리 과정보다 최종의 결과물과 그것의 원인을 더 중요하게 여긴다.

어쨌든 변수의 점진적 변화에 대응하는 함수값의 변화가 수학에서는 중요한데, 그 함수값이 점진적으로 변하면 연속함수가 되고 돌발적인 비약을 보이면 불연속함수가 된다. 이러한 함수의 불연속적 특성은 문학사, 미술사, 철학사, 정치사, 경제사 등에 나타나는 사조의 변화 양상에서도 잘 드러난다. 한 시대를 풍미하던 지배 이데올로기나 미학을 무너트리는 새로운 미적 가치체계가 등장하는 과정은 함수적 특성, 즉 연속과 불연속 개념으로 해석될 수 있다. 금리 인상, 유가 폭등, 급격한 금융시장의 붕괴 같은 경제현상 뿐만이 아니라 인종 폭동이나 집단적 시위 같은 사회현상, 심각한 고립이나 아노미 상태에 처해 있는 개인의 심리현상, 나아가 정신분열과 우울을 겪는 개개인의 두뇌현상까지 현대 수학의 해석학적 방법론과 기하학적 방법론으로 설명이 가능해지고 있다. 한 예로, 라캉은 위상수학을 도입해 정신분석학의 무의식 개념을 설명하기도 했는데, 라캉은 정신을 여러 층위의 차원으로 분화되어 전개되는 현실적인 것으로 받아들이고 신경증 같은 정신 임상 현상을 일으키는 여러 층위의 요소들이 동일한 위상적 구조를 띤다고 보았다.

이처럼 현대의 수학은 과거보다 더욱 세분화되어 정치, 경제, 사회, 문화, 과학, 의학, 예술 등 각 분야의 미시 영역까지 스며들어 막대한 영향력을 행사하고 있다. 이제 현대 사회에서 수학의 사유체계와 원리에 대한 체계적이고 심층적인 탐색은 필연적일 수밖에 없다. 현대의 수학은 점점 더 빠르게 미분화되고 세분화되면서 보다 복잡해지고 그 영역을 확장시켜가고 있다. 전통적인 대수학 분야뿐만이 아니라 기하학 또한 전통의 유클리드기하학이나 비유클리트기하학으로부터 다양하게 세분화되면서 빠른 변화를 거쳐가고 있고, 해석학적 접근 또한 다양하게 시도되고 있다. 여기서 말하는 해석학은 미적분을 기초로 하는 무한급수나 미분방정식을 다루는 수학의 해석학解析學을 말하는 것이지, 언어의 의미를 추적하는 인문학의 해석학解釋學을 말하는 것이 아니다. 해석학은 주로 미분 가능한 함수를 다루고 미분 가능하다는 말은 어떤 운동이 연속적으로 일어나고 있다는 의미다. 그런데 현대 사회는 이런 연속적 운동만으로 설명될 수 없는 불연속적 현상들이 자주 나타난다. 바로 이런 불연속적 운동, 불연속적인 현상들을 수학의 언어로 파헤치는 방법론이 카타스트로피Catastrophe 이론이다.

카타스트로피 이론은 현대의 기하학인 위상수학(위상기하학, Topology)의 한 분야인데, 하나의 현상을 수나 식으로 풀어내는 기존의 정량적인 방법 대신 현상을 한눈에 직관적으로 간파할 수 있도록 정성적인 방법을 쓴다. 원자나 분자의 화학적 결합과 해체, 부서지는 파도나 세포의 분열 같은 자연현상뿐만이 아니라 사회현상들도 면밀히 관찰해보면 아주 작은 변화가 쌓이고 쌓이다 어느 한순간 균형점이 깨지면서 거대한 변화가 찾아온다. 즉 극한 상황 또는 극렬한 카오스 파국 상태에서 질의 변화가 급격하게 높아져 카타스트로프 점이 발생할 때 물리적 구조 변화가 발생한다. 그리고 이때 사물들의 질적인 변화에 있어서 특이점들이 나타난다. 분열된 여러 요소들이 상충하여 대립하고 투쟁하면서 상호 침투하고 길항하는 과정을 통해 새로운 국면으로 전환한다. 카타스트로피 이론은 이러한 질의 변화 양상을 집합이라는 개념으로 풀이하려는 수학적 연구이다.

094

기하학적 차원 탐구

기하학자는 사물의 모양과 상대적 위치를 연구한다. 원, 삼각형, 사각형, 평행사변형, 사다리꼴, 마름모, 원뿔, 각뿔대, 구球, 큐브cube 따위의 형상들을 생각해내서 그것들의 여러 부분들 간의 상관관계를 조사한다. 그들은 사물의 관찰자가 누구인지, 관찰자의 국적이 어디인지, 관찰자의 성별이 무엇인지 관심이 없다. 또한 관찰자가 시각, 청각, 촉각, 미각, 후각 등을 어떻게 이용해 사물들을 인지하고 감각하는지도 별 관심이 없다. 말하자면 관찰자의 모든 구체감각과 감각의 작용과 효과를 무시한다. 뿐만 아니라 사과, 컵, 탁자, 유리창, 거울, 콘돔, 핸드백, 형광등, 지구본 같은 구체적 사물들도 무시한다. 사물들의 이미지를 제시하여 기하학적 이해를 돕고자 하는 목적으로 현실의 사물들이 기하학적 대상으로 제시되는 것이지 기하학 자체가 그 사물들을 반드시 필요로 하기 때문이 아니다. 즉 기하학에서 탐구되는 공간의 성질들은 기하학적 대상들 그 자체에 귀속되는 성질이므로 인간의 시각이나 촉각 같은 육체적 감각에 의존할 필요가 없다. 즉 기하학은 감각이 제거된 기하학적 성질을 추출하기 위해 사물들을 언급하므로, 기하학은 사물들을 소환하여 사물들을 소외시킨다. 마찬가지로 기하학적 상상의 시는 세계를 소환하여 세계를 소외시킨다. 시간을 소환하여 시간을 소외시키고, 나를 소환하여 나를 소외시킨다. 소외는 실존의 전제조건이다. 그러니까 기하학적 상상력이 펼쳐지는 시에서 사물들의 이미지나 주관적 감각 작용보다 사물들의 관계, 문장들의 관계, 문장과 여백의 관계 같은 관계의 네트워크와 그것이 낳는 새로운 시공간 세계의 창출이 중요하다. 또한 실존의 위상 변화에 따라 파생되는 인간과 세계, 존재와 죽음, 무와 무한, 인간과 신神의 관계에 대한 근원적 성찰과 비판적 사유가 중요하다.

기하학자는 또한 낱낱이 분리된 개체들의 형상을 생각하는 것이 아니라 상호의존적인 여러 부분들로 결합된 하나의 형상을 생각해 모든 도형에게 적용 가능한 보편 원리와 공식을 추출하려 한다. 이런 점에서 기하학자나 대수학자의 수학적 사고나 처리 방식은 본질적으로 동일하다. 실제로 수학의 전통적 두 대표 학문인 기하학과 대수학의 발전 과정을 살펴보면 상호 매우 긴밀하게 연계되어 변화해왔음이 확인된다. 데카르트에 의해 기하학을 대수적으로 처리하는 해석기하학이 등장하면서 이들의 관계는 더욱 깊어졌다. 그러나 공간의 본성과 수의 본성 사이에는 근원적 차이가 존재한다. 공간보다 수가 훨씬 덜 추상적이고 덜 근본적이다. 일반적으로 공간이나 도형은 눈에 보이거나 머리에 그려지는 것이라고 생각하기 때문에 수보다 도형이 훨씬 구체적이라고 오판한다. 또한 수를 다루는 연산이나 방정식이 기하학적 평면도형이나 공간도형들 사이의 관계를 다룬 식들보다 더 추상적이라고 생각한다. 하지만 사실은 그 반대다. 엄밀히 말한다면 기하학에서는 점도 선도 평면도 눈으로 볼 수 있는 것들이 아니다. 점의 수학적 정의는 '크기는 없고 위치만 있는 것'이다.

현대의 기하학 공간을 좀더 깊게 이해하기 위해서는 차원에 대해 이해해야 한다. 화이트헤드는 기하학을 '차원적 위계의 학문'이라고 했다. 차원次元, dimension이란 무엇일까. 차원의 정의에 대해 처음으로 언급한 수학자는 유클리드다. 대표 저작인 『원론 elements』에서 그는 경계가 점으로 이루어진 도형은 1차원, 선으로 이루어진 도형은 2차원, 면으로 이루어진 도형은 3차원이라고 정의했다. 이를 바탕으로 차원에 대해 본격적인 관심을 갖고 깊이 있게 해석한 수학자는 프랑스의 푸앵카레(H. Poincare, 1854~1912)다. 푸앵카레는 직선 위의 임의의 두 점은 직선 위의 단 한 점에서 잘라서 분리시킬 수 있기 때문에 직선의 차원은 1이고, 평면상의 한 쌍의 점은 폐곡선으로 잘라야 평면을 분리시킬 수 있기 때문에 평면의 차원은 2라고 했다. 즉 한 공간 위의 임의의 두 점을 $(n-1)$ 차원 부분집합을 제거함으로써 분리할 수 있을 때 그 공간을 n차원 공간이라고 정의했다.

푸앵카레 이후 차원에 대한 여러 이론들이 등장했는데, 어떤 차원 이론에서든 가장 기초가 되는 것은 0차원 점집합이다. 이를 전제로 점을 전혀 포함하지 않는 공집합의 차원은 -1이 된다. 수학에서는 1차원, 2차원, 3차원, 4차원, 5차원 이상의 n차원까지도 정의할 수 있고, 차원의 표기는 좌표의 수로 표기한다. 직선상의 점은 임의의 한 실수 x로, 평면상의 점은 두 실수 (x, y)로, 공간상의 점은 세 실수 (x, y, z)로 표기하고 그 이상의 n차원은 $(x_1,$

$x_2, x_3, x_4, \cdots, x_n$) 식으로 나타낸다. 또한 차원과 차원 사이의 소수 차원도 존재한다. 예를 들어, 칸토어 집합은 0차원과 1차원 사이, 시어핀스키 삼각형은 1차원과 2차원 사이, 멩거 스펀지Menger Sponge는 2차원과 3차원 사이의 프랙털 도형이다. 현대 물리학의 끈 이론string theory이나 M이론에서는 우주의 실제 시공간을 10차원이나 11차원일 것으로 예측하고 있다. 차원은 위상공간에서도 적용되는데 위상공간의 차원을 연구하는 분야가 차원론이다. 차원론에 의하면 차원이 다른 두 도형은 서로 위상位相적으로 동치가 될 수 없다. 즉 삼각형과 삼각뿔은 동치가 될 수 없다. 사각형과 정육면체도 동치가 될 수 없다. 그러나 삼각형과 사각형, 삼각뿔과 정육면체는 각각 차원론의 관점에서 위상位相적으로 동치다.

기하학의 영향 때문인지 나는 문자를 평면도형 또는 공간도형과 유사한 기학학적 대상으로 받아들이곤 한다. 기호 표현 즉 언어로 표시하는 것은 기하학적 과정이고, 발화나 독해는 시간이 틈입하는 인지 과정으로 받아들여 언어의 변환 메커니즘과 생멸의 원리, 그와 연계되어 발생하는 여러 가지 두뇌 작용과 철학적·심리학적 문제들을 생각해보곤 한다. 언어나 이미지를 또다른 기하학적 위상공간으로 사영射影시키거나 다른 차원으로 차원 변환을 시도하는 행위는 2차원 언어, 3차원 공간의 한계성을 극복하려는 행위고 관습화된 공간의 파괴를 통해 시의 확장, 세계의 확장을 시도하는 행위다.

095
토폴로지와 그 영향력

　위상수학位相數學, Topology은 어떤 대상을 연속적으로 변형시킬 때 변하지 않는 성질, 즉 위상사상位相寫像에 대하여 불변인 도형의 성질을 연구하는 수학이다. 간단히 말해 위치와 형상에 관해 연구하는 현대 수학의 한 분야다. 곡선의 위치관계나 곡면의 구조 등을 다룬 가우스(Gauss, 1777~1855)의 연구 결과는 위치에 관한 것이고, 오일러(Euler, 1707~1783)의 정리는 형상에 관한 것이다. 위상은 길이, 높이, 무게, 부피 같은 양적 개념이 아닌 형상의 기하학적 성질들을 다룬다. 찢거나 자르는 불연속적 변환을 다루는 것이 아니라 줄이거나 늘이거나 비트는 것과 같은 연속변환을 다룬다. 이런 이유 때문에 위상수학의 세계에서는 삼각형, 사각형, 오각형, 육각형, 원, 타원이 모두 같은 위상동형이고 삼각뿔, 사각뿔, 오각기둥, 육면체, 구, 타원체가 모두 동일한 입체로 변신한다. 위상수학의 세계는 중심이 사라진 무한의 세계고 자유와 변형이 마음껏 펼쳐지는 신비로운 세계다. 아이들의 상상력이 자유분방하게 펼쳐지는 나라, 이상한 나라의 앨리스가 빠져들어간 바로 그 토끼 굴 속의 이상한 공간과 매우 흡사하다.

　위상수학의 태동 초기에는 위상을 기하학적 측면에서만 다루었기 때문에 위상기하학이라 불렀다. 그러나 20세기로 접어들면서 수학자들은 위상을 해석학의 입장에서도 다루기 시작했고 현재는 대수학, 기하학, 해석학 등 수학의 거의 모든 분야에 다양하게 응용되어 연구되고 있기 때문에 적용 범위를 확대해 위상수학이라고 부른다. 위상수학은 공간이란 개념을 수학적으로 정의함으로써 수학의 여러 분야에 유용한 방법론을 제시하였는데, 대수학에는 리군Lie group이라는 연속군의 개념, 해석학에는 바나흐 공간Banach space 등 공간을 이해하는 방법, 미분기하학에는 다양체Manifold 등 기하학을 예전보다 첨예하게 논할 수 있는 세부 통로들을 탄생시켰다. 리군 이론은 나비나 사람의 얼굴처럼 자연계나 자연현상 속에 내재되어 있는 대칭對稱, symmetry을 찾아내어 그 대칭성에 대해 구조적으로 이해하려는 이론이다. 갈루아의 군론에서 파생되어 발전한 이론으로 물리학의 시공간과 물질의 심층 구조와 연관되어 있어 그 중요성이 커지고 있다.

현대의 수학은 대부분 위상수학의 토대 위에서 형성되었는데 위상수학이 발전하게 된 데는 푸앵카레의 공이 컸다. 그는 위상수학의 태동과 발전에 지대한 공헌을 한 수학자다. n차원의 호몰로지이론도 그가 소개했고 베티군(Betti群)을 소개한 것도 그다. 푸앵카레와 함께 뫼비우스(Möbius, 1790~1868), 리만(Riemann, 1826~1866)도 위상수학의 발전에 큰 공헌을 했다. 특히 리만은 아인슈타인의 일반상대성이론의 시작점이 되었다는 점에서 의미하는 바가 크다. 일반상대성이론이 전개되는 공간은 리만기하학의 공간인데 리만기하학은 비유클리드기하학 중 하나로 타원기하학 또는 구면기하학이라고도 한다. 유클리드기하학에서 두 평행선은 모든 점에서 거리가 서로 같지만 리만기하학에서는 평행선 자체가 존재하지 않는다. 유클리드기하학에서 3각형 내각의 합은 180°이지만 리만기하학에서는 180°보다 크다. 리만 공간에서는 빛이 측지선測地線을 따라 움직이고 공간이 구부러진 정도를 나타내는 공간의 곡률은 공간을 채우고 있는 물질의 성질에 의해 결정된다. 수학적으로 말한다면 공간은 점으로 이루어졌고 점 사이의 거리에 따라 공간의 성질이 결정된다. 이 거리의 이차도함수가 공간의 곡률인데 곡률이 0이면 유클리드 공간, −1이면 쌍곡적 비유클리드 공간, 1이면 타원적 비유클리드 공간이 된다. 이러한 리만기하학 공간의 특성을 연구하여 아인슈타인은 일반상대성이론을 정립시켰다. 스티븐 호킹의 천체이론도 결국 아인슈타인의 기하학적 공간 연구가 선행되지 못했다면 나오지 못했을 것이다.

현재 위상수학은 다양하게 세분화되어 있고 적용 범위 또한 아주 광범위해졌다. 특히 현대 물리학과는 매우 깊은 연관성을 갖고 물리학 이론의 확장에 기여하고 있다. 물리학 분야의 영향뿐만이 아니라 위상수학은 수학 내부적으로도 큰 영향을 미쳤다. 푸앵카레 가설에 대한 연구도 활발히 진행되었고, 대수적 위상과 호모토피 이론이 급속히 발달하였다. 호모토피(homotopy, 변이) 이론이 무엇일까? 어떤 고무 평면 위에 하나의 선분을 그렸다고 해보자. 고무 평면을 자르거나 구멍을 뚫지 않고 임의의 방향으로 세게 잡아당기면 고무 평면이 늘어나면서 평면 위에 그려진 선분도 함께 늘어날 것이다. 이처럼 늘이거나 줄이는 변형을 통해 평면 위에 그려진 선분은 늘어날 수도 있고 하나의 점으로 줄어들 수도 있다. 만약 고무 평면 위에 선분이 아닌 삼각형이나 원을 그리고 평면을 늘인다면 이들 도형 또한 여러 가지 모양으로 바뀔 것이다. 원은 타원이나 임의의 단순 폐곡선으로 변형될 것이다. 그러나 고무 평면 위에 그려진 선분을 아무리 늘이거나 줄여 변형시킨다 해도 원이 될 수는 없다. 왜 그럴까? 아무리 변형시켜도 변형될 수 없는 구조적 불변량이 선분 내부에 존재하기 때문이다. 호모토피 이론은 바로 이 점을 연구하는 분야다. 즉 어떠한 변이 과정을 거쳐도 변하지 않는 위상공간 고유의 불변량을 연구하는 수학이다. 이러한 호모토피 이론 외에도 위상수학은 쌍곡기하구조론, 복소다양체론, 매듭이론 등에도 긴밀하게 관련되어 있다. 매듭이론은 현재 DNA 고리 같은 복잡한 분자식을 나타내는 분자생물학이나 생화학 분야에 아주 유용하게 응용되어 쓰이고 있는 수학 이론이다. 이처럼 현대의 과학을 제대로 이해하기 위해서는 위상수학에 대한 체계적인 이해가 반드시 필요하다.

096

위상의 정의와 분류

위상수학을 체계적으로 이해하기 위해서는 우선 위상공간과 연속사상의 개념부터 이해해야 한다. 위상수학은 위상공간과 연속사상을 토대로 펼쳐지며 이들이 파생시키는 카테고리를 연구하는 분야이기 때문이다. 내용이 다소 추상적이어서 어렵게 느껴지겠지만 한 번쯤은 접해볼 필요가 있다고 생각된다. 위상에 대한 수학적 정의는 다음과 같다.

X($\neq\varnothing$)를 임의의 집합이라고 할 때, X의 부분집합들의 모임(집합족) I가 다음의 3가지 조건을 만족할 때 I를 X상의 위상topology이라 한다. (1) X와 $\varnothing$가 I에 속한다. (2) I의 임의의 원소의 집합이 I에 속한다. (3) I의 임의의 유한개의 원소의 교집합이 I에 속한다. 이때 I의 원소를 구성원number이라 하며, 위상 I를 갖는 집합 X를 (X, I)로 표시하고 위상공간topological space이라고 한다. 그리고 고무막으로 만들어진 두 개의 위상공간 X, Y가 있다고 가정할 때, 사상 f에 의해 X가 끊어지지 않고 Y에 옮겨지면 f는 연속사상이라고 한다.

위상공간은 연구 영역에 따라 일반위상수학, 대수적 위상수학, 미분위상수학, 기하학적 위상수학 등으로 구분된다. 일반위상수학General Topology은 점집합론 위상수학Point-set Topology라고도 하며 유클리드 공간으로 국한되지 않는 일반위상공간의 점집합을 위상적으로 연구하는 분야다. 칸토어가 집합론을 창시하면서 기초 토대가 세워졌는데, 칸토어의 집합 이론은 추상공간에 대한 현대적 연구를 심화시켰다. 20세기가 되어 하우스도르프(Hausdorff, 1868~1942), 알렉산드로프(Aleksandrov, 1896~1982), 멩거(Menger, 1840~1921) 등에 의해 더욱 다양하게 연구되었으며 대수학, 해석학 등과 연계되어 발전했다.

대수적 위상수학Algebraic Topology은 푸앵카레에 의해 주도되었다. 유클리드 공간에서의 특수한 기하학 문제들을 해결하려고 개발된 분야인데 호몰로지 이론과 호모토피 이론이 대표적이다. 호몰로지homology 이론에서는 곡면을 유한개의 작은 조각들로 나누어 기호화하고 각각의 조각들 사이에 발생하는 관계를 대수적으로 다룬다. 미분위상수학Differential Topology은 미적분의 해석학적 방법으로 위상을 연구하는 분야다. 미분가능 사상을 조사하는 것을 중요하게 다루며 이 분야에서 가장 지대한 역할을 한 수학자는 르네 톰(René Thom, 1923~2002)이다. 톰은 언어학에 수학 이론을 도입해 의미론 중심의 카타스토로피적인 언어 이론을 발표하기도 했다. 촘스키와 함께 구조주의 시각에서 소쉬르의 언어관을 수학적으로 재해석했다.

097

관계에 대한 사유 및 경계 비판

현대의 수학은 사물들의 현상세계를 탐구하던 고전적 수학을 뛰어넘어 인간의 사고 체계를 연구하고 추상적 상상공간을 탐구하는 방향으로 흘러가고 있다. 그러기에 수학의 성장은 외적 물리 세계의 발견을 통해 수학 이론이 확장되는 측면보다는 수학 자체의 내부 개념 변화나 붕괴, 수학자들의 상상공간의 확장이나 변형을 통해 일어나고 그것이 외적 물리세계에 적용되는 수순으로 진행되고 있다. 변수에 대한 개념, 대수형식에 대한 개념, 명제와 집합에 대한 개념, 미적분학에 대한 개념, 위상기하학에 대한 개념, 시간과 공간과 차원에 대한 개념 등등 수학이라는 학문 전반에 걸친 다양한 개념들의 확장이 수학 자체를 확장시키고 변화시키고 있다. 개념槪念, concept은 각각의 것에서 공통적인 성질을 빼내어 새로 만든 관념이다. 예를 들어 개, 고양이, 사자, 호랑이, 고래, 물고기, 새, 곤충으로부터 공통된 성질, 즉 동물이라는 성질에 대한 관념이 만들어졌다면 이 관념이 동물의 개념이다.

수학에서는 개념이 다양해질수록 아이러니컬하게도 연역적 공리의 수는 줄어들고 기호체계는 간결해진다. 수학을 지배하는 보편적 개념의 산물이 바로 기호라 할 수 있는데 그 기호체계가 반드시 지녀야 할 중요 특성이 간명함이기 때문이다. 즉 수학 기호들의 병렬적 배치에 의해 탄생한 하나의 수학 공식은 추상 형식이지만 시적 언어처럼 그것은 현상의 요체를 가장 간결하고도 명료하게 함축하고 있어야만 한다. 그 추상화된 수학 공식 속엔 실재적 현실이 없지만 그 없는 현실이 실재實在화되는 곳이 현실이다. 그러기에 수학 기호들은 현실과 비현실 사이를 연결하는 관계의 기호이자 개념의 함축물이라고 할 수 있다. 등호와 부등호, 연산기호와 집합기호, 미적분기호와 복소수기호 등등 대수학, 기하학, 해석학, 위상수학, 응용수학 등 수학 전반에 걸쳐 사용되는 수학기호들은 이러한 개념들이 가장 단순하고 간결한 형식으로 추상화된 것이다.

한동안 나는 사물과 주체, 사물과 기호, 주체와 기호의 관계망을 그리며 그에 대한 기하학적 사유나 무의식을 시적 언어로 풀어내거나 추상화한 적이 있다. 오렌지를 사람 또는 사물 같은 실체적 대상물로, 지구나 미지의 행성 같은 우주적 대상물로 확장시켜 적용시켜보기도 했고 죽음, 존재, 무 같은 실존적 개념을 이미지화한 관념적 대리물로 변환시켜 인간의 문제를 탐구해보기도 했다. 물론 여기엔 수학적 시각과 철학적 시각, 사회적 시각과 예술적 시각, 정신분석학의 시각과 인지과학의 시각이 혼재된 해석의 시도였다는 점에서 순수 수학적 탐구 행위는 아니었다. 어쨌든 사물이 본질을 드러내는 과정엔 사물과 관찰자 양쪽에서 동시에 시각과 해석이 발생하고 틈이 발생한다. 이때 수학자는 시선의 중심을 관찰 대상인 사물에게도 관찰자인 자기 자신에게도 두지 않는다. 그들은 사물과 사물, 관찰자와 관찰자, 현상과 기호, 기호와 논리 사이로 시각을 이동시켜 그것들의 관계와 틈을 탐색하고 그 결과물을 추상기호로 일반화한다. 말하자면 수학은 일정 부분 관계의 학문인 것이다. 나 또한 수학자의 입장에서 언어를 통해 나의 삶과 죽음, 현실과 꿈을 구성하는 수많은 요소들 사이의 동일성 관계, 함수관계, 연속관계, 불연속관계 등 여러 가지 관계망을 복잡하게 때로는 단순하게 형식화하기도 한다. 화이트헤드가 유기체론 특히 관계론에 대한 철학적 사유를 첨예하게 전개시킬 수 있었던 것도 그가 수학의 이러한 특성과 기호체계 형식을 간파한 수학자였기 때문인지 모른다.

수학에서 기호체계 형식과 함께 중요한 것이 기호들에 내재하는 대상이다. 더 정확하게 말한다면 대상의 의미고 의미의 파급효과다. 수학은 대상 사이의 관계 및 이들의 연산을 지배하는 법칙만을 기술하므로 수학적 대상의 의미는 사회적 의미와 다르며 물리적 진실과도 다르다. 수학에서는 대상 자체가 중요한 것이 아니라 대상을 둘러싼 연산, 논리, 추론, 연역, 증명 같은 대상에 대한 기호 작용이 더 중요하다. 그러기에 수학은 정신적 개념들이 기호를 통해 꽃피는 추상세계와 물리적 대상들이 존재하는 현실 세계를 연결하는 교량 역할을 하고, 수학자는 어느 한쪽 세계로 완전히 치우칠 수가 없다. 그러한 중간계의 삶을 사는 것은 수학자의 존재론적 운명이고 거부할 수 없는 업業과 같은 것이다. 비유적으로 말하자면 수학자는 현실과 비현실을 동시에 날아다니는 불안한 새고, 현실적 시간계와 비현실적 시간계를 오가는 멈출 수 없는 시계추이다. 현실적 우주와 상상적 우주를 동시에 살아가야 하는 고립된 존재들이기에 그들의 삶은 늘 불안하고 외롭다.

만약 어떤 수학자가 현실적 우주만을 경험의 대상으로 삼는다면 그는 이성적 과학자나 논리학자로 단순하게 규정지을 수 있을 것이다. 그러나 상상적 우주를 체험함으로써 수학의 확장을 통해 공간의 확장, 시간의 확장, 우주의 확장, 나아가 미래와 운명의 확장을 시도한다는 점에서 그들은 모험가이고 탐험가이고 시인이고 예술가다. 그러기에 뛰어난 수학자가 되려면 뛰어난 추리력과 논리력을 갖춘 과학자인 동시에 뛰어난 상상력을 갖춘 시인이어야 하고 음악가여야 한다. 그런 점에서 수학과 시, 수학과 음악, 과학과 예술의 경계는 본디 없는 것이고 그 경계의 붕괴를 논한다는 자체가 무의미한 행위일지도 모른다. 수학과 시의 경계는 이분법적 세계의 패러다임 안에서 훈육된 이성적 분석주의자들이 만든 '없는 경계'인 것이다. 처음부터 없었던 것을 최초의 상태로 되돌린다는 발상 자체가 우스꽝스럽고 기이한 아이러니로 받아들여진다. 그러기에 경계의 무화나 영역의 확장을 논하기에 앞서 그러한 경계선을 만들어낸 획일적 가치체계, 즉 근대와 현대의 철학, 사상, 역사, 예술, 교육 전반에 대한 첨예한 비판이 선행되어야 할 것이다.

10부

한계, 반복, 행위

|

098

탄다는 탄다

탄다. 빛이 탄다. 사방에서 내가 탄다. 아이가 운다. 아이의 울음이 탄다. 공중으로 흩어지며 탄다. 공중도 탄다. 사방이 탄다. 시간이 탄다. 시가 탄다. 시는 타오르며 나는 새다. 새는 지상의 가장 낮은 벼랑으로 추락하면서 벼랑을 비상케 한다. 새의 주검이 놓여 있는 벼랑 밑에서 새로운 하늘은 시작된다. 시인에게 하늘은 하늘에 있는 것이 아니다. 한 마리 새가 추락할 때 새는 자신의 그림자를 향해 비상한다. 비상하며 탄다. 계속해서 탄다. 사방에서 탄다. 빛이 탄다. 어둠이 탄다. 나비가 탄다. 나비의 날개가 탄다. 나의 날개가 탄다. 눈이 탄다. 가슴이 탄다. 아침이 탄다. 저녁이 탄다. 밤이 탄다. 밤의 뇌가 탄다. 지금도 탄다. 내 앞의 독일 남자와 프랑스 여자가 탄다. 그들의 그림자와 국적 사이, 여자의 매끄러운 다리 라인과 라인 강의 물결 사이, 그 사이로 보이는 호텔과 하늘 사이, 풍경과 풍경의 배후 사이, 돌과 개미 사이, 장미와 빙산 사이, 불과 주검 사이, 무덤과 탯줄 사이, 소멸과 환멸과 생멸 사이, 나의 우주와 당신의 우주 사이, 이 모든 사이에서 탄다. 사이가 탄다. 새가 탄다. 시가 탄다. 시간이 탄다. 시간의 눈이 탄다. 입술이 탄다. 손이 탄다. 발이 탄다. 탄다. 탄다. 탄다가 탄다.

099
한계

　한계를 사고한다. 사고의 한계를 사고한다. 관측의 한계, 상상의 한계, 인식의 한계, 표현의 한계, 추론의 한계, 증명의 한계…… 내가 한계의 무無를 상정하고 상상한다는 것은 나라는 인간 자체가 한계적 존재임을 반증한다. 인간의 무수한 한계점들의 집합을 원圓의 끝점들로 인식할 때 내 상상의 시적 촉수들은 수평의 원운동과 수직의 원운동을 병행한다. 인간의 사회와 역사와 문명의 한계를 사고할 때 나의 감각들은 수직적 원을 그리며 뻗어나간다. 수직적 원이 시간의 지평을 따라가며 인간의 폭력적 야만과 욕망을 사물의 세계와 우주로 확대하여 그리는 원이라면, 수평적 원은 공간의 지평을 따라가며 인간이 겪는 내적 고통과 원초적 죄의식을 그리는 원이다. 그것은 주로 죽음에 대한 자각에서 생의 고통을 보거나 구원, 해탈, 지옥 같은 종교적 난제에 봉착할 때이다. 나의 불안과 시적 환상은 이 두 개의 교차하는 원형 서클의 교집합 속에 그려지는데, 그것은 태초로부터 인간의 잠재의식 속으로 흘러내려온 무의식과 긴밀하게 연계되어 있음을 느끼는 낄 때가 있다. 과거와 현재와 미래가 일시에 하나의 알몸에 되었다가 순식간에 재가 되어 흩날리는 순간이 있다. 그 '때'를 사고한다. 그때의 '휘발성'을 사고한다. 사고의 한계를 사고한다. 한계의 한계를 사고한다.

100
피의자

수학은 추상의 몸을 가진 아름다운 여인이다. 나는 그녀의 살결과 눈빛과 보디라인에 매혹된다. 그러나 가끔 그녀가 싸구려 립스틱을 짙게 바른 매춘부 같다는 생각이 든다. 내가 그런 눈빛으로 쳐다보면 그녀는 껍질을 벗어놓고 달아나는 사춘기의 어린 뱀처럼 이끼 낀 숲으로 들어가 홀로 운다. 눈 그친 깊은 겨울밤, 나는 불 꺼진 지하 자취방에서 그 울음소리를 들은 적이 있다. 이후로 나는 그녀의 육체 하나하나를 정의하거나 그녀와의 관계를 논리적으로 정리해 말하려 하지 않는다. 그러나 현실은 극도로 비논리적이어서 자신의 결핍을 보충하는 방향으로 집요하게 피를 빤다. 내 각오를 무참히 유린해버리는 눈동자들이 사방에 도사리고 있다. 현실은 피가 마른 문장으로 나를 침입한다. 나는 침묵한다. 벌레 울음에 섞여 그녀의 처연한 울음소리가 또 들려온다. 나는 계속 침묵한다. 오늘밤 침묵은 마른 초원으로 번져가는 불길이고 하늘로 치솟는 연기고 광야를 달리는 야생의 짐승이다. 그녀가 온다. 나는 방문을 닫고 그녀의 방문을 차단한다. 사고를 차단시켜 차단된 사고를 병렬한다. 판단을 중시시켜 중지된 판단을 병렬한다. 아니 사고 이전에 문장이 스스로를 차단시켜 자신의 숨을 중지시킨다. 그리하여 침묵이 태어나고 동시에 침묵은 피살된다. 시는, 세계는 진행형 사건 현장이다. 침묵의 사체가 누워 있는 범죄 현장이다. 나도 당신도 피의자다.

나는 나를 반복한다

나는 나를 반복한다. 나는 나의 삶을 반복한다. 나는 나의 무가
치를 반복한다. 나는 나의 권태를 반복한다. 권태로운 행위를 권태
롭게 반복한다. 사유하는 행위를 반복해 사유한다. 행위하는 사유
를 반복해 행위한다. 언어가 무한개의 눈으로 무한개의 세계를 담
는 거울일 때 거울 속의 역전된 세계와 거울 밖의 현실 세계를 동
시에 사유하는 행위, 두 세계 사이로 난 미세한 금들을 돋보기와
현미경으로 동시에 관찰하는 행위, 그것을 언어로 기록하는 고통
의 과정을 반복의 형식으로 반복한다. 혼돈과 파탄 속에서 점점 미
쳐가다 나는 말들과 함께 사멸할 거라는 망상에 사로잡히곤 한다.
기이한 환각들이 언어 파편들과 함께 내 좁은 방의 천장과 벽을 둥
둥 떠다닌다. 유리 조각 같은 언어 조각들이 창백한 웃음소리를 내
며 떠다니다 내가 누운 베개 위로 떨어진다. 그런 말도 안 되는 밤
이 있다. 그런 말도 안 되는 밤이 반복된다. 그런 말도 안 되는 밤
이 계속 나를 찾아온다. 나는 나를 반복한다. 나는 나의 죽음을 반
복한다. 나는 나의 무기력을 반복한다.

언어의 파열은 언어 안팎에서 개화開花 혹은 살해라는 극단적 양면성을 드러낸다. 그 일련의 사태들이 명료히 언어화되는 과정에서 어휘와 낱말들은 계속 충돌하면서 깨지고 시인을 상처 입힌다. 하나의 낱말이 깨진다는 것은 그 낱말의 형태와 의미, 텍스트 속에서의 기능과 위상공간, 나아가 세계가 깨지는 것이다. 낱말이 가진 고유의 리듬이 변하면서 독자의 세계관의 파열을 자극한다. 그러니까 낱말들은 스스로를 먼저 깨는 텍스트 내적 실천을 통해 텍스트 밖에 있는 시인의 눈과 독자의 눈을 개안開眼 수술 한다. 시가 언어 스스로 행하는 파열의 실천일 때 비록 시의 의미와 파장이 급격히 자폐적으로 축소되지만 나는 그것을 감행할 때가 있다. 나는 언어로 나를 저격하는 저격수가 될 때가 있다. 현실과 꿈 사이에 있는 제3아파트 옥상 난간에서 다리를 벌리고 누워 빌딩 사이에서 걸어오는 나를 정면으로 저격할 때가 있다. 그때 피살된 나는 온몸이 죽은 언어로 되어 있는 살찐 고깃덩어리일 뿐이다. 내가 언어를 파열시킬 때 동시에 언어는 나를 파열시킨다.

103
엑스트라extra 주체

　지식과 정보가 많아질수록 아이로니컬하게도 나는 점점 모르는 게 많아진다. 수많은 가상공간의 수많은 지식과 정보를 통해 대상에 가까이 다가갈수록 대상은 점점 멀어지고 불투명해진다. 첨단 문명의 현대 사회는 인간을 무한한 정보의 홍수 속에서 정보의 노예로 전락시켜, 행위와 사고의 주연 주체가 아니라 엑스트라 주체로 격하시킨다. 대상의 실체들이 점점 흐려지다 마침내 대상들 자체가 실종되어 사라지는 현실, 그런 현실이 더이상 이상하지 않은 이상한 현실에서 나는 욕망이 제거된 장난감 로봇처럼 똑같은 행위를 반복, 반복, 반복하는 인공의 기계고 괴물이다. 현대 사회에서 인간은 자동화 로봇으로서 엑스트라 주체다. 기계와 기계와의 감정 없는 섹스, 엑스트라들의 죄의식 없는 혈투, 괴물이 더이상 괴물로 인식되지 않는 사회, 그로테스크가 지극한 평범함으로 전락한 첨단 문명 도시에서 환각과 망상의 이미지로 뒤덮인 초현실의 시를 나는 극사실주의 시라고 생각하곤 한다.

반사와 역逆반사

현실은 볼록거울 무한다면체다. 내가 바라보면 현실은 무한개의 나를 역반사하며 자신의 육체를 끊임없이 변형시킨다. 현실을 해부하고 해독한다는 것은 거울과 빛의 발원지 사이에 놓여 있는 인간과 사물들의 세계를 인간의 시선으로 인간의 관점에서 파악하는 것이므로 불완전하다. 하지만 그 불명료한 모순투성이 시선들과 시선의 흐름이 있기에 현실은 계속해서 몸과 정신의 양식을 바꾸어나간다. 따라서 시인이 직면하는 리얼리티는 시의 내용보다는 언술 방식과 발화 방식, 그 과정에서 겪는 무수한 파탄과 착란 속에서 드러난다. 극단적으로 말한다면 표층이 심층이고 가면이 진짜다. 내장을 뒤집어 안팎을 바꾸는 연체동물을 오랫동안 바라보다 먹어버린 적이 있다. 사람의 안팎을 뒤집어서 태어나는 언어 존재물, 그들은 어떤 이름으로 명명되어야 할까.

105
알 수 없다

잠자는 돌을 본다. 돌의 꿈을 엿본다. 내가 건드리자 돌은 눈을 뜨고 새가 되어 날아오른다. 붉은 사과 한 알이 천공 깊숙이 낙하한다. 알 수 없다. 왜 그런지 나는 설명할 길이 없다. 고요한 돌을 본다. 돌의 숨소리를 듣는다. 내 귀는 넙치처럼 웃고 내 손은 돌의 아가미와 지느러미를 찾는다. 돌의 핏줄들이 만져진다. 나는 웃는다. 나의 눈이 오렌지처럼 웃는다. 돌의 측면에 붙은 벌레가 나를 본다. 벌레가 벌레 보듯 나를 쳐다본다. 나는 그를 형이라고 불러본다. 벌레가 머리를 쳐들고 웃는다. 뭐라뭐라 계속 속삭인다. 돌 옆에서 나팔꽃이 웃는다. 나팔꽃 구멍에서 개미가 웃는다. 갑자기 붉은 사과 한 알이 또 천공 깊숙이 낙하한다. 알 수 없다. 왜 그런지 나는 계속 설명할 길이 없다. 돌과 나무, 새와 구름, 무수한 사물들이 세계의 바깥으로 떨어지고 날고 떨어지고 날고 떨어지고 날고 계속 반복된다. 밤과 낮이 일주일이 1년이 무수히 반복되고 무수히 폐기된다. 나는 눈뜨고 망각하고 다시 눈뜨고 또 망각하기를 반복한다. 반복은 형식이 아니라 피비린내 나는 잔혹극 육체다.

인간의 꿈과 영혼, 기억과 죽음이 조각된 기하학 언어구성체를 생각한다. 화석화된 이성을 무너뜨리는 환상과 참혹한 현실이 거울처럼 상호 투영된 언어 우주. 나는 이제 색채언어를 통해 대상을 유희할 것이 아니라 대상의 완전한 제거를 유희할 것. 색채와 무색채의 경계를 지워 색체色體의 존재와 허무를 직시하는 행위를 시로 실천할 것. 파괴적 혼돈의 극점까지 나아가 혼돈의 무질서한 양식을 추출해 음악적 추상이 되게 할 것. 그러나 나는 나에게 늘 참담한 벼랑이다. 자신의 삶을 벼랑 아래로 던지고 추락하는 새들, 추락이 비상을 낳는다는 문장은 위로를 위한 시적 비유가 아니다. 현실은 어떤 시의 문장보다 가혹한 문장들로 채워진 난해시다. 또한 현실은 냉혈의 피를 가진 짐승이다. 내가 이렇게 쓸 때 갑자기 누군가 27층 난간에서 뛰어내린다. 그 찰나적 비명을 이 문장은 담아내지 못한다. 문장의 외계에서 벼랑 아래로 사물들은 계속 떨어지고 사물의 그림자가 칼을 들고 죽은 자의 걸음으로 내 몸에 잠입한다. 시는 그렇게 나를 찌르는 자객이 되어 일시에 나를 습격한다. 찰나와 침묵이라는 두 자객, 인간은 몸속에 천애의 벼랑을 지닌 비극적 절경絕境이다.

107
모음들

말의 숨소리가 저녁의 밀물처럼 아련히 스며들어 나를 적시는 상상에 빠져든다. 말의 결핍이 극대화되면 숨결은 보다 또렷해지고 투명해진 제 모습을 드러낸다. 반대로 말의 과잉이 극대화될 때 숨결은 극소화되고 따라서 시의 음악성과 리듬은 미적 에너지를 상실한다. 말의 확대가 말의 죽음을 낳아 시를 파괴한다는 자명함을 나는 부단히 나에게 기억시키고자 한다. 말 이전의 침묵이 진언眞言이고 그것은 무형無形이고 그 무형의 육체적 현현이 숨결이다. 따라서 시의 생명을 담보하는 것은 말이 아니라 말의 배후에서 말의 과잉과 결핍을 경계하고 지우는 침묵이다. 말 이전의 무색無色의 무성無聲의 숨결이고 파동이고 에너지다. 아~ 하고 어둠 속에서 누가 울 때, 에~ 울지 마! 하며 더 어두운 어둠 속에서 꽃이 필 때, 이~ 하고 누군가 아기의 모습으로 빛 속을 걸어올 때, 오~ 하고 유리벽 속 마네킹이 어둠이 되는 자신을 목격할 때, 우~ 하고 누군가 말할 수 없는 모든 사물들의 혀를 내보이며 내게 다가올 때, 그 발소리는 모두 아픈 숨결이고 살을 가진 자유고 모음의 근친이다.

108

방정식

무無가 중심 O인 시詩의 구체방정식을 상상한다. $x^2+y^2+z^2$ $=r^2$(x-시간, y-존재, z-언어, r-세계). 나는 지금 광기와 폭력, 거기서 파생하는 인간 존재의 참상과 원죄의식, 인간들이 만들어온 역사의 허구와 미美의 가치, 이 모든 위악들을 토대로 변함없이 펼쳐질 미래라는 참혹한 괴물을 상상하고 있다. 내 머리 위 공중으로 무인우주선 시그마(Σ) 편대가 떠가고 있다. 이상하다. 수학기호 비행물체들이 날아다니는 추상공간에서 나는 부조리하게도 미지의 구체공간을 본다. 어느 낯선 차원의 낯선 대륙에서 찾아온 수학자들과 여행자들을 목격한다. 그들이 타고 온 새로운 비행물체의 외형을 보며 비행 원리를 추측한다. 오래전 죽은 수학자들도 있고 그들의 삶과 죽음과 연계된 연인들도 있다. 새들도 있고 악기도 있고 사람의 몸의 형태를 한 음악도 있다. 그들과 함께 나는 추상의 공간에 서 있고, 그것은 '지금―여기'라는 미지의 공항이다. 거기 활주로 한가운데 유리 파편으로 떨어진 채 나는 창백한 대기와 우주, 만물이 피해갈 수 없는 죽음의 입체방정식을 상상해보는 것이다.

109
파이(π)

언어는 유한의 존재다. 그러나 언어는 자신의 유한성을 극한으로 몰아쳐 무한의 세계로 진입한다. 언어의 유한이 확인될 수 없는 유한이라면…… 침묵해야 한다. 나는 지금 인간이 발명한 언어 외의 아직 발명되지 않은 수리언어들을 상상하고 있다. 그것들은 근원적으로 비물질적 추상의 존재일 것이다. 그러나 물질적 현실의 세계에 긴밀하게 관여할 것이다. 인간의 내부에 존재하는 무수한 감정과 사유와 번민들은 형체가 없지만 인간이라는 우주에 살며 인간을 인간답게 하는 유용한 언어생명체들이다. 불안과 공포는 그중에서도 기이한 기하학적 형태의 공존물이다. 인간은 발생 원인을 알 수 없는 불안을 무한의 측면에서 보고 깊이 있게 사유하지만, 공포는 유한의 측면으로 가볍게 여기곤 한다. 나는 그렇게 생각하지 않는다. 공포는 원인이 분명하지만 한계가 없다. 즉 바닥없는 공포는 나를 중심점으로 하는 반지름이 무한인 원이다. 인간은 죽음의 세계로 편입될 때까지 그 원 밖으로 벗어날 수 없다. 불안과 공포가 그려나가는 측정할 수 없는 원의 넓이, 파이(π)는 단순히 수학기호가 아니다. 그것은 시간의 무한성과 인간의 부조리를 상징하는 존재의 기호다. 백지는 인간의 2차원 미궁이고 삶은 죽음의 연산놀이다.

110
정의

나는 시를 정의하지 못한다. 나는 현실을 정의하지 못한다. 나는 나를 정의하지 못한다. 정의定義, definition는 용어의 뜻을 간결하고 명확하게 정한 문장을 뜻한다. 나는 지금 나를 진술하고 당신은 읽고 우리는 함께 세계에 갇혀 있다. 과연 이 문장은 참인가 거짓인가. 당신이 나를 읽어나갈 때 당신도 나도 계속 사라진다. 당신은 이미 좌측으로 사라진 없는 문장이다. 당신도 영원히 정의되지 않는다. 이것을 연속적으로 시각화하면 남는 것은 백지다. 백지는 무수한 당신이 참수된 광대한 설원이자 황무지고 처형지다. 나는 시인의 비논리적인 상처투성이 문장들이 그들의 삶이 처한 현실의 무수한 국면들과 결코 다르지 않다고 생각한다. 그러나 누구도 그것이 참인지 거짓인지 판정할 수 없다. 그 내용이 참인지 거짓인지 분명히 확인할 수 있는 문장을 수학에서는 명제命題, proposition라고 한다. '3은 홀수다'는 그 내용이 참인 명제고, '2 더하기 3은 6이다'는 거짓 명제다. 하지만 '비행기는 빠르다' '꽃은 아름답다' '안녕하세요!' '당신은 예쁘다' 등은 참과 거짓을 구분할 수 없기 때문에 명제가 아니다. 명제 중에서도 가장 기초가 되는 명제, 즉 더이상 증명이 불가능한 참인 명제가 공리公理, axiom

다. 증명證明, proof은 이미 알려진 사실이나 옳은 성질을 이용하여 어떤 명제의 가정에서 결론을 조리 있게 이끌어 내는 과정이다. 즉 실험이나 관찰에 의하지 않고 알려진 성질을 이용하여 어떤 명제가 참임을 보이는 것이 증명이다. 증명된 명제 중에서 기본이 되는 것을 정리定理, theorem라고 부른다. 정리는 공리와 정의로부터 증명에 의해 만들어진다. 그러나 나는 시인이고 시인은 명제적 인간이 아니다. 그들은 증명될 수 없는 문장이고 수식이고 삭제된 부호다. 증발된 암호들로 가득찬 백지다. 나는 시인의 상처 난 비논리적 문장들이 그들의 삶이 봉착한 무수한 악몽과 결코 다르지 않다고 생각한다. 그러나 당신은 그것이 참인지 거짓인지 끊임없이 판정하려 한다. 지금 이 순간에도 당신은 당신이 삭제되어가는 이 문장을 의심한다. 당신은 명제적 인간이다. 과연 당신이 방금 읽은 앞의 문장들은 참인가 거짓인가. 현실의 당신은 언제나 현실이라는 폭력방정식의 삭제되지 않는 기이한 부호로 작동한다. 그러나 누구도 당신의 행위가 참인지 거짓인지 판정할 수 없다.

111

불가능성城

가능성城이 함락되자 불가능성城으로 피신한 시왕詩王이 첫 잠을 잔다. 마지막 꿈이 될지도 모르는 거친 잠을 자면서 왕은 가능성에 살던 시절의 무사안일을 후회한다. 왕을 보며 나는 옆의 잠자리에 눕는다. 왕에게도 나에게도 잠은 매일 반복되는 입관의 예행연습이다. 잠은 주검의 잠자리로 영원히 입주하기 위한 필사적인 임사행위다. 우린 매일 밤 자신의 장엄한 죽음을 반복해서 연습한다. 그러고는 마침내 그것을 실제로 실행해 죽음의 나라로 밀입국한다. 그런 관점에서 보면 죽은 삶을 사는 현대인은 누구나 불법체류자이다. 자신의 육체에 기거하는 자신의 망명자들이다. 그런 생각이 들자 잠이 오지 않는다. 나는 지금 오지 않는 잠이다. 오지 않는 시다. 인간이 신神에 대한 악몽을 꾸듯, 시 또한 자신의 육체 속에서 불면에 시달리며 자신을 낳은 자의 악몽을 꾼다. 시는 밤마다 내게 그걸 전한다. 불가능성城 성곽의 뜰에서 이름을 버린 잠자리 한 쌍이 달빛 속을 천천히 날고 있다. 봄밤의 달빛은 서늘한 성 냥, 찬 대기를 서늘하게 데우고 있다. 나는 가만히 눈을 감고 내 생이 타들어가는 냄새를 맡는다. 불가능성에서의 첫 잠의 불면이 아프고 깊다. 쇠망한 가능성에서의 안락을 잊고 불가능성城에서 새로운 열망에 사로잡혀 새로운 헛것을 좇는 왕, 그가 시인일지 모른다. 시인의 그 불가능성城을 함락하려는 열망에 사로잡힌 아름다운 무사들, 그들이 비평가다.

112

비평가는 본다

팝아트 계열의 작가로 분류되기도 하고 미니멀리즘 계열의 작가로도 분류되는 재스퍼 존스의 몇몇 작품들은 내게 상기시키는 점들이 많다. 그는 그림이나 조각품 자체를 하나의 오브제로 간주할 뿐 그 이상의 감정이나 의미를 부여하지 않는다. 자신의 그림에 대한 그의 객관적이고 중성적인 태도를 나는 존중한다. 그러나나는 작가의 의도와는 달리 그의 작품들을 접하면서 더 많은 의미를 찾아보려 한다. 그건 피곤한 일이지만 재미는 쏠쏠하다. 〈비평가는 본다〉는 지극히 평범해 보이지만 익살과 풍자가 돋보이는 작품이다. 단순한 소품처럼 보이지만 아주 재미있고 신랄하고 예리하다. 안경을 낀 비평가가 무언가를 바라보고 있다. 그런데 자세히 보면 안경 속에 있는 것은 눈이 아니라 입이다. 도톰한 입술 사이로 빛이 반사된 이가 보인다. 비평가는 눈으로 보는 것이 아니라 입으로 본다는 뜻인지, 비평가는 두 개의 입을 갖고 있다는 뜻인지 알 수 없다. 말을 하려는 것인지, 말을 하는 중인지, 말을 마친 것인지 알 수 없다. 왼쪽 비평가의 입이 말한 것을 오른쪽 비평가의 입이 그대로 따라하고 있는 것인지, 왼쪽 입이 말한 것을 오른쪽 입이 반박하고 있는 것인지 알 수 없다. 이 작품에서는 본다는 행위가 말보다 선행할 수도 있고 그 반대일 수도 있다. 시선(감각)과 말(언어)의 관계가 대립이 아닌 상호 보조의 관계로 드러난다. 그러나 내가 더욱 주목하는 것은 각각의 입속에 숨겨진 혀다. 어두운 침묵 속에서 끝까지 실체를 드러내지 않는 혀. 어쨌든 이러한 관찰은 시선이 작품 안에서 밖으로 향하고 있다는 전제하에서이다. 시선을 역전시켜보면, 감상자인 내가 비평가로 변한다. 비평가인 내가 작품 속 안경을 통해 무언가를 말하고 있는 두 개의 입을 바라보게 된다. 만약 그 입이 작가인 존스의 입이라면, 작가는 두 개의 입을 통해 이중의 발언을 하고 있는 게 아닐까. 작가의 의도와 비평가 사이에 발생하는 수많은 문제점들을 비판적으로 바라보고 있던 건 아닐까. 본다는 행위와 해석한다는 행위 자체를 동시에 작품으로 끌어들였다는 점에서 이 작품은 변별성을 띤다. 알 수 없는 것을 알 수 없는 방식으로 접근해 의미의 알 수 없음을 리얼하게 드러낸 그의 표현 방식이 난 맘에 든다.

113
비문들

한 편의 시를 탈고하고 나면 나는 우울과 불면의 늪에 빠진다. 달리아 붉은 꽃빛은 시들고 태양과 달은 얼음으로 뒤덮인다. 그런 냉기의 환각에 시달린다. 나는 끝이 보이지 않는 한랭지대의 지평선이 된다. 산후 정신신경증을 앓는 꽃과 나무들, 나는 얼음과 눈으로 뒤덮인 세계의 끝에 누워 삶이 내 영혼과 가슴에 남기고 간 불의 상흔을 침묵으로 목도한다. 인간은 누구나 주어 혹은 술어가 빠진 비문들이다. 문법을 이탈한 자의 슬픈 묵언을 나는 오늘 너의 시에서 본다. 오늘밤 너의 시는 화초 앞에서 부끄럼을 타는 고양이 같다. 나는 말랑말랑한 고양이 코를 만진다. 눈을 마주보며 부드럽게 등줄기를 쓰다듬는다. 고양이 검은 두 눈이 두 개의 싱크 홀 같다. 코로나 콧구멍에서 흘러나오는 코로나 기체를 본 적이 있는가. 죽어가는 노인의 숨구멍으로 가늘게 흘러나오는 숨소리, 그것이 오늘밤 나의 시다. 내가 있는 이 지상의 반대편 어느 먼 사막, 작은 샘에서 새가 아픈 날개를 씻고 있다. 새 곁에서 한 소녀가 손을 씻고 있다. 투명 유리 어항처럼 금방이라도 깨질 것만 같은 아이, 그녀도 나의 시다. 창밖으로 비가 내린다. 자신의 탯줄에 목이 휘감겨 올 수조차 없는, 비가 내린다.

11부

웜홀(Wormhole) 테스트 시론

담배 피우는 유령

재떨이에 담배를 올려놓는다. 담배 연기는 일정 부분까지 규칙적으로 올라가다가 나선형으로 돌며 불규칙하게 공기 중에 흩어진다. 뜨거운 커피가 든 잔에 하얀 크림을 넣는다. 크림은 커피와 섞이며 형체와 색이 변하고 커피의 내부 질서를 파괴시킨다. 풍선에 잔뜩 바람을 불어넣고 움켜쥔 풍선의 주둥이를 놓는다. 풍선은 내가 전혀 예측할 수 없는 방향으로 불규칙운동을 하며 선회한다. 공기를 방출하며 외부 공기층의 구조를 변화시킨다. 인간이 숨을 내쉴 때 나오는 작은 공기도 생물계 전체를 변화시킬 수 있다. 언어도 이런 카오스 운동성을 본래적으로 갖고 있다. 시인은 유령이고, 언어는 유령이 피우는 담배다. 누구도 담배가 내뿜는 흰 연기의 운동성과 의미를 단정적으로 확정할 수 없다. 즉 언어는 시인의 통제와 지각 공간을 벗어나 언어 자신의 본능과 충동대로 움직이려 하는 성질을 갖는다. 이러한 언어의 속성이 텍스트 전면으로 부각되어 나타날 때 텍스트는 혼돈과 분열, 찢김과 파편, 환각의 이미지로 채색돼 수용되기가 쉽지 않다. 그러나 인간이 아닌 언어와 사물의 입장에서 보면 지극히 사실적인 이미지들이다.

프랙털 언어미학

새로운 언어가 발생하는 언어적 위상공간이 있다. 언어의 불변 고유 속성이 변환되는 특이점 X가 있다. 특이점은 원래 미적분학에 나오는 개념이다. 미분 불가능한 점을 지칭하는 수학용어로, 변화의 기점이 되는 점을 지칭한다. +1과 −1이 공존하는 모순의 세계, 있음과 없음이 맞물려 하나의 몸으로 공존하는 세계라 할 수 있다. X를 이루는 두 개의 축, '시간−공간'의 축과 '존재−무'라는 축이 교차되는 지점에서 나의 어떤 시는 발아한다. 그곳은 비선형의 세계고 파토스의 세계고 카오스의 세계다. 인간의 이성적 지각이 소멸하는 공간이고 무의식의 에너지 장場이다. 카오스는 현실을 지탱하는 하부구조이자 변화의 근본 원리이다. 현실을 왜곡하는 무질서한 혼돈이 아니라 일종의 프랙털 미학이다. 프랙털fractal은 임의의 한 부분이 전체의 형태와 닮은 도형으로 무한 개념을 전제로 한다. 부분과 전체 사이의 닮음을 자기유사성self-similarity이라 하는데, 부분이 전체를 완전히 똑같게 반복하는 '엄밀한 자기유사성', 부분과 전체가 매우 닮기는 하나 완전히 똑같지는 않은 '유사 자기유사성', 전체가 부분을 별로 닮지 않은 '통계적 자기유사성' 등으로 세분화된다. 나의 프랙털 언어 아트는 자연과 세계의 재현 차원을 넘어 점점 미지 ~未知/美地~의 잠재적 추상 영토를 탐사하고 생성하는 방향으로 나아가고 있다. 프랙털 도형은 생성자를 무한히 반복하여 얻어지기 때문에 프랙털 언어 인식은 세계와 우주를 비유클리트 기하언어로 사유하는 과정이라 할 수 있다. 시간과 우주, 꿈과 시, 현실과 사회에 내재된 무한의 무질서한 현상들을 나는 현대 과학의 상상력과 실험 방법을 독자적으로 변주하여 접근해보고 싶다.

116

상상하는 통로

언어가 사물과 세계와 시인을 언어 내부로 흡입해 무無로 만들어버리면서 밀도 제로를 향해 나아가는 텍스트가 있다. 반대로 언어가 사물과 세계와 시인을 언어 외부로 방출해 자신을 무無로 만들어버리면서 무한無限을 향해 나아가는 텍스트가 있다. 나는 전자를 블랙홀 텍스트, 후자를 화이트홀 텍스트라 부른다. 웜홀 텍스트는 블랙홀과 화이트홀을 연결해주는 통로로서의 텍스트, 한 우주와 다른 우주를 이어주는 텍스트, 하나의 시공간에 위치한 사물과 나를 다른 위상 시공간으로 이동시키는 텍스트라 할 수 있다. 블랙홀과 화이트홀의 사건의 지평면 내부를 잘라내고 그 나머지를 연결시키면 어떻게 될까. 블랙홀로 흡입된 물질은 화이트홀로 방출된다. 블랙홀의 흡입구가 있는 세계와 화이트홀의 방출구가 있는 세계는 전혀 다른 세계이다. 웜홀은 이 두 세계를 연결하는 통로, 우주를 사과처럼 둥근 과일에 비유했을 때 거기에 뚫린 벌레 구멍, 즉 시공간 벽에 뚫린 구멍을 말한다. 웜홀 텍스트는 텍스트에 내재된 이미지, 음향, 의미, 여백 등 텍스트의 무수한 구성 요소들이 또다른 세계로의 탐험 안내, 인식과 사고의 거주지 이동을 목적으로 움직인다. 3차원 세계의 현실적 사물로 비유한다면 망원경, 현미경, 심해잠수함, 우주탐사선 같은 탐험 기능과 발견 기능을 하는 텍스트이고, 내부의 자체 변화에 따라 수시로 시공간을 변화시키는 상상하는 통로인 셈이다.

117

미시해부학자

웜홀 텍스트를 통해 나는 현실을 초월하려는 것이 아니라 현실을 보다 미시적으로 바라보고 현실의 내장까지 해부학적으로 접근해보려는 것이다. 현실 속에 은폐된 초현실적 초상들과 그 은폐의 구조적 원리를 추출해내려는 것이다. 내 몸이 귀속된 3차원 세계 아니 그 이상의 고차원 세계들을 재발견 또는 탐사하려는 것이다. 이때의 현실은 내가 직면한 언어들이 봉착하는 시적 현실, 현대의 인간들이 만든 조직과 체계에서 발생하는 부조리한 사회적 현실, 원인과 결과를 분명히 규명할 수 없는 무수한 우주적 현실, 밤마다 나로 하여금 비현실을 체험하게 하는 꿈이라는 현실, 텍스트 안팎에 파편처럼 산재해 있는 나의 육체적 현실, 이 모두를 포함한다. 현실을 잡아먹는 초현실적 가상현실의 몸을 이루고 있는 뼈와 신경조직, 두뇌구조, 혈관조직과 구성세포 단위까지 미세하게 보려는 것이다. 현실의 이면에 숨어 현실을 지배하고 조종하는 무수한 가상현실의 이미지 미립자들과 작동 원리가 나는 궁금한 것이다. 언어와 시간과 내가 동시에 진동하는 텍스트를 통해 나의 두뇌인지 과정, 언어의 발아 과정, 사물들의 내면세계, 시공간의 굴절과 분산 현상들을 미시물리학적 관점에서 탐색해보려는 것이다.

어둠과 진공

　이미지는 자신의 소리, 색채, 의미를 부정하는 반反이미지를 동시에 거느릴 때 열린다. 의미에 종속되거나 시인의 목적에 종속되는 이미지는 시를 명료하게 전달하지만 시를 명료하게 가둔다. 미지를 향해 열려 있는 언어는 자신 속에 모순과 역설을 내장할 수밖에 없다. 언어들의 운동이 비선형적으로 계산되어 나타날 때, 카오스적 표면 이미지들은 배면에 깔린 어떤 질서나 유형의 심층 이미지가 비질서적으로 나타나는 것이다. 언어들의 충돌로 발생한 작은 이미지 변화가 텍스트 전체로 확산되어 이미지 체계를 뒤흔들 때 텍스트는 흔들리고 변한다. 언어들 사이에 놓여 있던 사라진 언어들, 생략된 언어들이 문장을 불연속적으로 만들지만, 사유와 여백의 공간으로 작용해 상상공간을 열어준다. 우주는 행성들과 사라진 무수한 행성들, 그 사이의 파악할 수 없는 어둠과 진공, 기나긴 침묵과 무의 시간들로 이루어져 있듯 웜홀 텍스트는 우주의 생성과 소멸의 원리를 따른다.

119
반중력 에너지

웜홀 텍스트는 독자가 인식하지 못했거나 상상하지 못했던 또다른 세계가 존재함을 인식하고 상상하게 하고, 그 세계로 진입할 수 있는 개안開眼 이미지들로 구성된다. 이미지들은 연쇄적으로 흐르며 공기 형태의 문장을 이룬다. 움직이는 기체의 문장들은 하나의 인식공간을 또다른 공간으로 이동시키는 웜홀의 시작점인 셈이다. 기체의 문장들은 흐르며 상상과 유희를 동반한다. 상상은 비선형적이고, 유희는 비논리적 시공간에서 이루어진다. 그것은 중력과 대결하는 언어들의 반중력 에너지에 의해 이루어지는데, 일정한 형태를 갖출 수 없는 육체를 가진 또다른 상상 이미지들을 탄생시킨다. 그것은 미결정체인 고무찰흙이고, 누구든 마음대로 주물러 새로운 몸과 세계를 탄생시킬 수 있는 일종의 '펄프Pulp 이미지'라 할 수 있다. 이 이미지들이 홀로그램 영상을 만들면서 시공간을 변형시킨다. 웜홀 텍스트의 기호공간은 촬영된 이미지 영상을 보여주는 영화관이 아니라 영화가 촬영되고 있는 현장이다.

고독한 파편들

웜홀 텍스트 내에서 이미지들은 조각조각 파편화되어 나타난다. 이미지 파편들은 각각의 조각으로 시의 각 부분들을 체계적으로 구성하지는 않는다. 만약 시 텍스트가 하나의 유리컵이라면 각각의 이미지들이 컵의 손잡이, 벽면, 테두리, 바닥 등을 구성하진 않는다. 오히려 각각의 파편들은 전체를 압축 재현하면서 독립적으로 존재한다. 각각의 파편들은 각각의 제국을 이루면서 고독한 섬이기도 하다. 현대적인 시 텍스트들은 다분히 프랙털 모형을 닮아 있다. 파편화된 부분적 이미지들이 각각의 온전한 홀로그램을 형성하면서 텍스트 내부에서 독립적으로 다양한 의미망을 직조한다. 텍스트는 무한을 향해 확장되면서 의미의 무를 향해 나아가지만 의미의 원초적 부재와는 근본적으로 다른 것이다. 의미의 무無의 지향성은 곧 의미의 무한 지향성이고 그 반대도 성립한다.

121

미래에서 날아온 새

질서 없이 불규칙하게 솟아 있는 섬들이 사실은 바다 밑에서 긴밀하게 연결되어 있다. 환각적 카오스 이미지로 점철된 시 텍스트를 바라볼 때, 해안에 서서 거리를 두고 섬을 보듯 텍스트를 보면 텍스트의 표면적 인상과 이미지만 보고, 그걸 통해 의미를 파악하게 된다. 그러나 깊이 있게 감상하기 위해서는 감상자 스스로 옷을 벗고 알몸이 되어 해저로 잠수해 들어가는 위험을 감수해야 한다. 또는 잠수 장비를 직접 몸에 착용하고 텍스트 아래로 잠수하여 섬 아래 바다 밑의 대륙을 자세히 살펴보아야 한다. 왜냐하면 사물에 대한 거리두기가 전제된 객관적 관찰 행위와 사유 행위는 그런 행위 자체만으로도 대상을 변화시키고 사물들이 위치한 텍스트를 변화시키기 때문이다. 그러니까 하나의 시 텍스트는 운명적으로 갖고 있는 이러한 자신의 변환 속성을 스타일을 통해 텍스트 안팎으로 드러내야 한다. 당대의 정신과 미학의 한계에 정면으로 도전해야 하고, 아직 도래하지 않은 미래의 발화 방식과 언술 방식을 담보해야 한다. 이것이 담보되어야만 진정한 실험시고 전위시라 할 수 있다. 전위의 언어들은 세계의 내적 변화와 외적 변화를 동시에 감지하면서 오늘 이미, 내일을 흐르고 있는 미래진행형으로 존재해야 한다. 진정한 전위 텍스트는 미래를 향해 날아가는 새가 아니라 미래에서 날아온 새다.

회전과 휨

무의식은 문장에 어떻게 개입되고 어떤 양식으로 자신을 드러내는 걸까. 무의식이 음소 혹은 음소 무리로 이루어져 있다는 견해에 나는 동감한다. 음소는 이후 단어를 만들고 무의식적 환상을 만들고, 그 무의식적 환상의 전체적인 구조가 무의식의 층을 형성한다. 텍스트에 대한 분석은 바로 이 층에 대한 분석이고, 그 층을 통해 우린 시인의 무의식에 다가간다. 웜홀 텍스트들은 이러한 층들이 건축 구조물처럼 수직상하로 이루어져 있지는 않다. 오히려 수평적이고 나선구조를 닮아 있다. 이들의 운동은 대략 4가지 방식으로 나타난다. 첫째, 언어가 언어에 내재된 무를 향해 나선으로 수렴하며 운동한다. 둘째, 문장이 문장 스스로를 방화해 의미 해석의 단초들을 지워버리려 한다. 셋째, 문장이 의미를 여백으로 방출하여 의미의 영역 자체를 이동시킨다. 넷째, 어휘들이 유희적 움직임 자체를 목적으로 움직이며 제3의 시공간으로 탄생한다. 웜홀 텍스트를 구성한 신체기관들은 항상 운동중이다. 관찰자의 시각과 이동 방향을 따라 함께 이동하면서 회전하고 우주공간처럼 휜다.

역전과 지연

'정지한다'는 움직인다. '침묵한다'는 말한다. '침묵한다'는 자신의 육성과 음질과 색채로 말한다. 그들은 모순적 존재고 이중적 존재다. 동사이면서 명사다. 술어이면서 주어다. 인간이 부여한 지시적 의미와 반대로 움직인다. 존재하면서 부재한다. 앞의 문장들은 시각적으로는 존재하면서 현상적으로는 부재한다. 시간이 개입되기 때문이다. 엄밀히 말하면 앞의 문장들은 이미 모두 증발한 '없는 존재들'이다. 이런 측면에서 보면 웜홀 텍스트의 말들은 인간의 상상력 한계선에 불을 지르는 휘발성 인화물질이자 정신이다. 말들은 말하면서 조금씩 자신의 몸을 태워 침묵과 부재의 영역, 상상력 한계선 밖으로 이동한다. 행성들처럼 미지의 어둠 속 또다른 우주로 날아간다. 시간은 공간과 하나의 몸이지만 시간의 방향은 공간의 방향과 다르게 움직인다. 하나의 낱말이 움직일 때 시공간은 낱말의 안팎에서 어떻게 작동하는가. 현실의 사물과 현상들이 그러하듯 언어는 인간의 지각 과정 속에서 세계를 역전시키고 지연시킨다.

124
공항

언어 웜홀에 대한 사유 과정을 언어로 기록할 때 웜홀의 바깥세계에 도달할 수 없다면 실험은 부단히 지속될 수밖에 없다. 이것이 계속되면 시쓰기 행위 자체로 시쓰기의 목적이 고갈되고, 도달 목표점 자체가 사라져버리는 정신적 공황 상태로 들어서게 될 것이다. 이는 언어와 시간과 공간에 대한 나의 지독한 자의식과 연결되는데, 이 자의식은 언어를 통해서는 언어를 검은 언어 밖의 백색 세계로 끌어낼 수 없다는 비극적 현실 인식 때문이다. 인간과 언어와 세계가 갖는 실존적 한계 상황에 대한 자각 때문이다. 시는 처음부터 예정된 패배고 죽음을 향해 날아드는 불나방들의 카오스 비행이다. 이 무모한 사랑과 불가항력에 나는 매료된다. 시인은 누구나 비극적 사고가 예정된 공항이다. 언어로 된 여객기가 고도를 낮추면서 서서히 활주로로 진입하고 있다.

육체 없는 목소리

(　)는 사라진 주어다. 사라졌으므로 표현하지 않는다. 아니 표현될 수 없다. 사라진 그 대상을 내가 그것이라고 부를 때, 그것이 사라진 주어를 완벽하게 대체하지는 못한다. 결국 사라진 그것을 가장 사실적으로 표현하는 형식은 사라진 (　)을 사라짐의 흔적인 (　) 자체로 남겨두는 것이다. 나는 (　)이 어제 발언한 문장을 지금 쓰고 밑줄을 긋는다. 나는 사라져 표현될 수 없는 입이다. 사라진 주어가 남긴 비가시적 목소리가 허공을 떠돌다 현재의 가시적 문장으로 형체를 드러낼 때, 언어는 유령이 된다. 백지의 안팎, 내 몸의 안팎, 시간의 안팎을 떠도는 기이한 유령들이다. 언어는 제로 주체가 되어 전혀 다른 외계 생물체로 변이되어 시에 나타날 수도 있다. 그러기에 주체의 문제를 욕망의 관점만이 아닌 시공간의 관점에서 바라볼 필요가 있다. 만약 괄호 형태를 띤 두 개의 추상기호를 탄생과 죽음을 기호화한 것으로 본다면, 주어는 과연 이 둘의 기호 밖으로 방출되어 사라진 것인가 기호 내부로 무화되어 사라진 것인가. 화이트홀과 블랙홀의 두 가지 속성을 동시에 갖춘 모순의 문장들이 현실적으로 존재한다. 유령이 된 말과 사물들 사이에서 나도 세계도 유령이 되어 떠돈다.

시는 텅 빔 즉 부재를 통해서만 자신의 존재증명이 가능한 모순의 반지다. 시쓰기는 자명한 행위이자 운동이다. 대상에 대한 감각으로부터 출발한다. 여기엔 늘 지각과 정서와 자의식이 투영된다. 감각은 무엇인가. 감각은 어떤 대상에 대한 몸의 반응이다. 구역질이나 굶주림이 장기에서 자율신경계를 거쳐 전달되는 반면, 촉각 통각은 척수신경을 거쳐 전달되고, 특수 감각인 시각 청각 미각 후각 등은 뇌신경을 거쳐 전달된다. 이러한 과정을 거쳐 몸은 감각이 대상을 포착했음을 인지하고 그것을 언어화한다. 그러나 감각은 주관적으로 대상을 왜곡하고 언어는 감각이 포착한 것을 또 한 번 왜곡하고 변질시킨다. 말하자면 감각에 의해 대상이 재현되는 것이 아니라 오히려 감각에 의해 대상은 지워지고 사라진다. 대상이 현실이 사라질 때, 지각과 정서는 나로부터 이탈하고 자의식만 남는다. 이때부터 상황은 역전된다. 감각이 언어를 낳는 것이 아니라 언어가 감각을 낳고 감각의 착란을 유도한다. 자의식을 공격한다. 이때의 언어는 의식과 무의식 사이를 자유로이 오가는 무서운 에너지 덩어리이자 예리한 파동이다. 이 싸움의 과정에서 환각의 이미지들이 태어난다. 그것들은 부재의 세계로부터 온 것이다. 시는 부재의 세계로 다시 돌아가기 위해 시 스스로 존재한다. 언제나 미지의 변화의 기점, 특이점 x를 향해 이동한다.

127

시의 위기는 언제 오는가

시가 존재하는 한 시적 위기는 영원히 계속된다. 위기에 직면할 때 위기를 극복하는 방법 중 하나는 위기를 유희하는 것이다. 언어에 대한 고정관념을 버리고 언어를 장난감 퍼즐이나 고무찰흙이나 요요 같은 놀이물로 받아들이는 것이다. 고무찰흙은 비결정 물질로서 모든 형태의 가능성이 내재돼 있고, 요요엔 중력에 대항하는 반중력의 저항정신이 숨어 있다. 나는 시를 하나의 장소에 놓인 조각 전시품이 아닌 유동하는 액체나 이동 중인 탄성물질로 받아들인다. 그러면 독법상의 변화가 찾아온다. '시를 읽는다' '시를 감상한다' '시를 음미한다' 등에서 '시를 파도 탄다' '시를 서핑한다' '시와 탁구를 친다' 등으로 접근 방식 자체가 달라진다. 나는 후자의 관점에서 작업을 할 때가 많았다. 결국 행위자가 행위를 낳지만 행위에 의해 행위자는 소멸된다. 남는 것은 행위의 연속 말하자면 과정이 더 중요하고, 이 행위는 시인을 넘어 언어 스스로가 행하는 언술 방식과 발화 양식에 의해 발현되고 텍스트가 자체 생산해내는 시공간에 의해 확장된다. 이 확장의 운동성에 따라 의미는 단방향 양방향이 아닌 무한방향으로 더욱 확산되고 이는 극단적으로 의미의 무화無化로 나아간다. 그러나 이때의 무의미는 의미의 원초적 부재와는 근본적으로 다른 것이다.

128

시인은 어디로 가는가

시인이 탄 배는 어떤 해안에도 닿지 못한다. 시는 무한의 바다이기 때문이다. 무한의 세계엔 중심도 경계도 없다. 부분은 전체보다 작은가. 부분이 전체보다 클 수도 있다. 집합론의 수리세계에서는 가능하다. 무한의 구조를 다루기 때문이다. 시 또한 무한의 세계여서 시는 언제나 시 자체로 열려 있다. 시인은 자신의 세계관 안으로 시를 닫아둘 수 없다. 시는 시인의 사고와 한계를 넘어 시가 꿈꾸는 곳으로 스스로 날아간다. 그것을 가능하게 하는 것이 언어고 구조다. 언어가 놓인 공간이고 여백이고 흐름이고 음악이다. 이때의 구조는 폐쇄적 구조의 한계를 넘어 관점에 따라 달리 보일 수 있는 개방적 구조고 메타적 구조다. 이런 관점에서 보면 언어는 분명 하나의 물적 존재고 전체를 내포한 각각의 구조물들이다. 의미를 전달하는 추상적 기호이면서 동시에 형상과 음향을 갖춘 엄연한 물체인 것이다. 시는 이 물체들의 놀이동산이자 스케이트장이고 나이트클럽일 수도 있다. 독자의 시선이 향할 곳은 시인이 아니라 이 물체들이 불연속적으로 움직이는 시공이고 시공의 역학관계고 관계의 관계다. 자신의 경직된 직선적 사고와 해석에 대한 비판을 토대로 곡선의 사유, 나선의 상상세계로 진입해야 한다. 시

읽기 또한 시쓰기와 마찬가지로 언제나 자신의 감각과 사유, 언어와 세계에 대한 새로운 개안開眼이 요구된다.

주변을 파괴하려면 자신의 몸을 먼저 파괴해야 한다. 폭약의 운명이다. 주변을 환하게 밝히려면 먼저 자신의 몸을 불태워야 한다. 양초의 운명이다. 양초와 폭약, 나아가 대부분의 사물들은 어떤 시인 어떤 예술가보다 전위적이고 실천적이다. 사물들은 떠들지 않는다. 사물들은 어떤 보상도 대가도 기대하지 않고 일생을 통해 전위의 정신, 전위의 숙명을 보여준다. 전위는 관념이 아니라 실천이다. 전위는 어떤 의식이기에 앞서 사물들이 갖고 있는 본유의 속성 중 하나다. 그것은 일차적으로 행위를 통해 발현된다. 나무들은 하늘의 높이 그 한계를 직접 몸으로 확인해보고 싶어 날마다 성장하는 것이다. 자신이 한 번도 가보지 않았던 어둠으로 뒤덮인 허공의 길을 두려워하며 걸어간다. 그래서 바람이 불 때마다 나뭇잎들은 놀라 파르르 떠는 것이다. 천길 벼랑 아래로 떨어졌다가 다시 하늘로 오르는 무수한 물방울들, 그 역류와 전복의 정신을 자연은 말이 아닌 행동으로 실천한다. 자연은 그 자체로 전위다. 다만 인간의 눈이 거기에 너무 익숙해져 그것들을 인간의 통념과 질서로 편입해 가두어놓고 있다. 따라서 전위의 실천 방향은 사물의 외부가 아닌 내부, 나의 내부의 감각기관에 대한 근원적 회의로부터 시작되어야 한다. 그것은 선택이 아니라 숙명이다. 스스로를 파괴하지 않는 폭약이 그 무엇을 파괴할 수 있을 것인가.

내가 장미를 볼 때 내 눈은 장미를 보는 내 눈을 보지 못한다.
내가 장미를 보는 순간 내 눈은 장미에게 탈취된다. 장미는 내 눈
을 가져가 붉은 꽃잎 속에 겹겹이 에워싸 감추어놓는다. 어떤 사물
을 관찰하는 행위는 사물에 빼앗긴 자신의 눈을 되찾는 고투의 수
사搜査 과정이다. 그것은 강도가 또다른 강도의 비밀금고를 열어
도난당한 자신의 범죄 도구를 되찾는 행위와 흡사하다. 시인의 시
선이 사물에 닿는 순간 사물은 시인의 범죄 사건 속에 연루된다.
그와 동시에 시인 또한 사물의 실종 사건에 휘말린다. 인간의 시
선이 사물에 가닿을 때 사물들은 전율한다. 사물들은 사물들의 사
건을 시작한다. 사건의 사건들을 연쇄적으로 만들어 사건의 주체
로 부활한다. 시인의 눈은 사건의 공범자인 사물의 배후로 은닉되
고 그것을 되찾는 기나긴 수사가 시작된다. 즉 시의 수사修辭는 사
건의 수사搜査다. 그러나 시인의 눈은 사물에 탈취되어 은폐된 자
신의 눈에 영원히 가닿지 못한다. 사물들의 착란의 세계 속으로 휘
말려 사물이 되어간다. 대상에 대한 시적 관찰이란 사물의 일부가
된 자신의 눈의 사태를 직시하는 행위다. 이성으로 이성을 파괴하
고 논리로 논리를 붕괴시켜 사물들의 착란의 세계 속으로 이주하

는 행위다. 그때부터 착란 때문에 인간이 인간으로 보이고 장미가 장미로 보인다. 암호가 암호로 보인다. 인간이 이해할 수 없는 최대의 암호는 인간 자신이고, 현대 시가 이해할 수 없는 최대의 암호는 현대 시 자신이다. 사물들 사이에서 시는 어디로 가는가. 대답 없는 꽃눈만이 공중에 가득한 봄밤이다.

시간은 존재하는가

시간은 존재하지 않는다. 그러나 인간은 시간에 종속되어 있고 시간은 자명하게 존재한다. 이 부재하며 존재하는 시간이라는 모순의 괴물을 향해 나는 총을 쏜다. 그럼 시간은 검은 날개에 피를 흘리며 내 머리 위로 날아간다. 그 순간 내 안의 타자들이 나의 육체로부터 이탈해 나의 몸이 시간의 피로 물드는 것을 바라본다. 나의 몸이 플라스틱처럼 녹아 사라지는 것을 바라본다. 이것은 죽음과 소멸을 시각화한 섬뜩한 분열적 환상幻想이다. 환상은 실재하지 않는다. 그러나 인간은 환상에 종속되어 있고 환상은 실재한다. 환상은 꿈이 아니라 실재하지 않도록 감지되는 방식으로 실재하는 자명한 현실이다. 실재하지 않는다고 생각하는 것들이 현실을 지배한다. 현실은 아이러니 그 자체다. 어쩌면 현실도 나도 나의 삶도 시도 이해 불가한 이상한 홀로그램인지 모른다.

132
공간은 시간과 별개로 존재하는가

시간과 공간은 동일한 육체 속에 기거하는 룸메이트다. 나에게 시간보다 두려운 존재가 공간이다. 공간은 시간을 흡입하여 자체 변형되기 때문이다. 공간은 인간이 예측할 수 없는 불가사의한 만곡彎曲의 가변성 몸을 가진 생물이다. 늘 현재적이고 진행형이고 시간을 흡수하여 뒤바꾸는 가변성 괴물이다. 나는 이 공간이라는 괴물에 대한 해체인식과 비판적 통찰이 들어 있는 시 텍스트를 생각한다. 탄생하는 순간 자신의 시간적 선구자였던 텍스트들을 살해하여 재탄생시키는, 공간의 붕괴를 통해 새로운 공간을 태동시키는 텍스트를 생각한다. 이 인과적 시공간 질서를 무너뜨리는 실험의 글쓰기는 영원히 계속되어야 할 미완의 작업이고, 그 과정 속에서 나도 언어도 결국은 모두 멸할 것이다. 그러나 나는 결코 비극주의자의 비관悲觀의 세계로 침잠하지는 않는다. 나는 계속 언어노동자로 남아 노동을 지속한다. 모래를 나르고 벽돌을 쌓고 철근을 깔아 새로운 시공간의 집을 짓는다. 벽을 만들고 창을 만들고 꿈의 침실을 만든다. 옥상 위로 죽은 새들이 날아오르고 있다.

인간은 어디 있는가

　인간은 언제나 외부에서 들여다볼 수 없는 우주의 내부에 있다. 우리가 알고 있는 우주, 그건 상상의 창조물이자 사유의 일시적 환영이고 임의로 확정된 시공간이다. 현재 우리가 인지하고 있는 우주 구조는 미래의 어느 시점에선가 오류를 발생시키면서 또다른 형태로 변형될 것이다. 인간은 영원히 우주의 실체를 파헤칠 수 없다. 그건 인간이 무능하기 때문이 아니라 우주 자체가 고정된 실체를 갖지 않는 무한의 변형적 구조물이기 때문일 것이다. 우주는 생성과 소멸, 폭발과 확장을 끊임없이 반복하며 흘러갈 뿐 결정된 자신의 최종 이미지를 만들지 않는다. 현실도 마찬가지다. 내가 지상의 어느 장소 어느 공간에 있건, 나는 내가 직면한 현실의 내부에 있고 현실과 함께 무한히 흐른다. 현실을 지배하는 것은 통념이다. 통념은 독사doxa다. 독사는 징그럽고 무섭다. 독사는 인간의 몸에서 태어나 인간을 삼킨다. 세계는 이 뱀의 동공의 내부에 착상된 뒤집힌 세계일 뿐이다. 이 뱀의 맹독이 시신경까지 퍼져 우리는 우리의 현실을 제대로 보지 못한다. 이것이 현실이다. 나의 의식과 무의식 나아가 우리들의 집단무의식 속에도 독사는 도사리고 있다. 현실을 제대로 볼 수 없을 때 다가오는 정신적 공황과 환멸과 환각체험, 이것이 현실이다. 이 참담한 상황 속에서도 시가 태어나기에 시인은 고통스럽다. 그러나 시인보다 더 고통스러운 것은 시 자체다. 시는 자신을 낳은 시인을 향한 살부殺父의 운명을 지니고 비극적으로 태어난다. 그러나 시는 인간들처럼 자살조차 할 수가 없다.

13부

말에 관한 몇 가지 단상

　.

　새는 다른 새의 목소리가 아닌 자신의 목소리로 노래한다. 새는 소리의 의미를 해석하지 않고 메아리를 의식하지 않는다. 다른 새의 발성 방식을 흉내내지 않고 자신의 본능대로 노래한다. 새는 자신의 목청의 떨림을 느낄 뿐 그것의 배후를 해석하지 않고 추론하지 않는다. 새가 물가에 앉아 흐르는 물을 보고 있다. 물에 비친 일렁이는 제 그림자를 보고 있다. 물이 흐른다. 물은 쉬지 않고 흐르는 새소리다. 쉬지 않고 흐르는 말이다. 물줄기는 움직이는 말의 표층적 형식이다. '움직임에 들어맞는 형식은 사고의 감옥이 아니라 사고의 피부'라는 파스의 말이 떠오른다. 말의 배후에서 말을 지우는 그림자들이 있다. 망각은 그들 중 하나다. 나머지는 무엇인가. 우리는 수직으로 서서 수평의 길을 걸어가는 물의 은유다. 삶이 죽음을 따라가는 것, 기억이 망각을 따라가는 것, 육체가 그림자를 따라가는 것.

135
악惡과 선善

　말은 충동적으로 선을 행하는 짐승이다. 내 의지와 상관없이 말은 충동적으로 악을 행하기도 한다. 말은 먹이를 위해 명예를 위해 권력을 위해 범죄자나 정치가가 악을 행하는 방식으로 악을 행하지는 않는다. 말의 행동을 지배하는 것은 말의 인격이나 이성이 아니다. 말의 손과 발과 마음을 지배하는 힘은 심장에서 발원하는 우연偶然이다. 말의 세계는 이 우연성이 지배하는 본능의 세계, 충동의 세계, 도착의 세계, 미지의 세계다. 말은 선악善惡과 미추美醜, 천지天地와 주야晝夜가 하나의 몸으로 공존하는 검은 공백이고 침묵의 영토다. 말은 발설되는 순간 침묵의 감옥에 투옥된다. 말하는 말은 말하지 못하며, 악을 행하면서도 선을 행한다고 확신한다. 시의 말의 내부엔 오직 악랄하고 잔혹한 행위로만 되갚을 수 있는 자선 행위가 존재한다. 대승大乘, 시의 말은 안으로 들어가 밖을 폭로하고 밖으로 나아가 안을 붕괴시킨다. 현재와 과거와 미래, 이 세 꼭짓점에 외접하며 내심을 파괴하고 내접하며 외심을 파괴하는 시! 시의 말은 매 순간 미美를 발현하지만 그것은 추醜고, 의미意味를 생성하지만 그것은 곧 무의미無意味다. 말은 시대의 습속이 만들어내는 이데올로기고 우상이어서 시의 말은 말을 파괴하려 한다.

선을 행하는 말이 악을 낳고, 악을 행하는 말이 선을 낳는다. 말은 시간을 돌고 도는 회전체, 사물과 세계를 끊임없이 현현시킨다. 그러나 동시에 끝없이 사물을 부패시키고 세계를 지우고 탈각시킨다. 나는 수증기다. 말과 세계 사이에서 증발중인 불구의 문장이다. 나는 천천히 공중을 떠돌며 지평선을 바라본다. 등뼈 없는 저녁이 동자승 무無와 함께 어두운 들길을 걷고 있다.

시인의 한계는 언어의 한계다. 그러나 시에는 한계가 없다. 울타리가 없다. 그럼 우리의 시는 어떤가. 우리의 시는 일정한 울타리 안에 갇힌다. 왜 그럴까. 언어를 가두어놓기 때문이다. 시인의 언어에 대한 사유가 일정한 울타리 안에 갇혀 있기 때문이다. 시와 언어에 대한 인식론적 회의와 존재론적 사유가 결핍돼 있기 때문이다. 한계에 대한 도전정신이 결여돼 있기 때문이다. 시는 이제 시 자체에 대한 이의제기, 말과 사물과 시에 대한 관습적 인식의 파괴로부터 다시 시작되어야 한다. 한계의 극복은 통념의 파괴로부터 시작된다. 말(소리/언어)은 사물(의미/현실)을 관통해 사물을 부수고 사물을 지워버린다. 말은 더이상 시를 위한 도구도 사상의 거처도 아니다. 말은 이제 집이 없다. 잠자리가 없다. 안식의 거처가 없다. 말은 집을 버리고 부재의 들판으로 나간다. 침묵의 들판으로 나간다. 그곳은 아무것도 없기 때문에 모든 것이 가능한 공간이다. 아무 소리도 없기 때문에 모든 소리가 태어날 수 있는 가능성의 공간이다. 말은 이제 유랑자나 집시 방랑자에 가깝다. 말은 또한 더이상 관념의 숲에 살려 하지 않는다. 숲은 불타고 들판은 광활하다. 빛의 폭포가 세차게 쏟아지는 들판으로 말은 달려나간다. 이런 말에게 거주지란 없다. 굳이 있다면 자신의 육체뿐이다. 살아 있는 말은 달리는 말은 대상을 사물을 의미를 주제를 스스로 지시하지 않는다. 오히려 그것들을 박탈하고 잘라내려 한다. 의미에 대한 말의 종속성을 깨고 족쇄를 풀고 말은 스스로를 해방시키려 한다. 그러나 아이로니컬하게도 그런 말일수록 더 많은 의미와 해석을 불러일으키고 더 많은 메시지를 파생시킨다. 그것은 인간이 개입되기 때문이기도 하지만, 보다 근원적인 뿌리는 말이 갖는 존재의 모순과 부조리 때문이다. 말은 이중성 아니 다중성 아니 무한성을 지향하여 무無로 회귀한다. 그것은 인간과 세계와 시간의 존재 방식과 흡사하다.

137
이미지와 리듬

　말은 미궁의 몸을 가진 생물체다. 말의 육성, 자태, 음색, 채취
가 말을 말이게 하지는 않는다. 말을 말이게 하는 것은 말이 가진
생득적 미궁이다. 나의 발성 이전부터 말은 무라는 형태의 이상한
미궁으로 존재한다. 말은 또한 지독한 자의식 덩어리다. 말은 자
신의 알몸을 좀체 드러내지 않는다. 그것은 말이 스스로를 감추려
하기 때문은 아니다. 말이 가까스로 자신의 상처뿐인 육체를 이미
지로 드러낼 때 말은 하나의 이미지가 된다. 이는 곧 말을 하나의
언어적 표상으로 간주한다는 것이다. 심리적 언어적 현상들의 복
잡 미묘한 그물망 같은 연결 관계, 즉 시스템에 천착한다는 것이
다. 단어와 단어, 단어와 문장, 행과 연, 내용과 형식 나아가 말과
인간과 시간과 우주공간 등으로 상상의 영역을 확장시키면서 관계
의 문제를 고찰해본다는 것이다. 관계는 경계라 불러도 좋고 새로
운 관계는 경계의 해체, 위반, 전복 등 끝없는 자기부정을 통해서
가능하다. 이 인위적인 자극을 통해 말은 스스로의 한계를 끊임없
이 확장시켜나간다. 시에서 이미지가 특정 목적을 위해 도구화될
때 이미지는 죽고 시는 가장 시시해진다. 하나의 말이 문장으로 확
장되고 여기에 리듬이 실릴 때 이미지는 이미지를 부른다. 그러나

이미지는 연속적으로 발생하면서 현실을 드러내는 것이 아니라 오히려 현실을 지연시키고 지워버린다. 왜 그럴까. 우리가 시 속에서 사물을 볼 때 우리가 보는 것은 사실은 사물이 아니라 사물의 이미지 즉 환幻을 보기 때문이다. 결국 우리가 시에서 만나는 것은 현실이 아니라 현실이라는 시뮬라크르 유령인 셈이다. 또한 시속에서 이미지는 이미지 이전에 언어다. 이는 곧 시의 언어에는 근원적으로 환幻의 속성, 즉 미결정성과 불확실성이 내재돼 있음을 암시한다. 의미라는 나무의 뿌리가 무의미임을 짐작할 수 있다. 여기서 좀더 들어가보면 두 가지 사실을 목격하게 된다. 하나는 부재 곧 무의 세계고, 나머지는 시쓰기라는 행위를 통해 언어에 의해 처형되는 행위자 즉 시인 자신의 죽음이다. 이 일련의 과정에 동반되는 리듬은 가장 원초적인 것이며 모든 창작 행위의 뿌리가 된다. 인생, 역사, 문화, 자연, 우주 이 모두는 리듬을 토대로 변화되고 순환된다. 리듬을 단순히 율동이나 멜로디 정도로 협소하게 생각해서는 안 된다. 리듬은 세계의 존재와 부재에 관여한다. 리듬은 언어-시-문학-문화-역사-과학-삶-우주 등으로 확장되는 거대한 자장磁場이자 호흡이다. 시세계의 변화는 리듬의 변화, 곧 세계관의 파열로 나타나고 이는 주로 시각적 형식 변화와 함께 동반된다. 실험이란 결국 자신의 세계관, 예술관, 문학관의 한계와 맹점에 대한 맹렬한 도전이고, 말과 사물에 대한 관습화된 사유와 인식의 비판으로부터 시작되어야 한다. 시의 전통과 관례에 대한 예리하고 섬세한 관찰과 비판 또한 당연히 겸비되어야 함은 두말할 필요도 없다. 실험은 하나의 시를 변혁시키는 것이 아니라 시대의 습속에 길들여지고 고정관념에 빠진 자기 자신을 총체적으로 변혁시키는 위험하고도 불온한 행위인 것이다. 여기에 안정이란 없다. 멈춤이란 없다. 완결이란 있을 수 없는 일이다.

시에서 유일한 리얼리티는 말 그 자체다. 그러나 말은 안개고 양파고 그림자다. 일종의 유령이자 환영이다. 말은 사방으로 분산되면서 동시에 사방에서 실종되고 증발한다. 시에서 유일한 리얼리티는 말 그 자체에 내재된 무無와 침묵이다. 이 침묵에서 최초의 음이 흘러나오고 리듬이 발생하지만, 음은 곧 우주 저편으로 긴 메아리를 남기며 사라진다. 그 소멸의 끝자리에 누군가 서 있다. 시인이다. 그는 메아리의 흔적을 밟고 최초의 음이 흘러나온 말의 샘을 찾아 떠난다. 궁극의 리얼리티를 찾아 미지로의 탐험을 떠난다. 그러나 그것은 도로徒勞에 그친다. 말하자면 시에서 유일한 리얼리티는 '시에는 궁극적 리얼리티가 없다'는 것이다. 시는 이미 출발 이전부터 예정된 패배인 것이다. 시 속에서 말은 얼음덩어리다. 누군가 그 속에 무엇이 들었는지 알아내려고 손으로 집으면 얼음은 녹기 시작한다. 그가 그 속에 담긴 진정한 의미나 가치 혹은 효용성을 찾으려 하면 할수록 얼음은 더욱 빠르게 녹아 손가락 사이로 흘러내린다. 누군가 달아나는 말을 잡아 말의 두개골과 내장을 해부해 말의 실체를 찾아내려 한다면 그는 참 어리석은 자이다. 말은 시 속에서 결정된 사실을 말하는 것이 아니라 미결정된 가능성을 말하기 때문이다. 이 가능성의 영토는 없는 나라고 불가능한 국경이다. 말은 끊임없이 법을 깨고 이 영토를 향해 달려간다. 이것은 시인의 감정이나 사상을 앞지른다. 말은 말들끼리의 우연한 결합과 분열을 통해 낯선 존재를 탄생시키고 없는 나라로 들어선다. 그곳은 아름답고 낭만적인 세계가 아니라 죽음과 충동의 그림자가 드리워진 세계다. 어쩌면 말이 존재하지 않았던 때, 그때가 진정 시의 시대였는지도 모른다. 지금은 절망과 고통뿐인 시라는 불구덩이를 향해 자신의 전 존재를 던져버리는 불나방 같은 치열함이 사라진 시대라고들 한다. 특히 젊은 시인들은 진지함이 없고 너무 비현실적이고 시의 기본을 모른다고 비판한다. 일정 부분 맞는 지적이지만 전체적으로는 편견이고 오진誤診이다. 이들은 정서와 문화체험 나아가 모든 면에서 선배 세대와는 완연히 다르다. 당연히 시의 소재, 상상력의 방향, 표현의 방법 또한 완연히 다를 수밖에 없다. 패러다임 자체가 근본적으로 다르기 때문이다. 이들이 시를 통해 황당무계한 꿈을 꾸는 중요한 이유 중 하나는 현실이 너무도 사막 같기 때문이다. 그럼 이 현실의 사막화의 주범은 누구란 말인가. 젊은 세대인가. 왜 젊은 세대에게만 책임을 전가하는가. 젊은 시인들이 시를 통해 말과 시간과 현실의 무화無化를 꿈꾸는 것은, 역설적으로 시에게 좀더 가까이 다가가려는 안타까운 몸부림일지 모른다. 물론 선배 세대의 질책에는 깊은 애정과 관심이 담겨 있음을 잘 안다. 그러나 이 질책의 총탄에 맞아 날개 한번 제대로 펼쳐보지도 못하고 땅으로 곤두박질하는 어린 새들이 많은 게 사실이다. 이 새들의 무덤 앞에 누가 꽃을 바치고 누가 울어줄 것인가. 구체적인 대안과 비전을 제시한 질책만이 사랑의 질책으로 인정받을 수 있을 것이다.

139

절박한 사랑

말을 통해 말을 자유롭게 풀어주는 시작詩作 행위는 아름답다. 말은 고양이처럼 오리처럼 벗나무처럼 나팔꽃처럼 애벌레처럼 지렁이처럼 숨을 쉬고 고통을 느낀다. 말을 통해 말을 노예화하는 행위는 시의 내용과 상관없이 억압이고 착취고 고문이다. 이 자명한 사실을 모르는 시인은 없지만 말의 자유, 사물의 해방을 주장하는 어떤 시인의 언어조차도 철저하게 자신의 억압과 구속하에 놓여 있다는 아이러니, 나는 그것을 회의한다. 나 또한 그들의 일부이므로 나는 나를 회의한다. 나는 나를 부정한다. 나는 나를 폐기한다. 부정을 부정하는 부정 속에서 말의 고통이 말장난의 경쾌함으로 변전해 유쾌하게 나를 탈옥할 때 나는 아프지만 기쁘다. 시인은 고통 속의 말과 사물을 풀어주어 그들의 순수와 천진을 되돌려주어야 한다는 사실을 나는 알고 있다. 그러나 앎이 실천으로 이어지지 않는 앎일 때, 앎은 암이다. 앎 자체도 어렵지만 앎의 실천은 더욱 어렵다. 말을 되살리기 위해 썩어가는 말의 가장 예민한 피부와 장기를 면도칼로 도려내는 행위는 곧 시인 자신의 삶에 대한 죽음의 집도이기 때문이다. 현대 사회에서 잔혹하고 슬픈 피가 동반되지 않는 삶이 어디 있던가. 시는 언제나 가혹한 자기갱신이고 재생을 위한 절박한 사랑이다.

140

옥타비오 파스Octavio Paz

옥타비오 파스는 내가 등이 아프고 삶이 아플 때 척추에 붙이는
파스다. 그는 「대화」라는 시에서 언어란 '불붙은 신에 의한 불같은
예언이며, 일종의 붕괴'라고 말한다. 또한 인간의 말은 '죽음의 딸
이며, 우리가 불멸의 존재가 아니라는 뜻'이라고 말한다. 그의 시
는 인간과 우주, 시간과 사물, 언어와 존재 등 형이상학적 주제들
을 깊이 있게 천착하는데, 「대화」는 내게 영속성을 꿈꾸는 인간의
유한성과 말의 운명을 생각하게 한다. 거울의 양면처럼 존재의 뒷
면인 부재의 영역, 죽음 이후의 시간, 무無 속으로 사라진 무수한
시간의 흔적들을 사유하게 한다. 삶과 죽음의 영원한 순환성 속에
서 사물과 세계와 나는 어디서 왔고 어디로 가는가. 「대화」는 이
런 실존적 질문을 내게 던지면서 글쓰기에 대한 반성적 사유를 촉
발한다. 시에 대한 철학적 사유는 강박적일 정도로 그의 대부분 글
에 거의 빠짐없이 나타난다. 신신파스도 대일파스도 아닌 옥타비
오 파스! 그가 쓴 『활과 리라』의 「시와 시편」에 이런 매혹적인 내
용이 나온다. "시는 앎이고 구원이며 힘이고 포기다. 시의 기능은
세상을 변화시키는 것이며 시적 행위는 본래 혁명적인 것이지만
정신의 수련으로서 내면적 해방의 방법이기도 하다. 시는 이 세계

를 드러내면서 다른 세계를 창조한다. 시는 선택받은 자들의 빵이
자 저주받은 양식이다. 시는 격리시키면서 결합시킨다. 시는 여행
에의 초대이자 귀향이다. 시는 들숨과 날숨이며 근육운동이다. 시
는 공空을 향한 기원이며 무無의 대화이다. 시의 양식은 권태와 고
뇌와 절망이다. 시는 광기이며 황홀경이고 로고스이다. 시는 어린
시절로 돌아가는 것이며 성교性交고 낙원과 지옥 그리고 연옥에 대
한 향수다."

141

계속되는 흐름

누가 말하는가. 나는 말하지 않는다. 그럼 누가 말하는가. 말한다가 말한다. 말한다가 자신의 육성으로 말한다. 말한다가 나를 쫓아내고 나를 죽이고 말하기 시작한다. 말은 반反중력 물질이자 정신이다. 내가 시를 쓸 때 말은 나의 눈, 나의 의식, 나의 관념, 나의 감각보다 앞서 대지를 바다를 공중 높이 들어올린다. 시 속에서 나는 나의 의도와는 반대로 말에 의해 소외되고 소멸된다. 나는 욕망 때문에 욕망의 희생물로 전락한다. 그후 내가 사라진 자리에서 말은 스스로 생각하고 움직이고 발화하기 시작한다. 이때의 행위는 인간을 향한 것이 아니고 인간이 지워진 세계를 향한 무목적적인 행위다. 말은 그 누구를 위해 그 무엇을 위해 말하지 않는다. 스스로를 잊기 위해 말한다. 지워도 지워도 지워지지 않는 자신의 상처와 모순을 잊기 위해 말한다. 말하지 않기 위해 말한다. 말이 소멸한 세계로 가기 위해 말한다. 그래서 말은 흐른다. 시간도 흐르고 시도 흐르고 나도 흐른다. 삶도 흐르고 삶의 의미도 가치도 목적도 흐른다. 고정된 것 정지한 것은 없다. 중요한 것은 흐름이고 진행형의 말이다. 완성된 말 완성된 시, 그건 이미 죽은 말이고 죽은 시다. 말의 미래 나아가 모든 존재의 미래는 부재고 거기서 새로움은 시작된다. 이제 말은 더이상 의미의 전달 도구도 아니고 철학을 담는 그릇도 아니고 사물의 옷도 아니다. 말은 스스로 걷고 뛰고 울고 웃는다. 스스로 소리치고 침묵하면서 자신의 존재 자체까지 지워나가려 한다. 문제의 심각성은 여기서부터 시작된다. 내가 지워진 자리를 대신한 말조차 소멸해가는 상황이 현실로 다가오고 있다. 싸움은 지금부터다.

말은 말 스스로 표현하려는 자발성을 갖는다. 말에게 자발성은 인간의 몸속을 흐르는 피에 해당된다. 시인이 할 일은 사상이나 감정, 감수성이나 깨달음을 말의 먹이통에 쏟아붓는 것이 아니라 말을 마구간으로부터 풀어주는 것이다. 초원으로 달려가 말 스스로 풀을 뜯게 하는 것이다. 그것이 말을 살릴 수 있는 유일한 길이다. 말은 갇혀 있으면 우울증을 앓고 심하면 자살기도도 한다. 말은 인간보다 훨씬 예민하고 섬세한 감각을 지닌 생물이기 때문이다. 이런 관점에서 보면 쓴다는 행위와 행위 주체인 나의 주제 의도와 행위의 결과물은 당연히 일치할 수가 없다. 말은 언제나 나의 생각과 상상을 배반하고 초월하고 내가 의도하지 않은 전혀 새로운 시공간으로 달아난다. 말은 결과물에 별 관심이 없다. 왜냐하면 말은 늘 하나의 시공간에 도착하자마자 또다른 시공간으로 달아나는 운명을 지니기 때문이다. 그러니 쓴다는 행위를 통해 어떤 완성품을 도출한다거나 완결 혹은 끝이라는 말을 쓸 수는 없는 일이다. 모든 시쓰기는 미완의 자기결핍을 확인하는 과정이자 불안 체험이고 여기서 놀이의식, 유희의식, 유머가 발아한다. 유머는 일종의 검은 눈물이다. 이상한 장난감집이다. 의미와 주제는 종종 이 유머의 집으로 들어가 숨는다. 집의 다락방 혹은 지하실로 들어가 낮잠을 자면서 꿈을 꾼다. 내가 집 밖에서 아무리 두드려도 대문은 열리지 않는다. 그럼 나는 담을 넘어 집으로 들어간다. 그러나 집 어디에도 의미와 주제는 보이지 않는다. 이미 의미와 주제는 어디론가 증발하고 불투명한 흔적만 공기입자처럼 떠다닐 뿐이다. 실체는 사라지고 결핍된 말의 트라우마만 남는다. 그래서 나는 시가, 시의 의미화가 두려운 것이다. 그러나 이상하게도 의미화에 대한 두려움이 없어질 때 말은 죽고 시는 갇힌다. 나의 경우 말을 운용하는 시가 있고, 말을 풀어놓는 시가 있다. 전자에는 의식이 개입되고 후자에는 무의식이 개입된다. 아니 흩뿌려진다. 결국 의미화에 대한 투쟁은 의식을 부수고 자신의 한계를 넘어 어떤 극지에 도달하려는 적극적인 선택인 것이다. 그럼 의미화에 대한 부정은 어떤 식으로 전개되는가. 그건 언어체계의 교란, 문법과 리듬의 파괴로부터 시작된다. 그러나 의미의 해체가 곧 의미의 전면적 파괴를 뜻하는 것은 아니다. 그건 '시=의미=현실'이라는 통념에 대한 도전이고, 시의 의미화에 대한 맹목적 굴종을 거부하겠다는 것이다. 말을 더이상 노예 상태로 놔두지 않겠다는 것이다. 말은 이제 말들끼리 수렴과 발산의 반복운동을 통해 스스로를 파괴하고 새로운 말로 재탄생한다. 새로운 미지의 시 문법을 탄생시킨다.

건축언어

이상李箱의 시는 세계에 대한 인식과 사물을 대하는 주체의 시
각을 새롭게 변형시킨다. 사물에 대한 인간의 감각 인식이 동시적
으로 이루어지는 것임에도 불구하고 그 언어 표현이 시간적 계기
성과 순차적 질서에 묶이는 것에 대해 그는 회의하고 저항한다. 그
의 시가 난해하면서도 재미있는 것은 이러한 부정정신과 세계를
반어적으로 인식하는 태도 때문이다. 절망적 비극 상황에 대한 희
극적 인식 태도, 언어와 성性과 죽음에 대한 유희적 태도에서 발생
하는 유머와 형식들 때문이다. 형식적 요소와 함께 주목해야 할 점
은 일상적 자아와 이상적 자아로 대별되는 자아분열 양상과 사유
의 수학적 전개 방식이다. 그의 시에 나타나는 수학은 크게 대수학
과 기하학으로 나눌 수 있다. 대수적 공간에서는 질서 붕괴를 통한
순환성이 강조되고 기하학적 공간에서는 사물의 정지 상태가 파괴
되면서 역학적 회전운동이 일어난다. 그의 시가 문제적인 것은 숫
자, 연산자, 도형 같은 수학기호들의 시적 변용이 형식 차원에만
머물지 않고 불안, 공포, 권태 같은 인간의 실존적 문제들을 예리
하게 파고들기 때문이다. 그는 이성의 산물들인 수학기호들을 이
용해 세계와 인간의 비이성적이고 불합리한 측면들을 파헤치고 폭

로한다. 과학적 양식을 통해 과학으로 대표되는 이성과 논리의 세계를 파괴한다는 아이러니를 보여준다. 그것은 곧 자아의 절대성, 합리적 이성에 근간을 두고 있던 근대 미학에 대한 비판이며 서구의 합리주의에 대한 전위적 부정이다.

144

절대성

시에 가장 가까이 가는 방법 중 하나는 시로부터 가장 멀어지는 것이다. 가장 비시적이고 반시적일 때 가장 시적일 수도 있다. 시의 대척점에 수학이 있다. 시와 수학, 이것들은 나를 이루는 두 극점이다. 나에게 이것들은 양과 음, 남극과 북극처럼 대립개념이 아니라 정正과 반反이 일체가 된 합合의 세계다. 수학은 일반적으로 생각하는 것처럼 논리와 이성의 산물만이 아니다. 특히 현대의 수학은 뛰어난 상상력과 발상의 전복이 없었다면 출발조차 불가능했을 것이다. 그렇지만 이 둘 사이에는 분명 말할 수 없는 침묵의 회색지대가 있다. 그곳은 침묵으로 말하는 수밖에 없다. 우리의 시는 너무 시적이고 너무 비슷비슷하고 너무 의미를 따져서, 맛이 없고 재미가 없고 미적 충격이 없다. 꼭 포로수용소의 포로들 같다. 똑같은 옷에 똑같은 머리에 똑같은 시선에 똑같은 목소리들. 시여! 제발 좀 탈옥해라. 도대체 의미가 무엇인가. 의미가 그렇게 중요하다면, 의미가 뭔지를 묻는 시는 왜 안 나오는가. 그런 시는 어떻게 써야 되고 왜 써야 되는지를 묻는 시는 왜 안 나오는가. 무용수의 동작은 꼭 무언가를 의미하지 않아도 좋다. 그림의 선과 색, 빛과 도형 등이 꼭 무언가를 의미하지 않아도 좋다. 조각품의 재질과 모양과 크기가 꼭 무언가를 의미하지 않아도 좋다. 음의 고저장단이 강약이 일정한 의미를 갖지 않아도 좋다. 그런데 유독 시에서만은 왜 그런 열린 생각을 거부하는가. 물론 언어만이 갖는 변별된 특성이 있기 때문이기도 하지만, 이는 주로 시에 대한 언어에 대한 심리적 고착현상 때문이다. 성장 과정에서 교육 과정에서 습작 과정에서 무의식적으로 자신의 육체 깊숙이 각인된 예술의 절대성, 문학의 절대성, 시의 절대적 본질이라는 깨기 어려운 첫덩이 때문이다. 그러나 우리의 삶과 시간과 공간에 과연 무슨 항구불변의 절대적인 것이 있는가. 있기도 하고 없기도 하다. 아니 있다가 없어지고 없다가 다시 발생하고 또 없어진다. 시와 말의 관계는 연못과 돌의 관계로 비유될 수 있다. 시라는 연못에 돌이라는 말이 하나 떨어질 때 의미는 동심원을 그리며 사방으로 퍼져나간다. 그러나 물결은 곧 지워지고 볼 수도 잡을 수도 없는 의미의 흔적만 남는다. 하나의 물결은 또다른 물결과 부딪혀 연속적인 간섭현상을 일으키며 의미의 카오스 상태를 만들고 결국은 의미의 부재 상태에 도달한다. 말하자면 하나의 의미가 태어나 죽고 또다른 의미가 태어나 죽고 이 순환은 계속된다. 말은 결국 다의미성을 지향하지만 이는 곧 무의미성의 또다른 이름일 뿐이다. 남는 것은 말의 소멸과 재생의 끝없는 순환 반복이고, 이 순환성과 반복성은 언제나 미지의 공간, 즉 죽음과 부재를 향한다. 거기서 시인은 다시 태어난다. 왜냐하면 그곳은 최종의 귀착지가 아닌 새로운 시작의 공간, 재출발의 공간이기 때문이다.

145

놀이우주

우주는 주체의 작용 없이 자발적으로 발생하고 변화하고 소멸한다. 영원한 진행형이다. 한 편의 시 또한 마땅히 그러해야 하리라. 시인의 간섭과 통제로부터 벗어난 자발적 언어작용에 의한 시, 이런 시에서 의미는 말이 지칭하는 사물이나 대상에 있는 것이 아니라 말과 말 사이에 있다. 사이는 실체가 아니라 관계고 체계다. 그곳은 부재의 공간이고 무의 공간이다. 또한 하나의 의미의 발아공간이자 소멸공간이기도 하다. 중요한 것은 이 발아와 소멸이 시작도 아니고 끝도 아닌 과정의 연속이라는 점이다. 말들은 계속해서 움직이면서 새로운 우주를 탄생시킨다. 이 말의 우주를 구성하는 각각의 어휘들은 물리적 우주의 행성들처럼 일정한 규칙에 따라 움직이지는 않는다. 어휘들은 럭비공의 속성을 갖는다. 우연한 충돌과 결합에 의해 시간과 공간은 끊임없이 확장과 수축운동을 반복한다. 이 풍경은 아이들이 운동장에서 수많은 럭비공으로 축구경기를 하는 것과 비슷하다. 아무도 그 많은 공의 방향과 고도와 낙하지점을 예측할 수는 없다. 그건 시인의 개입 여부와 상관없이 말에 의해 펼쳐진 놀이우주라 할 수 있다. 독자는 누구든 아이들 중 한 명이 되어 놀이를 즐길 수 있는 것이다. 이 우주는 현실을 넘어선 아니 현실이 지워진 세계고 완성이 아닌 언제나 진행중인 말의 우주다. 말은 나를 쓴다는 현실적 행위를 넘어 쓴다는 행위가 사라진 비현실의 우주공간으로 안내한다. 이런 놀이우주의 공간 속에서 나는 몇 가지 가능성을 타진해본다. 말과 언어의 순수성을 기초로 말과 언어체계의 자율적 흐름에 따라 파생될 수 있는 순수 언어시, 말의 운동성과 비지시성을 언어 조각들에 접맥시켜 형식화한 언어 모빌시, 말의 근원인 소리들을 이질적인 문자들로 전환시켜 청각과 시각의 경계를 해체하고 새롭게 해석하는 음향 시각시, 말을 해체해 공간에 재결합 재배치 도형화함으로써 말이 갖고 있던 지시 대상과 의미와 주제를 박탈시켜 새로운 의미와 상상을 불러일으키는 언어 추상시 등. 많은 사람들이 우리 시의 미래가 캄캄하다고 말한다. 이런 비관적 비전은 어느 시대에나 있었고 앞으로도 그럴 것이다. 그러나 시는 늘 불가능에 대한 도전이고 가지 않은 밤길이 아니던가. 말이 될 수 없는 것, 말해서는 안 되는 것을 말하는 불온하고도 적극적인 행위가 아니던가. 중요한 것은 행위자가 아니라 행위다. 각자가 천착한 세계에서 자신의 한계와 끊임없이 싸우며 한 걸음 한 걸음 나아가는 행위, 계속해서 움직이는 것뿐이다.

146

유리병 속의 파리

자살한 형제가 둘 있었고 평생을 자기혐오와 종교적 죄의식 속에서 살았던 수학자이자 철학자인 비트겐슈타인, 그의 철학의 중심은 언어에 있고 언어에 대한 비판으로 사유는 전개된다. 인간의 이성능력에 대한 인식 결여가 철학을 혼란에 빠트렸다고 보았던 칸트와 달리 비트겐슈타인은 과거 철학의 문제점들이 언어에 대한 인식과 사유 부족 때문이라고 보았다. 칸트는 인간의 이성이 자연법칙, 도덕법칙 같은 초월원리에 도달할 능력이 있는가를 비판적으로 검토함으로써 인간이 알 수 있는 것과 알 수 없는 것의 한계를 그었다. 인식 주체의 구조적이고 형식적인 요소들이 현상을 보편적인 법칙으로 만든다고 생각했다. 인간은 인식 과정에서 판단을 내릴 때 주관이 본래 지닌 판단 형식에 의존한다고 본 것이다. 칸트가 말한 판단 형식이란 그 판단을 표현하는 언어 형식과 논리 형식으로 집약된다. 언어 형식이 인간이 이성으로 인식할 수 있는 한계를 결정한다면, 논리 형식은 언어가 표현할 수 있는 한계를 결정한다. 나는 비트겐슈타인이 이 점을 주목했다는 점을 주목한다. 그는 언어가 어떻게 기능하고 이해되는가를 주목함으로써 인간의 지적 능력의 한계에 대해 비판적으로 고찰했다. 즉 언어의 논리에 대한 사유를 통해 언어를 언어로서 기능하게 하는 근본 요소는 무엇인가를 검토했다. 언어의 기능 방식에 대한 오류를 바로잡는다면 철학의 제반 문제들도 해결될 것이라 믿었기 때문이다.

비트겐슈타인의 이러한 믿음의 소산물이 전기를 대표하는 저서 『논리철학논고』다. 이 책의 내용은 언어, 논리, 세계 사이의 일치다. 이 책에서 비트겐슈타인은 모든 언어에는 언어를 언어로 기능하게 하는 본질적 요소가 존재하고 그러한 요소를 갖춘 언어를 이상 언어로 보고 이상 언어만을 철학적 사유의 대상으로 삼았다. 세계를 묘사하고 그리는 논리 공간 창출이 언어의 본질적 기능이고, 언어는 명제를 통해 실재의 모형을 구성한다고 보았다. 언어는 세계가 갖추고 있는 형식적 요소들을 그대로 갖춤으로써 세계를 그리는 데 성공한다고 확신했다. 그러니 언어는 논리적 문법이 허용하는 범주 내에서만 의미 있는 발언을 하고 그 범주를 넘어서는 자유, 도덕 등의 영역에 대해서는 발언을 멈추게 된다. 비트겐슈타인에게 자유나 도덕은 인간 이성의 발언권이 박탈된 신념이나 결단의 영역이었던 셈이다. 그는 또한 사고를 '의미를 지닌 문장'으로 규정함으로써 언어가 없이는 사고는 불가능하다고 생각했다. 사고가 문장이므로 문장의 한계가 곧 인간 사유의 한계로 보았던 것이다. 그에게 언어는 세계고 언어의 한계는 곧 세계의 한계였다. '말할 수 없는 것에 대해 우리는 침묵해야 한다'는 그의 발언은 인간 이성에 대한 예리한 통찰인 동시에 윤리, 도덕, 종교 등에 대한 철학적 접근 방식 자체를 바꾸어놓았다는 점에서 시사하는 바가 크다.

그러나 나는 그런 비트겐슈타인의 시각과 사유를 비판적으로 회의한다. 그의 시각과 사유 이면에 인간과 사물과 언어에 대한 본질주의 세계관이 깔려 있기 때문이다. 절대성의 세계에 대한 믿음이 확고하기 때문이다. 다행히도 후기로 접어들어 그는 본질주의의 맹점과 한계를 인정하고 언어와 철학, 나아가 자신의 수학과 인생을 총체적으로 재검토한다. 수학을 인간의 현실과 별개로 존재한다고 보는 플라톤주의, 자신의 철학적 스승이자 부모인 러셀과 프레게의 논리주의를 거부한다. 그리하여 절대적 이상언어의 세계에서 상대적 일상언어의 세계로 들어서게 된다. 전기의『논리철학논고』가 단순하고 정확하고 고정된 정적靜的 언어로 구성된 절대성의 세계라면, 후기의 대표작인『철학적 탐구』는 복잡하고 유동적인 동적動的 언어로 구성된 상대성의 세계라 할 수 있다.『논리철학논고』가 인간의 사고가 정지되는 곳, 말과 침묵의 절대적 경계점으로 우리를 인도한다면,『철학적 탐구』는 철학적 혼돈에 빠져있는 사람들에게 탈출구를 제시한다.

인간을 유리병 속의 파리로 비유했던 비트겐슈타인은 이 후기의 저작을 통해 우리에게 유리병 속에서 벗어날 수 있는 길을 제시한다. 그에게 철학의 과제는 철학적 문제가 존재하지 않음을 보여주는 것이었다. 이런 측면에서 볼 때 시를 통해 시적 문제들을 해결하기 위해 언어와 치열하게 싸우는 시인들의 작업도 의미 있는 행위임이 분명하다. 그러나 우리의 시단은 이런 극소수의 시인들을 무가치하게 단죄하고 처단한다. 이런 폭력 행위는 우리 시단의 폐쇄성과 사유의 빈약을 드러낸다.

14부

광기의 디아스포라

—

시는 마침표 없는 육체다. 보디라인이 매혹적인 의문부호고 치명적인 물음이다. 감각의 동굴로 들어가는 절벽이고 절벽에서의 두려운 번지점프다. 주체할 수 없는 감정이고 교감이고 음악이고 죽음을 정각正覺하는 거울이다. 모든 자명한 것들의 진위眞僞, 사물들의 존재와 미美에 되물음을 던져 현실을 거꾸로 낳는 거울이다. 늙지 않는 샘물이고 비애와 희열을 동시에 선물하는 산타클로스고 숭고한 창부娼婦다. 끝없이 죽음을 반복하는 자연이고 잔인한 도돌이표다. 끝없는 평원이고 아찔한 벼랑이다. 시는 하나의 낱말, 하나의 비유, 하나의 농담, 하나의 공백으로 세계를 감싸고 동시에 살해한다. 시 속의 침묵은 불온한 말이고 치명적인 칼이다. 시의 여백은 광대한 시간이고 우주고 밤의 대기처럼 눈동자가 검고 차다. 시는 존재의 지평이고 사유의 숲이고 사유를 배반하는 망령든 달이다. 창백한 공중이고 고요가 들끓는 지층이다.

시인은 위험한 폭약이다. 자신을 터트려 망각된 시간, 망각된 감각, 망각된 잠을 깨우는 폭약이다. 시인은 콘크리트처럼 굳은 일상을 파괴하려는 위험물질들이다. 벼랑 위에서 폭포가 흰 벚꽃처럼 떨어지고 있다. 자신의 아집과 맹목, 편견과 통념을 송두리째 벼랑 아래로 내던지는 저 폭포가 시인이다. 시인은 자신의 일생을 죽음 쪽으로 던져 삶에 닿으려는 격렬한 폭포다. 현실의 폐허 속으로 자신을 내던져 악惡의 세계를 역류하는 폭포다. 반역의 연어들이다. 일상의 물이 위에서 아래로 흐르는 동안 시인의 상상력은 끊임없이 세계의 무사와 안일을 부정하며 역류한다. 시인은 어둠에 휩싸인 바다를 응시하며 미래에서 불어 닥칠 태풍과 해일을 예감하는 자고 시대의 폐허 속에서 폐허의 진실을 밝히는 등대다. 그 격랑의 바다에서 시인은 언어의 그물로 세계를 포획하는 어부다. 그러나 그가 그물을 올릴 때 포획한 것의 수만 배에 달하는 것들이 그물 사이로 빠져나간다. 시인은 이 언어의 허망과 절망을 제 존재의 숙명으로 받아들여 한 송이 꽃으로 개화開花시키는 자이다.

격랑의 밤

광기狂氣가 밀려온다. 광기가 성난 야수의 파도가 되어 일시에 나를 습격한다. 광기는 내 시의 안정적 체제를 위반하고 규율을 폐기한다. 이성과 합리의 울타리를 철거한다. 엉뚱한 사물들을 자유롭게 결합시켜 초현실의 공간을 낳는다. 그 낯설고 두려운 장면들은 내가 미리 의식한 것이 전혀 아니다. 사랑에 빠진 자들의 이해할 수 없는 심리와 이상한 행동처럼 내 시의 어떤 문장들은 문장이기를 거부하고 격렬하게 일렁이고 요동친다. 격랑의 밤이다. 나는 계속 광기를 느끼며 고독 속에 유폐되어 있다. 그런 나 자신에 대해 애처로움과 냉소와 울분을 함께 느낀다. 이 깊은 밤, 아마 광기도 외로워서 나를 찾아왔으리라. 광기도 악의와 배신의 세계로부터 깊은 상처를 받았으리라. 그러니 지금 내가 할 수 있는 건 알몸으로 광기를 끌어안고 서로의 아픈 살을 위로하는 것, 찰나의 글쓰기를 무한히 연기하여 찰나의 시간을 위무하는 것. 저승으로 가지 못하고 이승을 떠도는 죽은 자들의 혼백, 그 백색의 얼굴에 검은 잉크를 떨어뜨려 어둠 속으로 되돌려 보내는 일이다. 광기가 내 몸에서 상처 난 늑대처럼 울고 있다.

150
지진계

　지구처럼 인간의 몸에서도 끊임없이 지진이 발생한다. 내 몸의 지하대륙붕 어디에선가 균열이 시작되고 나는 불안 속에서 잠을 뒤척인다. 지진파는 땅을 가르면서 빠르게 퍼져와 나를 흔들고 내 꿈을 균열시킨다. 그렇게 조각난 꿈들이 초현실의 이미지로 흩어져 상흔을 남기는 곳이 백지다. 지진과 해일이 휩쓸고 간 나의 백지해변엔 형체를 알 수 없는 쓰레기들, 신원을 확인할 수 없는 사체들이 즐비하다. 그렇게 매일 밤 내 몸에서는 지진이 발생한다. 내가 속해 있는 이 사회, 이 시대, 이 반도의 땅에도 매일같이 참담한 지진이 발생한다. 문화의 지진, 이념의 지진, 사상의 지진, 교육의 지진이 터진다. 지진의 최초 발생지인 진앙은 국회, 청와대, 헌법재판소, 검찰청, 대기업 밀실, 정보기관 등 매우 다양하다. 이 무수한 지진의 기록이 훗날 역사가 된다. 그러나 인간의 역사는 영웅들이 주체가 되어 서술한 허위의 픽션에 가깝다. 역사는 불에 타 죽어간 무수한 민중들, 침몰한 세월호號에서 죽어간 학생들, 전쟁으로 무참히 짓밟히고 학살된 여성들, 힘없는 자들의 비명과 비통함, 그들의 한恨의 시간들을 사실대로 기록하지 않는다. 권력자들은 사랑의 이름으로 자신의 말과 행위를 위조하고, 비극적 사실들을 사실 자체가 아닌 픽션으로 날조하여 후대에 남긴다. 그러기에 사실을 사실대로 바로잡기 위해서, 진실을 가린 위선의 안개와 장막을 걷어내기 위해서, 시인은 생생하게 살아 있어야 한다. 시인은 지상의 어떤 생물보다도 예민한 촉수와 더듬이를 가진 고감도 곤충이어야 한다. 지상의 어떤 과학 관측 기구보다 정확한 고감도 감지기를 지닌 지진계여야 한다.

도끼는 시인의 몸속에서 자라는 죽지 않는 식물이다. 인간을 지배하며 인간을 고양시키기도 하고 파멸시키기도 하는 두 개의 세계가 있다. 이성의 세계와 충동의 세계, 현대사는 이 두 흑백세계에서 벌어지는 암투극이자 폭력의 부조리극이다. 나는 가끔 역사를 블랙코미디로 구성해 이성의 폭력성을 신랄하게 드러낸다. 이성적 인간의 내부에 도사리고 있는 비이성적 충동을 주목해 에로티시즘의 시각에서 그로테스크한 성性 이미지로 나열한다. 에로티시즘은 폭력과 죽음을 양면으로 갖는 거울이다. 성적 에로티시즘의 내부에 도사리고 있는 죽음의 충동이 어떻게 폭력적 사태들로 확산되는지를 예의주시해 상상적 언어부조리극을 펼치는 것은 인간의 충동적 세계에 잠재된 폭력의 구조적 원리를 재발견하고, 역사와 현실에 스며들어 있는 폭력의 야만성과 잔인성을 폭로해 그것의 심각성을 전하기 위함이다. 나는 조지 부시 같은 현대 전쟁사의 생존 인물을 희화화해 조롱하기도 했는데, 폭력의 가장 극렬한 연출이 전쟁이다. 전쟁은 집단적으로 조직화된 학살이자 변태적 집단 섹스에 가깝다. 폭력이 조직화될 때 거기엔 필연적으로 폭력 주체들의 잔인성이 수반되고 폭력에 노출되는 대상들은 극심한 공포를 느낀다. 폭력 주체들은 이 공포를 악용해 전쟁을 자신의 정치권력, 자본 권력을 확고히 하기 위한 필수 과정으로 도구화한다. 폭력에 대한 자신들의 선택과 행동을 법적으로 합법화하고 마침내 전쟁을 현실화시켜 살인과 방화와 파괴를 자행한다. 전쟁을 통해 저질러지는 참상들은 인간의 내면에 잠재된 야만성이 얼마나 크고 무자비한지 반증한다. 폭력은 늘 죽음과 근친이기에 거기엔 살해자와 피살자가 공존한다. 역사는 늘 이 두 주체 중 승리한 살해자의 편이었고 그들에 의해 역사는 재편되고 피살자들의 모든 기록은 은닉되고 금기의 영역으로 축출된다. 역사책을 넘길 때마다 나는 듣는다. 책갈피 사이에서 이름 없이 죽어간 힘없는 자들, 특히 여성과 아이와 노인 들의 비명이 들려온다. 자연의 세계는 시간의 순환을 통해 병든 몸을 정화시키는데, 인간의 세계는 착취와 피착취의 고리를 끝없이 반복 재현하여 병을 고착화한다. 그러기에 어느 시대에나 시인은 눈을 뜬 도끼여야 한다. 권력의 횡포와 공포에 맞서는 서슬 퍼런 도끼, 썩은 세상 썩은 하늘을 깨는 푸른 도끼여야 한다.

152

아메바

어젯밤에 꾼 악몽을 떠올린다. 공중을 뒤덮은 아메바떼의 침공이 있었다. 머리가 떵해진다. 나는 꿈에 관한 정신분석 서적들을 뒤적이다 불을 끄고 창가로 간다. 캔 맥주를 마시며 담배를 핀다. 프로이트, 아들러, 융, 라깡은 꿈을 현실화시켜놓았고 그들의 영향 아래에서 현대의 인문학과 예술은 깊어졌지만 나는 그들이 파헤쳐놓은 연구 성과 때문에 고통에 시달린다. 자신의 무의식을 분석한다는 것, 그게 과연 가능할까. 오류 없는 진단이 가능한 무의식 세계가 과연 존재할까. 정신과 의사들의 인간 해석 코드에 따라 내 무의식의 저층을 파헤쳐보는 것, 오류가 오류를 낳고 나는 또 미궁에 빠진다. 나는 지금 미궁 속의 쥐다. 출구를 찾지 못하고 빙빙 같은 곳을 맴도는 실험 상자 속의 흰쥐다. 나는 나라는 신경정신과 의사의 실험 대상이자 중간 결과 보고서다. 나는 시를 쓸 때 현실에서 비현실을 보고 비현실에서 현실을 구체적으로 체감할 때가 많다. 나는 일상 속에서 일상의 무수한 대상들과 떠들고 웃는다. 나는 아이들과 사물들과 떠들고 울고 웃는다. 그 과정에서 놀랍고도 충격적인 장면들, 비합리적이고 비논리적인 문장들, 상상이면서 실재하는 이미지들이 튀어나오는데 그 뿌리엔 일상의 체험만으로 설명할 수 없는 비일상적인 것들이 깔려 있다. 그것들은 어디서 오는 걸까. 나는 담배를 깊게 빨아들여 내뱉고는 벽에 비친 연기 속의 나를 쳐다본다. 기이한 아메바다. 앞집 옥상에서 달이 웃는다. 달은 지금 삭발 중인 라깡이다. 라깡과 바리깡, 이 둘의 공통점은 깡이 있다는 것. 라깡이 충동을 분석하여 머리카락 하나하나로 세부를 모은다면, 바리깡은 분석을 충동하여 머리통 전체를 쓱쓱 밀어버린다. 라깡과 바리깡, 그 사이에 새우깡이 있다. 그것은 맥주를 부르는 콜걸이자 취한 허무虛無다.

153

헐벗은 새

관계의 지도에서 한 사람이 다른 사람들의 관찰과 추적의 대상
이 된다. 그사이 그는 자신의 행동을 주시하고 해석하는 타인들
의 행동을 주시하고 해석한다. 그는 주시하면서 주시되고 해석하
면서 해석된다. 해석이란 매우 빠르게 날아가는 표적에 탄환을 발
사해 명중시키는 행위와 비슷하다. 십중팔구 빗나간다. 역사에 대
한, 사랑에 대한, 삶과 죽음에 대한, 시에 대한 해석 역시 오류투성
이다. 그 오류의 탑들이 마이산의 돌탑처럼 무수히 쌓여 있는 곳이
현실이다. 돌탑의 각 층 사이엔 시간의 이끼가 끼어 있고 죽임을
당한 자들의 핏물이 흘러나온다. 한 송이 꽃이 타인의 해석 대상이
될 때, 한 권의 시집이 타인의 비평 대상이 될 때, 한 사형수의 삶
이 타인의 취재 대상이 될 때, 불합리한 사실들이 발생한다. 언어
의 불완전함 때문에, 사고의 왜곡 때문에, 정보와 판단의 오류 때
문에, 인간은 대상들의 존재와 의미를 완벽하게 해석하고 비평하
고 기록할 수 없다는 사실, 누구든 자신의 시공간과 역사적 상황에
구속된 채 대상을 관찰할 수밖에 없기 때문에 대상들이 처한 입장
과 상황을 적확하게 객관화할 수 없다는 사실, 우연이 인간보다 높
은 곳에서 이 세계를 지배한다는 부조리한 사실이 발생한다. 이러

한 사실들을 근거로 인간은 장기의 말이나 체스의 말처럼 대상을 조작할 수 없다고 믿는 사람들이 있다. 이들은 흔히 인간의 한계를 신적 존재에게 위탁하는 원론적 신앙인의 입장을 취한다. 신의 교리와 선善의 율법에 의해 현실이 질서화 되기를 소망한다. 반면에 세계의 복잡성 때문에 오히려 대상에 대한 완전조작, 완전범죄가 가능하다고 믿는 사람들도 있다. 이들은 아이러니하게도 비윤리적 행위와 악惡의 율법에 의해 현실이 지탱된다고 생각한다. 말 그대로 악의 존재는 필요악이라는 것이다. 선과 악은 서로의 입장 차이 때문에 서로의 가슴을 칼로 베며 싸우기도 하지만, 동지가 되고 친구가 되고 연인이 되기도 한다. 낮과 밤이 공존하는 혼몽의 저녁이다. 창백한 노을 속으로 인간이라는 이름의 헐벗은 새가 날아간다.

154
벽

　나는 감옥에 갇혀 있다. 나는 나라는 감옥에 투옥된 무기수다. 옆방의 당신에게 신호를 보낸다. 돌로 벽을 두드려 아직 살아 있음을 알린다. 그러자 곧 신호가 온다. 당신도 아직 목숨을 포기하지 않았음을 내게 알린다. 그렇게 우린 우릴 차단하는 벽을 통해 소통한다. 벽은 기이한 통로다. 직립하는 터널이다. 벽에 나무뿌리처럼 갈라진 작은 균열이 보인다. 나는 균열이 난 곳을 돌로 친다. 내가 치자 벽 뒤에서 당신도 친다. 한숨과 비탄과 울음이 스민 벽을 향해 우린 함께 친다. 작은 균열 하나가 점점 커져 당신과 나를 갈라놓은 벽 전체를 무너트리길 꿈꾸며 계속해서 친다. 그러나 갇히지 않는 자들의 귀에 그 벽 치는 소리는 소음이고 불가해한 난청일 뿐이다. 우리 사회엔 소통할 수 없는 상징의 감옥들이 너무도 많다. 빈부의 벽, 이념의 벽, 계층의 벽, 학벌의 벽, 종교의 벽, 시인은 언어라는 돌을 들고 벽과 싸우는 자들이다. 벽 너머의 당신에게 닿기 위해 벽 속으로의 틈입과 항쟁을 감행하는 자들이다. 그러나 벽을 허무는 시인의 행위는 비극적이다. 벽은 무너지며 시인의 몸 쪽으로 제 몸을 쓰러트려 시인을 덮치기 때문이다. 어느 시대에나 무너진 벽들의 잔해 속엔 시인들의 주검이 묻혀 있다. 힘없는 풀꽃과 개미와 깨진 병 조각, 버려진 사물들의 잔해가 들어 있다. 그것들은 모두 항거의 정신으로 벽과 싸운 숭고한 시인들이다.

하얀 하늘 아래 하얀 구름이 떠 있고 하얀 새들이 날아간다. 모든 풍경이 환하고 평온하다. 검은 선글라스를 끼고 다시 본다. 검은 하늘 아래 검은 구름이 떠 있고 검은 새들이 날아간다. 모든 풍경이 어둡고 불길하게 바뀐다. 선글라스는 편견이다. 빛을 왜곡시켜 인간의 눈을 무화시키는 도구다. 말 또한 선글라스고 인간의 눈 속엔 아무리 씻어도 씻기지 않는 색색의 안경들이 무수히 들어 있다. 역사는 그런 안경에 의해 관측되고 기록된 편견과 무지의 반영물이다. 거울이 되비추는 풍경 속에서 당신은 왜곡된다. 당신의 시간도 왜곡된다. 말이 되비추는 풍경 속에서도 당신은 왜곡된다. 당신의 현실도 왜곡된다. 시간은 시간 속에서 현실은 현실 속에서 자신의 육체를 뒤틀며 기묘한 춤을 추는 무용가다. 나는 파란 안경을 쓰고 움직이는 사물들을 바라본다. 붉은 안경을 쓰고 이지러지는 세계를 바라본다. 선글라스는 선글라스라는 편견을 통해 자신의 존재가치를 증명하고 동시에 부정한다. 당신은 선글라스다. 당신의 시도 선글라스다. 나도 선글라스다. 나의 시도 선글라스다. 나의 시에 대한 당신의 해석도 선글라스다. 당신의 해석에 대한 나의 비판도 선글라스다. 사물과 언어 사이에서, 현상과 해석 사이에서 나는 눈을 잃는다. 시야 때문에 시야를 잃는다. 세계는 시야 때문에 시야를 잃는 곳이다. 색깔color과 모양shape 때문에 색色과 형形이 무화되는 곳이다. 나는 세계에 대한 왜곡된 시선을 역으로 왜곡해 바로잡으려 한다. 그러나 사물들은 계속 달아난다. 시간도 계속 달아난다. 반복을 반복하며 끊임없이 탈주한다.

탈주중인 자

나는 나로부터 도망중인 문장이다. 기억으로부터 도망중인 주어고, 편견으로부터 도망중인 술어다. 나를 포박한 시간으로부터 도망중인 목적어다. 나는 살을 파고드는 거머리 같은 통념으로부터 도망중이다. 일상의 말로부터 도망중이다. 말들은 나를 의심하고 나를 감시하고 나를 검거한다. 나는 도주중이다. 미래로 도주중이다. 꿈으로 도주중이다. 꿈에서 다시 현실로 도주중이다. 나 팔꽃 속으로 호박꽃 속으로 너의 입속으로 도주중이다. 내가 걷거나 뛸 때 인공의 감시카메라들이 나를 감시한다. 내 머리와 심장을 CCTV로 감시한다. 나의 도주 속도는 점점 빨라진다. 나는 탈주중이다. 글을 쓰면서 나는 나로부터 탈주중이다. 죽은 상상으로부터 탈주중이다. 죽은 비유로부터 탈주중이다. 강박적 이데올로기로부터 탈주중이다. 내 몸에 들러붙어 피를 빼는 온갖 거머리 관념들로부터 탈주중이다. 글을 쓰는 동안 시인은 글을 통해 무언가를 추적한다고 생각하지만 사실은 추적되는 자이다. 쫓기는 자이다. 글쓰기는 말을 타고 말을 추적하는 것이 아니라 말을 타고 말로부터 탈주하는 것이다. 말의 횡포와 독재, 말의 위선과 패악, 말의 지배담론과 이데올로기로부터 탈주하는 것이다.

은행나무

나는 나와 대립한다. 나는 현실과 대립한다. 나는 세계와 대립한다. 세계를 상처주지 않고 세계의 상처를 드러낼 수 있을까. 자아를 망가트리지 않고 자아를 해방시킬 수 있을까. 시를 쓸 때 나는 더욱 나와 대립한다. 공간과 대립한다. 사건과 대립한다. 인물과 대립한다. 시쓰기는 승도 패도 없는 고독한 싸움이고 게임이다. 때로는 목숨을 건 도박이고 때로는 싸구려 삼류영화다. 그럴 때 나는 나를 유희한다. 현실을 유희한다. 세계를 유희한다. 방법을 유희한다. 구조를 유희한다. 일상과 현상과 상상을 유희한다. 세계와 나 사이, 나와 현실 사이, 현실과 죽음 사이엔 언어로 메울 수 없는 치명적인 구멍들이 무수하다. 나는 그 검은 구멍을 보고 느끼고 절망한다. 그 절망의 꽃밭에서 역으로 시는 나를 유희한다. 나의 죽음을 유희한다. 유희하는 시는 자신의 피가 묻은 칼을 제 가슴에 숨긴다. 살을 베인 상처투성이 은행나무가 어둠 속에서 흔들리고 있다. 은행나무도 은행나무와 대립한다. 은행나무도 은행나무를 유희한다. 은행나무는 제 몸속에 죽음을 직립하는 나무無다. 은행나무도 세계를 유희한다. 세계의 폐허肺虛를 폐허廢墟로 유희한다.

판관들

좋은 시에 대한 경험은 마술적 세계와의 조우遭遇다. 예기치 못한 폭풍과의 만남이고 갑작스러운 투옥이다. 지진의 체험이자 또 다른 사건의 시작이다. 예상치 못한 비논리적인 사건의 소용돌이에 나의 감정, 나의 사고, 나의 판단, 나의 상상이 일시에 휘말려들기 때문이다. 시인의 몸과 마음 바닥에서 고통스럽게 옮겨진 미美의 감옥에 갇혀 나 또한 절망과 환희의 밤을 보낸다. 거기서 시인의 내면에 자리잡고 있던 천국과 지옥을 나 또한 경험하여 내 기억 속의 지옥도를 또렷이 본다. 좋은 시는 오로라가 빛나는 극광의 하늘처럼 자신의 메마른 영혼 속에 새로운 빛, 새로운 어둠을 펼쳐 보인다. 좋은 시와의 만남은 아름다운 연인과의 해후邂逅다. 정신도 마음도 육체도 모두 그녀의 눈빛과 미소에 사로잡혀 서서히 자신을 망각해가는 것, 좋은 시는 독약이고 마취제고 환각제다. 재생의 개안開眼이고 홀림 그 자체다. 아름다움이 극도에 다다르면 아름다움 자체만으로도 사람을 죽일 수 있다. 좋은 시에 대한 경험은 인식의 한계, 편견으로 똘똘 뭉친 사유, 아집의 삶에 사형을 선고받는 것이다. 좋은 시는 이성의 언어, 논리의 상식을 처형한다. 사각의 시간을 뭉개어 원의 얼굴로 환원시킨다. 얼음의 시간을 녹여 영원을 흐르는 물이 되게 한다. 그러나 만약 당신의 귀가 말의 판관들이 내리는 준엄한 목소리를 듣지 못한다면, 시는 금세 빛을 잃고 감자처럼 검게 썩어들 것이다.

159

숨은그림찾기

아이가 창을 열었다 닫는다. 창밖의 풍경이 잠시 보이다가 사라진다. 담이 보이다가 없어진다. 담 밑의 강아지가 보이다가 없어진다. 담 위의 대추나무가 보이다가 없어진다. 아이가 다시 창을 연다. 대추나무 가지에 참새들이 날아와 앉는다. 아이가 웃는다. 아이가 웃는 동안 참새들은 앞집 지붕으로 날아가 숨는다. 아이는 숨은 새들을 찾는다. 들킨 참새 하나가 대추나무로 다시 날아온다. 아이가 깔깔깔 웃는다. 아이는 얼른 몸을 낮추어 방에 숨는다. 아이에게 그 행위는 재밌는 장난이다. 풍경과의 숨바꼭질 놀이다. 참새와의 숨바꼭질 놀이다. 나도 따라해본다. 한 번 가능하다. 두 번, 세 번 가능하다. 아마도 계속해서 가능할지 모른다. 그러나 반복이 계속될수록 나에게 반복은 억압이고 피로다. 반복은 리듬을 만든다는 점에서 음악적 위안이지만 권태를 수반한다는 점에서 비음악적 스트레스다. 시를 쓸 때 나는 몽유 상태에서 이런 심리적 열락과 갈등을 자주 경험한다. 세계는 매일매일 반복된다. 아침 점심 저녁이 끝없이 반복된다. 누군가 죽고 누군가 태어난다. 무언가 발생하고 무언가 소멸한다. 그 과정이 끝없이 반복된다. 세계는 반복을 통해 숨은 그림을 노출하고 은폐한다. 세계는 풍경을 통해 죽음을 은폐하고 생명을 노출한다. 시는 풍경들과의 끝없는 숨바꼭질 놀이고 일종의 숨은 그림 찾기다. 세계를 사유하는 자, 세계를 상상하는 자, 세계를 감각하는 자, 세계를 유희하는 자, 세계를 실천하는 자 모두 다른 층위의 행위자들이지만 모두 무한집합의 구성 원소들이다. 세계는 가치증명, 존재증명이 불가능한 반복의 집합이다.

　지상의 삶은 억압의 구조를 띠고 전개된다. 나는 생활의 자유, 금전의 자유, 창작의 자유를 꿈꾼다. 그 꿈들을 기초로 현대인의 삶의 총체적 틀과 자유를 사유한다. 사유한다는 것은 사유한다는 말에 내장된 억압의 형태를 생각한다는 것이다. 나는 잠시 측은지심惻隱之心이라는 말의 눈동자를 바라본다. 말의 눈동자 속으로 들어가 말의 내장과 뼈와 피와 살을 만져본다. 잠시 아프다가 손끝의 감각이 없어진다. 나는 다시 현실로 돌아와 탁자에 놓인 컵을 바라본다. 빈 컵의 자유에 대하여 생각해본다. 자유라는 관념의 내부를 상상현미경을 통해 바라본다. 자유는 박테리아의 세포 구조를 닮아 있다. 외형은 아메바처럼 움직이면서도 끊임없이 세포분열을 일으키며 자기복제를 지속하기에 내부는 무수한 죽음의 잔해로 가득차 있다. 인간의 신체도 세포들의 생멸이 무수히 반복되는 전장이다. 세포들의 죽음을 통해 상처를 자가치유하는 복제 시스템을 갖추고 있다. 내가 내 삶에서 희구하는 것은 외적 자유와 내적 자유의 동시 실현이다. 나는 타인으로부터가 아니라 내 삶으로부터 내 시가 실제적 공감과 울림을 확증받길 꿈꾼다. 예술가가 자유를 희구하는 것은 선택 이전에 본능이고 의무 이전에 기질이고 생리다. 예술가가 예술이 주는 고난과 고통을 열망이라는 지우개로 지속적으로 지워나갈 수 있는 것은 그 자유에 대한 맹목적 헌신 때문이다. 자유는 어떤 목적 이전의 열망이고 사랑이고 전폭적 기투다.

161
아이러니 사건

시의 언어는 광기의 촛불이고 배반의 디아스포라다. 고통과 신음 속에서 내가 낳는 언어가 나를 향해 칼이 되어 다가온다. 시의 언어는 자기를 낳은 생부(생모)에 대해 근원적으로 살생의 운명을 지닌다. 시의 과정은 비의와 추적이 수반되는 암투 혹은 암살의 과정이다. 시인이 어떤 대상이나 관념에 대해 자신의 사고와 상상을 펼칠 때 언어는 일종의 살해 도구로 현장에 버려지는 유력한 증거물이다. 이런 관점에서 보면 시쓰기는 대상 살해를 통해 나의 통념과 사유를 살해 현장에 증거로 남기는 기이한 아이러니 사건이다. 긴장과 이완, 폭로와 은폐를 동시에 발아시키는 현실의 아이러니 사건이다. 내가 글을 쓰는 것이 아니라 언어가 글을 쓴다는 걸 확증하는 처형 경험이다. 그렇게 언어가 나를 죽이고 나의 사유와 분석을 죽이고 언어가 자기의 피로 글을 쓴다. 시의 언어는 도구가 아니라 살아 꿈틀거리는 사건적 물체다. 사건 은폐의 주체다.

162

당신의 방

시는 자라는 방이다. 벽도 바닥도 창문도 없는 방이다. 입구도 출구도 비상구도 없는 방이다. 시는 방 자체가 벽이고 바닥이고 창문이다. 입구고 출구고 비상구다. 또한 시는 하나의 오묘한 신체다. 오묘한 자궁이고 무덤이다. 인간은 누구나 평생을 자기만의 방에서 살아가지만 누구도 자신이 기거하는 방의 전체를 보지 못한다. 방이 들려주는 아름다운 음악과 비탄의 울음소릴 토막토막 간헐적으로 들을 뿐이다. 당신은 당신의 방이다. 자라며 꿈꾸는 방이다. 석영 알갱이 같은 시간의 부유물들이 떠다니는 방, 검은 얼굴에 흰 입술을 한 낯선 방, 눈썹이 휘날리는 방, 웃음과 연기가 함께 피어오르는 방이다. 당신은 당신의 방이라는 이름의 우주다. 그러나 상처 난 방, 외딴방이다. 저 멀리 밤의 허공으로 반짝반짝 별들이 떠내려가고 있다. 당신을 생각하며 가만히 아이를 방바닥에 뉘어놓는다. 당신과 내가 낳은 아이의 눈동자를 바라본다. 그곳도 작고 까만 방이다. 아름다운 우주다. 무수한 별들이 물고기처럼 뛰놀고 있다. 은하수가 물뱀처럼 곡선의 춤을 추고 있다. 그 율동의 선들 사이사이로 당신의 울음이 찬 물결이 되어 찰랑찰랑 퍼져온다.

15부

상상하는 군

163

영원한 현재

사막은 사막의 리듬으로 흐르고 빙하는 빙하의 리듬으로 흐른
다. 빛은 빛의 리듬으로 어둠은 어둠의 리듬으로 우주를 흐른다.
나도 흐른다. 당신도 흐른다. 우린 빌딩숲 사막을 흐르는 모래고
낙타다. 우리가 흐르는 동안 우리의 영혼, 우리의 발자국, 우리의
기억들도 소리 없이 흘러 모래의 폭풍 속으로 사라져간다. 모래의
생, 모래의 사랑, 모래의 꿈…… 이렇게 내가 쓰는 동안에도 우주
는 한순간도 쉬지 않고 무서운 속도로 팽창하며 흐른다. 우린 지금
우리의 의지와 상관없이 가공할 만한 속도로 지구 호(號)에 실려 미
지의 어둠 속으로 날아가고 있다. 이 날아감은 내게 도주 혹은 탈
주의 풍경으로 다가온다. 이 탈주의 처음과 끝이 어디인지 거기에
무엇이 있을지 나는 궁금하다. 아마 아무것도 없을 것이다. 처음도
끝도 없을 것이다. 영원한 현재, 지금 이 순간이 무한히 지연될 뿐.
리듬은 무한을 지향한다. 삶의 리듬이 끝나면 죽음의 리듬이 시작
된다. 아니 삶과 죽음은 두 마리 뱀처럼 함께 뒤엉켜 흐르는 리듬
이다.

164

불온한 자

나는 중력을 배반하려는 불온한 자이다. 나는 무중력의 세계를 노래한다. 우주의 99퍼센트가 그러하기 때문이다. 나는 시간을 살해하려는 위험한 자이다. 나는 반시간의 세계를 노래한다. 인간은 누구나 시간의 감옥에 갇혀 다가오는 죽음을 기다리는 예비 사형수이기 때문이다. 나는 언어와 세계로부터 끊임없이 상처받기에 상처를 내려는 가학성이다. 언어와 세계는 나를 가두고 나의 본능, 나의 충동, 나의 꿈을 끝없이 억압한다. 이 억압이 착란을 낳는다. 착란은 무의식 영역의 반란이다. 나는 인간의 상상력을 구속하는 모든 현실적 논리와 권력, 법과 질서, 언어체계에 끝없이 저항하려한다. 나는 그것들이 만들어낸 '나'를 부수려 한다. 나는 '나'를 좌우에서 가둔 기호들의 권력 주체와 시공간 질서를 붕괴시키려 한다. 나는 불온한 불이고 폭포고 타오르는 얼음이다. 나는 불온한 세계 속의 불온한 나를 불온하게 사랑한다. 불온성은 의식이면서 물질이고 사상이면서 육감적 실체다. 나는 불온의 뿌리, 환멸의 존재 방식, 경멸의 사회 현상을 파고든다. 현대인은 자신의 육체에 깃든 불온의 실체들을 직시하는 것을 두려워한다. 불온한 상상, 불온한 말, 불온한 저항이 싹트지 않는 사회는 죽은 땅이다. 우린 우

리의 정신이 권력자의 식민지 영토가 되는 것을 묵과하고 있다. 우
린 민주와 자유, 복지와 평등을 가장한 야만적 폭력에 길들여져 있
다. 모두가 아픈데 아무도 아프지 않은 무통無痛의 제국주의 시대
다. 죽은 땅에 불온한 겨울비가 추적추적 내리고 있다.

리듬의 우주

　세계는 리듬의 우주다. 리듬은 파동이고 울림이다. 무한을 향해 펴져가는 원이다. 무한히 출렁이는 파도다. 묘지로 흐르는 물이고 하늘로 상승하는 수증기고 다시 대지로 내리는 빗물이다. 리듬은 숨이고 피의 흐름이고 순환이다. 리듬은 자석이다. 사랑에 빠진 자석이다. 끌어당김이고 밀어냄이다. 매혹이고 질투다. 존재와 부재 사이를 날아다니는 새다. 시는 리듬이 낳는 간절한 몸이고 사랑이다. 시는 생명의 강으로 흐르는 물이자 죽음의 강으로 흐르는 모래다. 시는 흐르며 휘고 휘면서 미지의 공간을 연다. 나는 우주의 운동성과 반복성, 존재의 부조리와 죽음, 무無 속에조차 리듬이 내재한다는 사실 때문에 원초적 불안과 희열을 동시에 느낀다. 불안은 불안의 리듬으로 내 몸을 흐르는 검은 피고 희열은 희열의 리듬으로 내 몸을 흐르는 용암이다. 시는 리듬의 우주다. 당신도 나도 리듬의 우주다.

책상의 시들어가는 꽃을 본다. 꽃은 이미 자신의 운명을 안다는 듯 나를 바라본다. 내가 사물을 볼 때 내가 보는 것은 사물이 아니라 나와는 전혀 다른 방식으로 나를 보는 사물의 눈이다. 사물의 눈에 비친 나의 기억과 상처다. 사물의 눈에 비친 세계와 시간과 공간이다. 다시 꽃을 바라본다. 둥글고 노랗다. 나의 눈은 그렇게 감각한다. 빛이 꽃의 표면에 가닿지 않고서는 불가능한 일이다. 나와 꽃과의 거리가 없다면 불가능한 일이다. 내 눈의 바라봄과 꽃의 보여줌이 상응相應하지 않는다면 불가능한 일이다. 그렇다면 이 빛과 거리와 상응이 소멸하는 순간 무슨 일들이 벌어지는가. 나는 그 소멸 이후의 시간을 주목한다. 소멸 이후의 침묵의 공간을 주목한다. 대상의 소멸, 나의 소멸이 낳는 언어의 소멸, 시간의 소멸을 주목한다. 언어가 소멸된 세계를 언어로 기록해야 하는 자의 비극, 시간이 소멸된 세계를 기록하는 자의 숙명, 시는 꽃의 탄생의 기록이 아니라 참혹한 멸절의 기록이다. 책상의 꽃이 웃으며 나를 지우고 나의 언어, 나의 시간을 지우고 있다.

167

환영의 꽃

다시 꽃을 바라본다. 꽃은 이미 방금 전에 보았던 꽃이 아니다. 거기엔 분명 더 많은 양의 빛과 미세 먼지와 시간이 묻어 있다. 꽃은 이미 죽음 쪽으로 조금 더 가까이 다가간 다른 꽃인 셈이다. 방금 전에 보았던 꽃은 이미 환영의 영역으로 사라진 것이다. 아름다운 일몰이 되어 사라진 것이다. 일몰은 죽어가는 음악이고 비극의 시다. 내 몸의 뒤쪽에서 저녁이 귀를 앓는 소리 들리고, 빛의 산란 속에서 나무들은 말없이 서서 죽음이 제 몸을 빠져나가 그늘이 되는 광경을 목격한다. 목격하는 눈동자에 목격되는 피가 번지고, 나는 서서히 착란에 빠져든다. 그때 시간은 잔인한 도돌이표다. 무한히 반복되는 악보다. 음악은 사라지면서 사라짐을 영속시키는 침묵의 시, 자연과 우주는 이 사라짐의 과정을 한순간도 쉬지 않고 계속해서 반복한다. 어쩌면 내가 바라보는 모든 대상, 그 대상이 갖고 있는 무수한 의미, 나아가 세계는 일체가 환영의 음악, 환각의 미술, 착란의 시일지 모른다. 당신도 나도 환영의 꽃이다.

상상하는 눈

다시 꽃을 바라본다. 나의 각성된 눈은 티끌만큼의 의심도 없이 조금 전에 보았던 꽃과 똑같은 꽃으로 인지한다. 나의 눈은 여전히 꽃을 둥글고 노랗다고 감각한다. 응시는 꽃이라는 사물에 대한 일종의 위선이고 폭력이다. 시선은 폭력을 생장시킨다. 사물에 대한 응시가 사물을 굴절시키고 마비시킨다. 인간의 대상에 대한 사고는 근원적으로 폭력적이고 위선적이다. 역설적으로 말한다면 사물이나 현상을 제대로 보려면 사물이나 현상을 인간의 시각기관으로부터 차단시켜야 한다. 냉혹하게 내면을 응시하는 눈, 인간의 감각기관의 한계성과 언어의 한계성에 대한 치열한 자각이 선행된 후 외부세계로 시선을 돌려야 한다. 나는 현실의 눈 감각의 눈을 버리고 상상하는 눈을 취한다. 광기와 착란에 사로잡힌 눈, 현실 너머를 보는 눈, 현실 속의 섬뜩하게 뒤틀리고 뒤엉킨 미시 현실을 냉혹하게 보는 눈, 180도 회전해 내 두개골의 내부를 응시하는 눈. 나는 그 눈을 통해 현실에서 이미지로 가는 것이 아니라 이미지에서 현실로 간다. 나는 세계는 착란으로 존재한다.

오염된 언어

시는 물렁물렁한 거울이다. 일정한 형태를 거부하는 진흙여인
이다. 그녀는 아름다운 유방, 잘록한 허리, 섹시한 엉덩이를 거부
한다. 통념이 된 도발적 자태와 포즈를 거부한다. 그녀는 나의 감
정을 세척시키는 것이 아니라 오히려 나를 오염시킨다. 오염을 통
해 오염된 세계, 오염된 내 속의 우상들을 직시하게 한다. 세계를
살해할 꿈을 꾸게 한다. 내게 시는 감정의 세척자이길 거부하는 진
흙덩어리 팜므 파탈이다. 그녀는 수시로 육체를 바꾸고 표정을 바
꾸며 새로운 도발의 코드로 다가온다. 어떤 날은 등산화가 되어 현
관 앞에 가지런히 앉아 내게 말한다. 나를 신고 떠나! 그런 날 시
는 미지의 세계로 나를 이끄는 탐험의 도구이면서 동시에 내 발을
가두는 감옥이 된다. 그녀를 통해 나와 사물들을 해방시키려는 내
의도와 반대로 나는 그녀에게 갇힌다. 언어에 의한 사물과 풍경의
재현은 불가능한 꿈임을 깨닫는다. 아니 좀더 단호히 말하자. 그것
은 위선이다! 중요한 것은 언어의 재현성의 한계를 인정하고 거기
서 다시 시작하는 것. 언어를 사물의 묘사나 모방을 위한 도구로
종속시킬 것이 아니라 사물과 나와 세계의 변혁의 주체로 복원시
켜야 한다. 나는 대상에 대한 의식 차원의 관찰의 기록들은 대부분

오류의 기록들이라고 생각한다. 언어는 인간의 감각기관들이 굴절시킨 것을 또 한 번 굴절시킨다. 무수한 내 사고思考의 편린들, 무수한 내 꿈의 유리 파편들이 머리 위를 둥둥 떠다니다 일시에 백지에 쏟아져 참혹한 시가 될 때가 있다. 그럴 때 시쓰기는 나의 부재 증명이다. 시를 쓰면서 나는 소멸한다. 언어 속으로 시간 속으로 소멸한다. 그것은 두 개의 마주보는 거울 사이에 놓인 사물이 양쪽 거울 속으로 동시에 무한히 복제되며 소멸해가는 모습과 비슷하다. 나는 그런 시간과 언어와 나를 소재로 시를 쓸 때가 있다. 그런 언어에 상처받은 분열된 자아와 불결한 세계를 시로 쓸 때가 있다. 그때마다 나는 난관에 빠진다. 불결하고 오염된 세계에서 태어난 오염된 언어로 쓴 시가 과연 얼마나 깨끗하고 순수할 수 있단 말인가.

170
소실점

　나와 사물, 사물과 세계, 세계와 언어, 언어와 시의 관계를 처음부터 다시 생각해본다. 나와 사물들은 각각 독립적으로 존재하면서 복합적으로 세계를 구성한다. 나는 그 복잡 미묘한 구성 원리와 질서에 관심을 기울인다. 그러나 내가 더욱 관심을 기울이는 것은 그 단단한 질서가 깨질 때 과연 어떤 일들이 벌어지는가 하는 점이다. 언어는 이 카오스를 어떻게 표현하고 감당해낼 것인가 하는 점이다. 두번째 시집 『착란의 돌』 출간 후, 요즘 나는 언어와의 정면 충돌에서 한 걸음 뒤로 물러나 있다. 거기서 언어의 즉물성, 언어의 자발성, 언어의 운동성, 언어의 음향성, 언어의 소멸과 재생과 윤회 등에 관심을 기울이고 있다. 언어가 스스로 춤추고 노래하고 웃도록 놔두고 있다. 언어 스스로 자신을 지워나가도록 놔두고 있다. 언어 스스로 다시 태어나도록 놔두고 있다. 가능하다면 지금까지의 관계를 역전시켜 언어와 섹스하는 단계까지도 들어가보고 싶다. 내 호기심의 촉수는 현미경으로나 관찰 가능한 미시세계로부터 거대한 우주에 이르기까지 움직임을 멈추지 않을 것이다. 세계는 언어는 나는 언제나 운동중이다. 나는 그 운동의 끝, 그 백색의 소실점을 굶주린 독수리처럼 응시한다.

16부

성(性)과 죽음, 위반의 상상력

나는 도시에 산다. 내가 경험한 도시는 매춘과 살인, 억압과 변태가 자행되는 기이하고도 견고한 밀실이다. 어둠 속에서 폭력적 범죄와 성적 죄악들이 은밀하게 자행되지만 그 내부구조를 정확히 확인할 수 없는 비밀공간이다. 무엇보다 가슴 아픈 것은 현대인 누구도 이 미궁의 밀실 시스템으로부터 벗어날 수 없다는 점이다. 어쩌면 이 폭력적 야만과 은폐가 현대의 초상인지도 모른다. 도시인의 현존재는 권태와 환멸, 위선과 자학으로 뒤덮인 불안한 유리 조각상 같다. 아무도 이 현실적 삶의 굴레에서 벗어날 수 없다는 자각과 반성이 나를 더욱 슬프게 한다. 그러기에 나는 하나의 범죄 사건을 언어의 사건事件극으로 재구성해 인간의 본원적 속성과 현실의 문제를 탐구하기도 한다. 그것은 곧 역사 속의 현대에 대한 탐색이고 인간 본성의 뿌리에 대한 탐구이고 삶과 죽음을 연결시켜 양자 간의 관계를 고찰하는 반성적 행위이다. 인간의 내부에 잠재된 충동과 폭력, 죽음과 광기를 주시해 삶의 보편적 문제들을 탐색하고 상상하여 문장화하는 일은 고통스럽지만 의미 있는 작업이다.

172
금기의 기저

열매는 꽃을 위반한다. 열매는 꽃의 죽음을 대가로 허공에 기록되는 위반의 문장들이다. 동물의 세계에서도 새끼는 어미의 종국적 죽음이라는 상처와 희생, 개체의 연장이라는 쾌락적 욕구 속에서 태어난다. 즉 죽음은 생명의 전제조건이고 죽음 앞에서 인간이 느끼는 심리적 공포는 에로티시즘과 반대편에 위치한 이성적 행동이나 사고의 폭력성과 긴밀하게 연계된다. 나는 인간의 의식에서 발아하는 다양한 금기들, 예를 들어 성적 에로스에 대한 욕망의 금기, 죽음에 대한 표현의 금기 같은 규범들을 비판적으로 주시한다. 말의 금기, 성Sex의 금기, 죽음의 금기는 외관상 세분되어 있지만 폭력을 기저에 깔고 있다는 공통점을 띤다. 나는 시를 통해 금기의 폭력성에 저항하려 한다. 시는 죽음으로 향하는 에로티시즘, 죽음에의 충동으로부터 자유롭지 못하기 때문이다. 시는 죽어 있는 자신의 내륙의 동물성을 찾아가는 험난한 길이고 두렵지만 멈출 수 없는 모험이다. 그것은 곧 나라는 인간에게 주어진 삶의 권태와 불균형을 깨트리는 행위고, 나를 타자의 세계로 비상시키는 꿈의 행위고, 인간을 비인간으로 대상화함으로서 인간을 보다 심층적으로 바라보려는 개안 수술開眼手術 행위다. 나에게 시는 무수한 타자들이 나의 색色과 형形을 입고 잠시 피어났다 지는 우연의 꽃들이다.
무색無色, 무형無形, 무한神의 시간이다.

173
사랑의 극단

　밤에 나는 꿈의 세계를 걷는다. 아름다운 여인과 정사를 나누기도 하고 그로테스크한 물체에 쫓겨 푸른 피로 뒤덮인 해변을 달리기도 한다. 정신분석학은 꿈을 결핍 혹은 억압의 시각에서 해석하려 하지만 나는 완전히 공감하지는 않는다. 낮이 되면 꿈은 유리처럼 깨지고 그 잔영의 유리 가루들이 공기 속을 떠다닌다. 낮은 논리와 이성의 세계다. 이성의 세계에서 금기하는 것이 본능적 충동이다. 폭력은 충동의 세계에서 튀어나오는 돌덩어리들이다. 나는 지금 모래가 쏟아지는 하늘을 배경으로 거느린 드넓은 초원을 상상하고 있다. 초원 한복판엔 침대가 놓여 있고 사랑에 빠진 남녀가 알몸으로 엉켜 있다. 이 상상적 풍경은 에로틱하지만 그들이 만약 죽은 자들이라면 아름다움은 순식간에 공포로 뒤바뀐다. 이는 사랑과 죽음, 미美와 추醜, 선善과 악惡이 한몸이고 언제든 뒤바뀔 수 있음을 암시한다. 사랑의 밀도가 점점 강해져 극단에 이르면 사랑은 죽음의 세계로 진입한다. 인간이 폭력을 금기하기 위해 사용하는 시스템과 방법적 논리가 더 무서운 폭력이라는 아이러니, 내게 현실은 너무나 이성적이어서 너무나 비이성적이다. 공포를 일으킬 정도로 합리적이어서 구토를 일으킬 정도로 비합리적이다. 이게 말이 되는가. 말이 된다. 말이 안 되는 모든 게 말이 되는 코믹 난센스 세계, 그곳이 현실이다. 그런 실재의 세계에서 제로(0) 주체로서 나는 말의 환멸, 말의 한계, 말의 증발을 목격한다. 말의 환멸적 유희를 통해 세계의 고름 폐부, 기억의 폐광 속으로 들어가려 한다. 나에게 시는 일종의 개안 수술 집도開眼手術執刀다.

174
쾌락하는 식물

사랑에 빠진 자의 눈에 투영된 세계는 지극히 주관적이다. 몽환적 영화로 비치기도 하고 지극한 아름다움을 간직한 낭만적 그림으로 비치기도 한다. 사랑에 깊이 빠진 자들은 객관성을 상실하고 주체와 대상, 대상과 관찰자를 또렷하게 구별하지 못하고 동일화한다. 자기의 전부를 희생하고 상실하면서도 상대에 대한 맹목적 도취를 통해 행복감을 느낀다. 그러나 사랑의 대상이 속한 세계를 향한 마취된 환상과 도취는 그리 오래가지 못한다. 어쩌면 사랑하는 연인과의 이별 후 느끼는 격렬한 번민과 고통, 극심한 좌절과 자살충동은 실연 후에 찾아오는 결과적 감정이 아니라 사랑이 본래부터 갖고 있던 근원적 죽음충동이자 파괴 속성일지 모른다. 그것은 이미 사랑이 시작되면서부터 준비되어 있다가 이별과 동시에 폭발하여 제 본래의 모습을 드러내는 게 아닐까. 연인 사이에 벌어지는 이러한 사랑의 관계는 시인과 시의 관계와 매우 흡사하다. 시에 대한 지극한 사랑이 환멸로 이어지고 그것이 환멸의 형식을 낳고 죽음을 배태시킨다. 즉 말에 대한 극단의 사랑이 말의 죽음 나아가 시적 형식의 죽음과 해체로 전이된다. 겨울의 대지 속에 숨어 있는 독초의 씨앗들이 봄이 되면 자신의 모습을 대기에 드러내는 것처럼, 성性과 말과 죽음은 같은 뿌리에서 뻗어 오르는 쾌락하는 식물이다.

175
광기

광기는 야만의 사회에서만 분출되는 용암이 아니다. 정신착란자들을 가둔 채 치료하는 현대 의학의 정신병동 구조는 광폭한 난동 분자들을 치안 감독관들로 하여금 폭력과 위협으로 제압하던 중세 시대와 크게 다르지 않다. 현대 사회의 대부분의 조직체는 잠재적 광기를 은닉한 예비 정신착란 집단이다. 현대 사회의 문화는 자신의 색채와 무늬 이면에 불안과 광기를 내포한다. 현대인들은 누군가 뇌관을 건드리면 그대로 터져버릴 폭약 같은 불안한 존재들이다. 당신과 내가 만나 사랑을 속삭이는 이 자본만능의 도시, 콘크리트와 유리로 뒤덮인 이 기형 자본의 큐브 구조물을 떠받치는 두 개의 큰 돌기둥은 일탈된 욕망과 굴절된 말이다. 욕망은 권력, 섹스, 돈, 정치의 다른 이름이고 말은 예술, 문화, 역사의 제유다. 돌기둥 아래는 늪이고 굶주린 악어와 뱀들이 꿈틀거린다. 기둥엔 수많은 불가사리와 조개들, 수많은 사람들이 들러붙어 떨어지지 않으려고 안간힘을 쓰고 있다. 이런 도시에서 시인은 유물론적 물物에 점점 침윤되고 화석화되어가는 자신과 싸워야 하고, 자신의 썩은 미학과 세계관과 끊임없이 싸워야 한다. 인습화된 미학을 부정하는 반反미학을 싹틔우지 않는 예술가는 산 채로 죽은 자들이다.

서울은 점점 좀비예술가들의 집단 거주 도시로 변해가고 있다.

176

은폐된 폭력

도시에서의 사랑은 자신의 피부 밑에 난폭한 폭력을 은폐한다. 그것은 일정 시기가 되면 살을 뚫고 거머리처럼 기어나온다. 은밀하게 상대의 등이나 목에 들러붙어 피를 빤다. 개인의 관점이 아닌 사회라는 군중의 시각에서 보면 사랑의 사태들은 좀더 심각해진다. 사랑은 마취제고 사랑이 은폐하는 폭력은 아무도 모르게 퍼져나가 다수를 죽음에 이르게 하는 독가스 같다. 문제는 성적 폭력이 인간의 근저에서 흘러나오는 충동의 변이물이기 때문에 인간의 나약함을 대변하는 종교의 영역으로 무섭게 확산된다는 점이다. 폭력의 역사는 여성과 아이와 노인 같은 약자에 대한 핍박과 수난의 역사였다. 사랑이라는 이름으로 자행되어온 절대 권력자(통치자, 아버지)의 기만적 가학의 에로스였다. 우리의 현대사가 그걸 증명한다. 살인의 시대가 가면 다시 살인의 시대가 왔고 폭력이 폭력을 낳는 폭력의 순환 메커니즘 속에서 우리는 현재를 살고 있고 미래에도 사랑이라는 미명하에서 폭력은 반복 재현될 것이다. 시적 언어의 폭력 또한 예외일 수는 없다. 나는 그런 폭력성을 은폐한 인간의 세계, 시간의 세계, 과학의 세계, 자본의 세계, 시의 세계를 파고들어 부정하고 위반하고자 한다. 그러기에 각각의 시편보다

시집 전체의 방향성과 응집력을 더 중요하게 생각한다. 최치언 시인의 시집 『어떤 선물은 피를 요구한다』(문학과지성사, 2010) 해설을 쓴 적이 있다. 시집엔 가족 간의 근친상간을 그린 시가 있다. 엄마와 나와 오빠들 즉 가족 간에 가학적 섹스가 이루어지고 욕설이 오간다. 소녀는 아빠와 오빠들이라는 가족 폭력집단과 사회 폭력 집단으로부터 이중으로 핍박받는 상처투성이 존재다. 남성적 지배 체제의 구조 속에서 영원히 고통받는 존재로 추락한다. 이 시는 가족 내의 성폭력과 변태적 섹스로부터 임신한 한 소녀를 통해 가족 폭력이 사회 폭력의 출발점이라는 슬픈 메시지도 전한다. 현대 사회가 은폐한 폭력의 실상을 폭력적 상황 자체로 제시하여 현실이 은폐한 현실의 이면을 비판적으로 응시하게 한다. 이처럼 금기의 위반 행위에서는 위반 자체의 모독과 부정성도 중요하지만 위반의 동기가 더 중요하다. 현대 사회에서 당신이 사랑을 통해 어떤 선물을 받고자 한다면 그 사랑은 당신에게 피를 요구한다. 당신의 삶이 당신에게 피를 요구하는 곳, 그곳이 현대다.

177
공포의 풍경

　부패해가는 사체는 공포의 풍경이다. 그런 풍경을 보면 인간은 누구나 두려움과 거부감을 동시에 느낀다. 사체 자체가 주는 그로테스크 이미지 때문이기도 하지만 그 사체의 모습이 자신의 미래의 현현이기 때문이다. 즉 사체에게서 자신의 예비 주검을 미리 목격하기 때문이다. 무의 영토로 우리를 데려가기 위해 사체 속에서 웃고 있는 죽음의 눈동자와 마주치기 때문이다. 그래서 인간은 사체와 마주하는 시간, 죽음이 발산하는 웃음을 본능적으로 회피하려 하는 건지 모른다. 사체는 두려움과 함께 혐오감도 주는데 사체에서 느끼는 거부심리는 인간이 자신의 배설물에게 느끼는 감정적 동요와 비슷하다고 한다. 배설은 항문을 통해 이루어지고 항문은 죽음과 연결고리를 만든다. 신체기관 중 항문이 인간이 태어나는 질과 자궁에 가장 가까이 있다는 사실은 암시하는 바가 크다. 즉 에로티시즘은 사랑을 통해 죽음을 직시하는 거울인 것이다. 때문에 나는 시적 에로티시즘을 통해 인간의 흉측한 주검을 폭로하기도 하고, 성sex을 기제로 배설의 역사와 사회를 비판적으로 해부하기도 하고, 사랑이라는 이름으로 은폐되는 사랑의 야만성과 잔혹성을 폭로하기도 한다. 새로운 생명의 탄생 과정에 출혈이 수반

338

되듯 새로운 시의 탄생에는 늘 상징적 출혈이 수반된다. 특히 정치적 금기, 사회적 금기, 개인적 금기를 시적 공격 대상으로 삼을 때는 시인의 육체 내부의 은밀한 섹스 욕구, 불안과 공포감이 무의식적으로 함께 분출된다. 그러나 어떤 무의식도 현실과 무관할 수는 없다. 공터에 널브러진 주검의 잔해들, 파괴된 폐허의 거리, 전쟁의 참화가 휩쓸고 간 공포의 풍경은 이미지 자체로 현실을 부분 대리한다. 그러기에 성性에 대한 진정성과 순수성이 휘발된 시인의 가식적 말과 위악적 행동은 그 시인 자체가 이미 부패해가는 사체임을 반증하며, 그것을 기민하게 감지하지 못하는 사회 또한 그 자체로 거대한 공포의 풍경이다.

178

바퀴 없는 마차

　죄의식이나 콤플렉스가 자기발전의 힘이 된다고 심리학자와 정
신분석학자들은 말한다. 결핍과 상처가 성공을 위한 긍정적 기제
로 작용한다는 말은 원론적으로는 맞지만 현실에서 내가 피부로
느끼는 것은 매우 다르다. 나쁜 기억은 나쁜 것으로 계속해서 들러
붙어 찰거머리처럼 영혼의 피를 빨아먹는다. 원죄의식을 통해 인
간의 한계성을 발견하고 신神에게로의 귀의를 유도하는 종교는 근
원적으로 우월성을 전제로 한다. 인간에 대한 비인간적 존재의 절
대긍정을 토대로 교리가 펼쳐진다. 그러나 종교는 인간과 함께 태
동하는 것이기에 인간의 존재 방식 변화에 따라 종교의 존재 방식
도 변화된다. 말하자면 죄의식이나 신에 대한 콤플렉스도 인간을
구성하고 지배하고 연결하는 일종의 종교적 고리에 해당된다. 시
대의 변화에 따라 그것에 대한 해석도 계속 변화해왔고 앞으로도
그럴 것이다. 따라서 죄의식은 인간의 다양한 존재 방식을 구성하
는 세부 요소로 작용할 뿐 인간존재의 근원적 뿌리가 될 수는 없
다. 인간은 태초부터 종교적이라는 진술은 인간이 인간 중심의 사
고에서 여전히 벗어나지 못하고 있다는 반증이다. 종교에 대해 인
간이 만든 윤리의 틀, 심리적 사실들에 대한 경직된 사고, 인간에

대한 인간의 맹목적 규정들을 과감하게 깨고 벗어날 때 인간은 새
로운 인간으로 다시 태어나고 종교 또한 새로운 빛의 기능을 수행
할 수 있을 것이다. 현대의 많은 심리학적 진실과 종교적 가치들도
자본과 권력이라는 독재자의 발아래 노예처럼 종속돼 있다. 썩은
피부에서 황갈색 고름이 흘러나오고 있는 형국이다. 그런데도 아
무런 처방도 치유도 없이 이 시대는 바퀴 없는 마차처럼 과거의 운
동 패턴을 반복하며 언덕을 쿵쾅거리며 굴러내려가고 있다.

17부

떠도는 섬, 불안한 조선들

나도島 너도島

서울이라는 이 대도시에서 나는 떠도는 섬이다. 내 시를 진심으로 이해해주는 자는 거의 없다. 이해하려고 공감하려고 애쓰는 자도 극히 드물다. 그러나 나는 서글프지도 화나지도 않는다. 이 도시의 존재가치는 바로 그런 무관심과 몰이해, 아집과 편견에 있기 때문이다. 나는 차라리 사물들에게서 인간적인 대화를 하고 위로의 감정을 느끼고 그들의 말에 귀를 기울인다. 사물들은 모두 나보다 더 상처받았고 고독하고 소외되어 있다. 사물들은 모두 극단적 고립의 세계에 살며, 인간의 오만과 구속으로부터 자유롭지 못한 피해자들이다. 타인들이 나를 이해하지 못하는 것처럼 나 또한 사물들의 입장과 처지, 그들의 행위를 완전하게 이해하지는 못한다. 하지만 사물과 나를 동격으로 생각하고 그들의 내적 고통과 갈등을 공유하고 느끼려 애쓴다. 가슴 깊이 그들의 상처를 끌어안고 그들의 아픔과 비애를 이해하려 애쓴다. 이 도시는 인간과 사물이 공존하는 수평적 상생相生의 영토가 아니다. 서울은 섬이 된 인간들이 떠도는 우울의 암해暗海다. 나도 나도島고 너도 너도島다.

현대아파트

현대아파트 주차장을 지나간다. 아파트 벽면에 커다랗게 찍힌 현대現代라는 글자를 골똘히 쳐다본다. 현대라는 말이 은폐하고 있는 비현대성을 생각한다. 현대는 너무 낡고 근대적이다. 현대는 허상이 지배하고 허상에 의해 세계는 도도히 흘러간다. 현대성을 노출하는 무수한 TV 광고와 문구들, 현대 사상을 피력한 많은 서적들이 구시대의 유물로 느껴진다. 갑자기 아파트 옥상에서 음료수 캔이 하나 떨어진다. 올려다보니 교복을 입은 고등학생이 난간에 팔을 받치고 있다. 밑을 내려다보며 담배를 피우고 있다. 얼굴 표정이나 이름표가 보이지는 않지만, 며칠 전 놀이터에서 혼자 그네를 타던 그 수험생이다. 그는 캔이 떨어진 곳을 계속 집중해서 쳐다보고 있다. 뭔가 심상치 않은 문제가 있어 보인다. 그가 정작 던지고 싶은 것은 캔이 아니라 자기 자신이었는지 모른다. 콘크리트 바닥에 떨어진 캔에서 추락한 자신의 주검을 보고 있는 건지도 모른다. 불합리한 시험에 의해 무수히 자신을 비하하고 자학해야 하는 불가사의한 날들이 계속된다. 이 불합리 속에서 현대의 하루하루는 계속해서 자기를 복제하며 반복된다. 아파트 옥상과 붉은 음료가 엎질러진 콘크리트 바닥 사이의 수직거리, 그것이 현대에서 내가 느끼는 삶과 죽음의 실측 거리다. 현대는 허상이 실재하는 현실을 잡아먹고 현실 전체를 허상화하는 세계다. 다시 옥상을 바라본다. 담배로 팔뚝을 지지며 그가 울고 있다. 메마른 울음이 유리 하늘에 금가고 있다.

181

사과

대학 휴게실에 앉아 있다. 내가 사과를 손으로 집자 사과가 말한다. 나는 벌레 먹은 지구다! 내 안의 꼬물거리는 70억 벌레들을 보아라. 나는 사과를 든 채 사과 속의 오대양 육대주를 바라본다. 대륙들은 썩어 있고 바다는 곳곳이 검게 멍들어 있다. 나는 사과 속 어딘가에 숨어 있을 한반도를 찾아본다. 나라는 벌레를 찾아본다. 빙글빙글 사과를 돌리며 생각에 잠긴다. 일생 동안 혼신을 다해 온몸의 피를 밖으로 비워 제 죽음의 빛깔과 향기를 만든 사과, 한 알의 붉은 사과를 위하여 무수한 꽃들이 땅으로 갔다. 햇빛과 달빛과 빗방울도 땅으로 갔다. 그들은 떠들지 않았다. 꽃도 나비도 벌도 인간인 나처럼 말로 떠들지 않았다. 나는 조용히 입을 다물고 사과를 깎는다. 빙글빙글 지구의 껍질을 벗긴다. 70억 벌레들이 남긴 배설물과 무덤들을 깎는다. 인간의 역사는 배설의 역사고 무덤의 역사다. 내가 휴게실에서 우울한 사색에 잠겨 사과를 깎는 동안 먼 우주에서 누군가의 보이지 않는 손이 지구를 깎고 있다. 시간의 껍질이 한 꺼풀 한 꺼풀 벗겨지는 소리가 들린다. 나는 자리에서 일어난다. 껍질 벗은 사과를 든 채 건너편 본관을 바라본다. 창녀의 음부처럼 생긴 문으로 비리 교수 셋이 들어간다. 대학이 유곽의 시장논리를 띤 지는 이미 오래되었다. 햇빛이 사과의 벗겨진 엉덩이에 마취주사를 놓으며 웃는 4월의 하오다. 냉소인지 풍자인지 현대인의 가슴은 자기 엉덩이의 문란한 사생활쯤은 털끝만큼도 반성하지 않는다. 와삭! 나는 사과를 한입 배어먹는다. 썩은 피가 입안 가득 물컹거린다.

182

웃음의 가면

오사카에서 도쿄로 왔다. 도쿄는 안개에 휩싸인 유리 도시다. 언젠가 유리는 모래로 돌아갈 것이고 또다른 기둥 위에 또다른 건축물이 들어설 것이다. 일본의 역사박물관은 제국주의 박물관이고 진실을 참살하여 날조하는 소설적 박물관이다. 이곳에서 역사는 역사를 반성하지 않는다. 이곳에서 만행은 만행을 반성하지 않는다. 이곳에서는 죽은 자들조차 죄의식이 없다. 하물며 산 자들은 말할 것도 없다. 도쿄가 넘어야 할 것은 도쿄 자신이고 일본이 넘어야 할 것은 미국이 아니라 일본 자신이다. 일본 자신의 위조된 미학이고 왜곡된 역사관이다. 인습화된 제국주의 사관에 대한 반성이 싹트지 않을 때 도쿄의 현대성은 이미 사라지고 없는 것이다. 현재의 일본 시국은 과거 일본의 군국주의 망령을 부활시키기 위한 부활절을 치르는 과정이다. 교활한 음모를 은폐한 극우주의자들의 스마일 평화 시대다. 더 크게 망가지기 위해 부활중인 일본의 심장, 도쿄는 극우에너지가 증폭중인 위험한 폭발물이다. 야만적 안개에 휩싸인 위험한 가면假面의 유리 도시다. 코리아는 인두로 제 심장을 지지는 심정으로 정신을 바짝 차려야 한다. 일본은 이미 백여 년 전(1910년)의 역사를 한반도에서 되풀이하기 위해 극비의 정치적 음모를 백주白晝의 어둠 속에서 실행에 옮기고 있다.

183
유명한 통닭집

　벚꽃이 흩날리는 봄이다. 붉은 페인트를 뒤집어쓴 수탉이 법원 주차장 구석에 쪼그리고 앉아 있다. 털이 무성한 땅딸보 개가 짖으며 달려들자 수탉은 부러진 날개를 파닥거리며 하수구로 숨는다. 개는 쫓아가며 계속 짖어댄다. 수탉은 절뚝거리며 반대편 하수구 구멍으로 부리나케 달아난다. 하수구를 빠져나온 수탉이 뒤뚱거린다. 그것을 보고 개는 또 짖으며 쫓아간다. 울타리 끝에 몰린 수탉이 가로막힌 철망을 부리로 쪼아대다가는 옆에 있는 자동차로 도망간다. 안간힘을 쓰며 날개를 파닥거려 검정색 그랜저 승용차 지붕으로 올라간다. 개는 그랜저 지붕의 수탉을 향해 계속 짖어댄다. 검은 법복을 입은 판사 셋이 금연 구역에서 담배를 피우며 개와 수탉의 싸움을 지켜보며 킬킬거린다. 배가 고픈지 그들은 핸드폰을 꺼내 통닭을 주문한다. 유명한 통닭집 '청와대'로 양념치킨과 프라이드치킨을 각각 한 마리씩 주문한다. 잠시 후 법원 옥상 위로 봄바람이 통닭집 오토바이를 몰고 부르릉 부릉 달려온다. 겁에 질린 수탉이 하늘을 쳐다보며 떨고 있다. 울타리를 아물아물 날던 노랑나비가 수탉에게 묻는다. 당신 누구요? 수탉은 기어들어가는 목소리로 말한다. 전직 대기업 총수였는데, 기이한 음모 때문에 내 몰골이 이렇게 변했고 날개 또한 이렇게 부러졌소. 그때 갑자기 하늘에서 공포탄 소리가 울린다. 놀란 수탉은 얼른 입을 틀어먹고 푸드덕푸드덕 다시 하수구 속으로 도망친다. 벚꽃이 흩날리는 봄이다. 심판을 심판하는 자들의 양심은 누가 심판해야 하나. 심판을 심판하는 자들의 심판문은 누가 심판하여 조종하는가. 악惡이 꽃피는 벚꽃시대가 계속되고 있다.

184
정치가

어떤 정치가는 피라니아고 어떤 정치가는 거머리고 어떤 정치가는 전갈이다. 그들은 늘 상대를 먹이로 생각하고 비린 피 맛을 즐긴다. 어떤 정치가는 메기고 어떤 정치가는 미꾸라지고 어떤 정치가는 뱀장어다. 뇌물죄든 세금 포탈이든 그들은 늘 잡히면 미끈미끈 잘도 빠져나가 도망친다. 어떤 정치가는 잉꼬고 어떤 정치가는 구관조고 어떤 정치가는 카나리아다. 그들은 새가슴이다. 비판적 자기주장 없이 남들이 지껄이는 대로 조잘조잘 잘도 따라한다. 우리나라 국회는 참 희한한 아마존 밀림이다. 별의별 희귀종 동물들이 다 모여 있다. 오래전 서울 모처에서 우연히 두 정치가와 30년 된 우롱주酒를 마신 적이 있다. 앵두술과 비슷한 새빨간 빛깔이고 달콤한 맛 뒤엔 사악한 뒤끝만 남았다. 그들의 달변을 나는 개똥만큼도 믿지 않았다. 이후 나는 정치가의 말은 믿고 따르는 것이 아니라 적당히 타고 놀다 버려야 하는 바나나보트 같은 것임을 깨달았다. 나비가 나비의 진심으로 하늘을 날 때 정치가는 정치가의 흑심으로 민중을 우롱한다. 풀이 풀의 본능으로 바람에 휠 때 정치가는 정치가의 본능으로 돈과 권력 쪽으로 휜다. 선거철마다 나는 정치가에 대한 나의 편견이 깨지기를 소망하지만 그들은 한 번도 배반하지 않고 내 기대를 배반한다. 어떤 정치가는 똥구멍이 새빨간 원숭이고 어떤 정치가는 개그하는 개다.

185
벽과 싸우는 사람

알란 파커Alan Parker 감독의 〈벽〉엔 뚜렷한 줄거리가 없다. 전통적인 서사 구조를 갖추고 순차적으로 이야기가 전개되지도 않는다. 등장인물도 불분명하고 지속적인 대화도 없다. 극적인 사건이 발생하지도 않는다. 그래서 많은 사람들이 난해하다고 말한다. 그러나 이 영화는 오히려 전체가 극적인 하나의 일관성을 가지고 전개된다. 전위적인 빛과 색채와 음향, 컴퓨터 애니메이션 기법을 활용해 현대 사회의 모순과 억압을 날카롭게 꼬집는다. 당신은 하나의 기계 부품이고 벽 속의 하나의 벽돌에 불과하다고 말하며 인간 사회의 폐부에 예리한 비수를 꽂는다. 〈벽〉은 전위적인 프로그레시브 록그룹 핑크 프로이드Pink Floyd의 1979년 앨범 《벽The Wall》을 영화화한 것이다. 알란 파커는 속도감 있는 연출을 통해 현대인의 내면에 뿌리내린 폭력과 광기와 야만성을 파헤치고, 무의식 세계를 신비와 환상의 영상언어로 표출해내는 탁월한 감각을 지닌 감독이다. 대학 시절 내가 이 영화를 비디오로 처음 보았을 때의 느낌은 한마디로 충격이었다. 컨베이어 벨트를 타고 기계 속으로 들어가 소시지가 되어 나오는 아이들, 피로 물든 수영장에서 예수처럼 두 팔을 벌리고 발버둥치는 남자, 전쟁터에서 구원을 요청하는 전화기를 붙들고 죽어가는 병사의 피투성이 손, 방독면을 쓴 기이한 인간들, 무덤에서 일어서는 뼈만 남은 시체들, 푸른 하늘을 날아가다 괴물로 변하는 새, 그 괴물의 가슴에서 날아올라 지상을 폭격하는 수많은 전투기들. 〈벽〉은 이러한 장면들로 가득하다. 그러나 이 영화의 메시지는 이런 반역적이고 충격적인 영상 자체에 있는 것이 아니다. 이 영화는 획일화된 아이들만 양산해내는 전체주의적 교육 체제를 신랄하게 비판하고 고발한다. 인간과 인간의 소통이 불가능해진 현대 사회의 비극성을 극렬하게 폭로하고 전쟁과 폭력이 인간 사회에 가져올 파멸을 충격적인 영상과 음악으로 경고하고 있다. 인간 사회엔 무수한 벽들이 있다. 이 무수한 벽들을 어떻게 부수고 나아갈 것인가를 한 번쯤 제고해보아야 한다. 현대 사회에서 인간의 삶이란 무수한 벽들과의 끝없는 싸움이다.

186
현대인

　현대인은 심판을 받고 도시로 추방된 죄수들이다. 이 콘크리트 유형지는 거대한 감옥이다. 나 또한 수형자이고 기분 나쁜 악몽에 시달린다. 붉은 눈의 올빼미와 뱀들이 하늘을 날고 그 뱀들에게 몸이 휘감기는 꿈이다. 꿈에서 깨어나 빌딩숲을 걷다가 나는 갑작스러운 착란증세를 경험한다. 얼굴이 사라지고 두 팔이 죽은 나뭇가지로 변해버린 나를 만난다. 내가 나를 마주친 그 장소가 현실인지 환각인지 꿈인지 나는 선명히 구별할 수 없다. 약기운 탓일까. 분열증 때문일까. 헛것들이 거리를 활보하는 모습이 또렷하다. 현대인은 과연 무엇일까. 이 도시감옥의 설계도, 이 거대 조직체의 진짜 모습은 무엇일까. 나는 지하철을 타고 충무로로 출근할 때마다 괴물의 입속으로 빨려들어간다는 착각에 휩싸이곤 한다. 조직의 메커니즘에 순응해가면서 자아를 잃어가면서 형체조차 알 수 없는 괴물의 입속으로 한 걸음 한 걸음 빨려들어가는 고깃덩어리라는 생각에 빠진다. 현대는 혼돈 속에서 환각을 실재로 체감하며 욕망하는 기계가 되어가는 감각의 착란 시대다. 아침마다 가면을 쓰고 출근하는 것, 수시로 가면을 바꾸어 쓰며 자신을 위장하는 것, 그러고는 세상에서 가장 진실한 사람처럼 상대에게 말하며 웃고 연기演技하는 것, 이것이 현대인의 진眞이고 선善이고 미美다.

187

무언극

무언극을 집필중이다. 현대인들의 기만적 말과 행동, 충격적 사건을 통해 파탄된 기억의 시간들을 파편의 형식으로 보여주는 부조리극, 참된 말을 잃어버린 인간의 고통과 허무의 근원을 탐색하는 철학적 시극詩劇이다. 시간의 근원을 찾아들어가 거기서부터 발아하는 인간의 죄와 본성에 관한 파멸적 이야기. 처음과 끝은 꼬리를 문 뱀처럼 연결되고 사건은 점차 복잡해지고 미묘해지면서 등장인물들의 죄의식이 상황을 계속 원점으로 되돌리는 순환구조의 심리극이다. 끊임없이 기억을 돌이키고 기억을 재구성하는 이들의 기이한 행동은 역설과 반어의 성격을 띠면서 자기 존재의 근원을 향해 질문을 던진다. 이는 곧 역사 속에서 규정된 인간존재의 심층을 비판적으로 파고들어가 규정의 오류를 수정하려는 의도인데, 등장인물의 개인적 상황과 정신적 갈등 국면을 첨예화시켜 관객 또는 독자에게 자신의 죄의식을 응시하게 하려는 목적이다. 인간의 죄의식은 개인의 전유물이 아닌 세대 전체의 공유물이며 나아가 역사 속에서 무수히 유전되어 반복 누적된 왜곡된 정치적 무의식이기 때문이다. 나 또한 이 무언극의 부조리한 등장인물로 등장한다. 나는 가면 쓴 엑스트라로서 내가 처한 극의 배역과 상황이 사실은 극이 아니라 실제 현실임을 깨달으면서 분열증을 앓는 시인이다. 나는 말을 잃은 자로서 무언의 행위를 통해 말을 되찾으려는 자이고 무수히 실패를 반복하는 자이다. 나의 맨얼굴은 끝까지 규정되지도 노출되지도 않는다. 나는 부조리한 무대 공간에서 벌어지는 폭력 사건과 살인 사건의 목격자이면서 목격을 은닉하고 왜곡하는 자이다. 그런 행위를 통해 무대 밖 현실의 실제 구조를 관객에게 전달하려는 은유의 인물이다. 나는 이 극을 통해 나와 나의 현실을 철저하게 해부해보고 싶은 것이다. 현대 사회에서 나는 늘 당신에게 당신이 살해되는 현장을 목격중인 행인이고, 당신은 내가 나에게 살해되는 사건을 목격중인 행인이다. 우린 서로를 무관심하게 지나치는 허구적 엑스트라들이다.

188

거머리와 떡붕어

　생각은 내 몸에 들러붙으면 그 순간부터 잠을 빨아먹기 시작하는 거머리다. 생각은 내 몸을 숙주로 해서 꽃을 피우는 기생식물이다. 손으로 아무리 떼어도 떨어지지 않는 흡착성 뿌리를 가진 거머리식물이다. 잔뿌리를 내린 다음 굵은 뿌리를 내리고 핏줄을 타고 번져가면서 내 몸속 곳곳으로 무수히 가지를 뻗는다. 얼굴의 피부 밖으로 끝이 뾰족한 이파리를 돋우고, 등의 살갗 밖으로 가늘고 긴 가시도 내민다. 이것은 물론 생각의 발아와 성장을 환각 이미지로 변주한 것이다. 왜 나는 이런 환각의 이미지를 구현하는가. 환각이 실제를 압도하는 21세기 현실, 그 속에서 내 몸이 숨쉬고 있기 때문이다. 육안으로 관측할 수 없는 관념적 증상과 병적 징후들이 내 육체를 식민지화하고 있기 때문이다. 나는 가끔 타인의 몸에서도 비현실적 환각을 본다. 타인의 몸에 돋아난 기형의 가시들 혹은 넝쿨들이 나만의 환각증세일 거라 나는 믿지만, 살아 있는 촉수처럼 가시와 넝쿨들은 내 살을 더듬어 환각이 아닌 실제임을 상기시킨다. 나는 망아忘我현상으로서의 나임을 상기시킨다. 왜 나는 이런 강박에서 벗어나지 못하는 걸까. 21세기 현대 문명이 낳은 수많은 생각들에 산 채로 사로잡혀 있기 때문이다. 우울 때문이다. 내가 사는 이 한반도의 현대사는 수십 년 동안 참살과 침탈을 통해 피비린내를 풍겼는데, 여전히 지금도 그에 버금가는 우울과 공포를 반복적으로 선사하고 있다. 현재의 한반도는 서구 외래종 개들의 혼종교배장이다. 우리 고유의 토착 사상과 철학, 도덕과 윤리는 점점 없어지고 외래종 황소개구리 같은 괴물의 문화가 토종을 전멸시키며 빠른 속도로 우리의 영혼을 식민화하고 있다. 우린 우리 자신도 모르는 사이에 조금씩 공포의 입속으로 먹혀들어가는 물고기들이다. 이종거머리에게 피를 빨리고 있는 떡붕어들이다. 그런 상황 속에서 참담하게도 나는 무기력하다. 그래서 나는 내가 권태롭다. 백주의 하늘에서 공포의 새가 날고 있다. 독재자의 집요한 웃음소리를 내며 새는 햇살 속에서 부채처럼 날개를 펴고 있다.

189
거미와 군함

인간이 지상에 집을 짓는 동안 거미는 허공에 집을 짓는다. 아슬아슬 흔들리는 공중에 거꾸로 매달려 인간의 운명을 생각한다. 인간의 문명의 운명을 생각한다. 허공을 떠도는 무수한 먼지들, 그것들이 오래전 죽은 자들의 아름다운 육체였음을 정각正覺한다. 천상과 지상과 지하 그 어디에서도 존재자의 수명은 유한하고 운명은 비극적이다. 나는 거미를 바라본다. 서재 창가의 난간에 집을 짓는 거미의 사랑을 생각한다. 거미의 과거와 현재와 미래를 생각한다. 허공의 수도승인 저 거미를 보며 지상의 불법체류자인 나의 숙명을 생각한다. 등이 검고 여덟 개의 팔이 달린 저 징그러운 거미가 오늘밤 나의 분신分身이다. 내가 백지에 시詩의 집을 짓는 동안 거미는 사라지는 시時의 집을 짓는다. 거미는 똥구멍으로 자기 몸의 길을 뽑아 집을 짓고 나는 입으로 내 몸의 말을 뽑아 집을 짓는다. 나는 말을 구토중이다. 나는 백지에 나를 구토중이다. 갑자기 내 입에서 수백 마리 거미들이 쏟아져나온다. 거미들은 마구 방을 기어다니며 거미줄로 나를 친친 휘감아 천장에 거꾸로 매달아놓는다. 천장에 대롱대롱 매달린 채 나는 창밖을 본다. 어둠 속에서 등뼈 굽은 도시가 백골의 노파처럼 지팡이를 짚고 걸어온다. 창백한 대기 속에서 시간의 창자가 고요히 말라가는 밤이다. 건너편 아파트 옥상 위로 조각달이 떠오른다. 달은 떠도는 입술이고 잠수함이고 지껄이는 변기다. 달이 하늘의 해저로 침몰하자 말과 기호로 무장한 군함 한 척이 영원히 닿지 못할 인간의 섬을 향해 출항한다.

190
혼몽의 잠

현실은 마취제다. 내가 꿈꾸는 이유 중 하나는 그 푸른 독성의 액체가 온몸에 퍼져 손가락 하나 까딱할 수 없기 때문이다. 현실이 마취제라면 꿈은 각성제다. 그 사이에 말이 있다. 말은 일종의 비상이고 극약이다. 육신의 입으로 마시면 죽음에 이르나 영혼의 눈으로 마시면 죽음 너머에 이른다. 거기서 나는 나의 가면 뒤에 숨은 짐승의 흉측한 맨얼굴을 보고 삶의 꽉 찬 허무를 본다. 대지는 한 권의 찢긴 역사책, 구름은 바위에 깃든 죽음이다. 정원에서 내가 '꿈꾸는 시계'라 이름 붙인 식물이 노란 꽃 몽우리를 맺고 있다. 곧 꽃이 필 것이다. 그렇게 시계는 한 곡의 향기로운 음악을 잉태하느라 며칠 밤을 고통과 불면 속에서 보낼 것이다. 나는 그 아픔을 잘 알지만 아무런 위로의 말도 전하지 않는다. 고통은 모든 만물이 겪는 달콤한 잠이고 달콤한 키스니까. 그러니 시계야, 이제 맘껏 네 색깔의 꽃을 피우렴! 그렇게 말하고 나는 뒤돌아서 잠의 정원을 빠져나온다. 그러나 잠 밖은 또다른 잠이다. 내 잠 속을 떠다니는 검은 나비들, 나를 태우고 잠 밖의 잠 밖의 마취된 세계로 날아간다. 삶은 계속되는 혼몽의 잠이다. 꿈꾸는 시계가 꽃핀 정원에서 덩굴식물처럼 팔이 긴 아가씨가 웃고 있다.

18부

고통한 사람들의 세계

선풍기

선풍기가 돌아간다. 선풍기는 자신의 탄생과 죽음이 위치한 곳을 번갈아 쳐다보면서 조금씩 목숨을 날려보내고 있다. 당신도 나도 회전중인 선풍기다. 두리번두리번 각자의 주검을 누일 자리를 찾으면서 바람을 피우고 있다. 그사이 무수한 빛과 어둠이 우리 몸을 통과해간다. 수많은 소리와 냄새, 수많은 시간과 말 들이 우리 몸을 통과해 먼지 속으로 흩어진다. 당신도 나도 선풍기다. 존재와 부재 사이에서 흔들리는 선풍기다. 슬픔을 견디기 위해 열심히 바람을 피우고 있는 선풍기다. 비애를 견디기 위해 나무도 새도 물도 음악을 낳으면서 바람을 피우고 있다. 지구는 수많은 형태의 선풍기들이 모여 바람을 피우는 행성이다. 그 바람의 힘으로 오늘도 지구는 끝없이 먼 우주로 날아간다. 풀과 곤충, 모래와 이슬도 고유한 천체고 아름다운 선풍기다. 사방에서 선풍기가 돌아간다. 모두 천천히 돌아가면서 자신이 처음 왔던 곳으로 조용히 돌아가고 있다.

오동나무

폐가 뒤뜰의 오동나무 그는 왜 자신이 그곳에 놓여 있는지, 왜 거기서 일생을 살았는지, 언제부터 자신이 오동나무였는지 알지 못한다. 온종일 퍼붓는 빗속에서도 그는 일절 동요도 흥분도 후회도 없다. 지독한 오한에 시달리면서도 떠나간 새를 기다린다. 오지 않는 새를 기다리며 그는 시퍼런 햇살이 이글거리는 원시의 숲을 꿈꾼다. 그러나 내일 아침 목수 정씨는 오동나무를 베어낼 것이다. 전기톱으로 잘라 죽은 황노인의 관을 만들 것이다. 이 사실을 나는 몇 시간 전인 저녁 7시에 오동나무에게 알렸다. 잔인한 통고이기에 나는 망설이다가 조심스레 오동나무 이파리에게 그 사실을 전했다. 오동나무가 자신의 마지막 밤을 무의미하게 보내게 할 수는 없는 일이었다. 나의 알림에 오동나무는 알았다는 듯 가지를 한 번 흔들고는 더이상 움직이지 않았다. 가만히 선 채 오랫동안 비 내리는 저녁 하늘만 올려다보았다. 먹구름 뒤편 어딘가에 숨어 있을 별들을 찾는 듯했다. 그때 나는 미세하게 떨고 있는 오동나무의 검은 눈동자를 보았다. 가늘게 떨고 있는 오동나무의 가냘픈 숨소리를 들었다. 나는 오동나무에게 미리 죽음을 알린 것을 후회했다. 하지만 오동나무는 죽어서 한 인간의 주검을 누일 훌륭한 물건이 될 거라는 사실에 약간의 위로가 되었다. 오동나무가 일생 동안 혼신을 다해 살아온 자신의 육신으로 만들 침묵의 관棺, 무릇 나의 시도 그러해야 하리라는 생각이 들었다. 마을 폐가 뒤뜰의 오동나무, 그는 자신의 생의 마지막 밤을 뜬눈으로 지새우면서도 꿈을 버리지 않는다. 죽어 하늘로 돌아간 새를 기다린다. 빗속의 오동나무, 저 나무는 꼭 인간인 우릴 닮았다. 자신의 생이 무엇이고 왜 그렇게 예고 없이 끝나야 하는지 알지 못한다.

193

허공

밤은 밤에 갇혀 있다. 새장은 새장에 갇혀 있고 의자는 의자에 갇혀 있다. 사물은 인간의 언어감옥에 갇힌 수인囚人들이다. 무죄 이기 때문에 유죄가 언도된 종신형 수형자들이다. 시인은 말로써 사물의 유폐와 고독을 누설하는 자이고, 말의 침묵을 통해 사물의 전생과 후생을 예감하는 자이다. 내가 이렇게 쓰는 동안 나무들은 계속 걷고 있다. 각자의 신발을 신고 각자의 보폭으로 캄캄한 하늘을 오르고 있다. 밤이나 낮이나 비가 오나 눈이 오나 나무는 쉬지 않고 허공을 오른다. 중력과 싸우며 나무들이 허공을 오를 때 나무 속의 물들도 쉬지 않고 스스로와 싸우며 걷는다. 걷고 걸어서 가지 끝 하늘로 돌아간다. 물은 하늘에서 땅으로, 땅에서 다시 하늘로, 돌고 도는 원융圓融의 여행자다. 나무가 공중을 걸을 때, 허공은 가만히 제 몸을 비워 나무의 길을 열어준다. 허공이 베푸는 이 배려와 비움을 나는 배운다. 아름다운 밤이다. 땅을 사랑하고 나무를 사랑하듯 지상의 모든 존재에게 자신의 몸을 비워 길을 터주는 허공을 나는 사랑한다. 허공은 자신의 사랑을 계산하지 않는다. 허공은 미학주의자도 헌신적 사제도 아니면서 말없이 이타의 사랑을 실천하는 행동가다. 허공의 그 깊고 말없는 사랑을 나무도 잘 알기

에 고마움의 표시로 아름다운 잎과 열매와 향기를 선물하는 것이
다. 나무가 가만히 제 몸을 허공 속으로 밀어넣듯 나는 가만히 내
몸과 마음을 당신의 잠결 속에 밀어넣는다. 달빛 내리는 지붕 위에
서 밤이 고양이처럼 꼬리를 말고 잠들어 있다.

194
지구

나는 혼자다. 50년 동안 내가 이루어놓은 것은 고독해졌다는 사실뿐이다. 밤은 지금 내 책상 위에 아프리카어 사전의 자세로 앉아 있다. 나의 방은 새가 떠난 빈 둥지, 12월의 하늘처럼 차다. 고독하다는 건 그 찬 방에서 창밖에 내리는 눈발을 하염없이 바라보는 것, 창턱에 쌓인 눈의 흰 살결을 만지며 떠나간 사람의 체온을 기억하는 것, 곰팡이 슨 벽지를 쓸쓸히 쓰다듬으며 몸의 해저에서 울려오는 고래의 낮고 깊은 허밍을 듣는 것, 찬바람 소릴 들으며 새벽의 눈발 속으로 떠나는 고양이의 뒷모습을 오랫동안 바라보는 것. 나는 혼자다. 어두운 밥통 같은 방에 나는 찬밥처럼 담겨 있고 밤은 살이 까만 딕셔너리 부인의 포즈로 앉아 웃고 있다. 사물들이 말을 걸어오기 시작한다. 빈 꽃병과 빔에 대해 이야기한다. 젖은 벽과 젖음에 대해 이야기한다. 낡은 옷장과 낡음에 대해 이야기한다. 옷걸이에 걸린 옷들이 나를 쳐다보며 웃는다. 그들도 고독하다. 사물들은 인간보다 더 고독하고 침울하다. 침묵 속에서 사물들은 일생을 혼자 지낸다. 나는 입을 다물고 말의 유폐와 사물의 고독에 대해 생각한다. 고독이라는 말이 잔물결처럼 밤하늘로 퍼져간다. 허공은 거대한 고독의 방, 만물의 고독이 모이는 곳이다. 그것을 알기에 새소리도 물소리도 풀벌레 소리도 허공으로 울려퍼지는 것이다. 그것을 알기에 나비도 허공 속을 삐뚤삐뚤 춤추며 나는 것이다. 고독은 내 생각조차도 내 마음대로 하지 못하는 처지에서 내 말과 내 꿈으로부터 내가 유폐되는 현상이다. 나는 혼자다. 지구도 혼자다. 50억 년 동안 지구라는 이 별이 이루어놓은 것도 고독해졌다는 사실뿐이다.

195
지구의 사랑

사하라는 아름답고 여린 여자였다. 한 남자를 사랑하게 되었다. 그러나 사랑이 끝난 후 그녀는 식욕을 잃고 말라가기 시작했다. 그녀가 살던 숲의 꽃과 나무와 짐승 들도 말라갔다. 숲 전체가 모래로 변해가기 시작했다. 그녀의 매혹적인 몸도 웃음소리도 모두 모래로 변해갔다. 저녁마다 서녘 하늘은 핏빛으로 물들고 밤하늘은 별을 잃고 달을 잃었다. 남자는 이 모든 사실을 알고 있었지만 어떤 죄의식도 느끼지 않았다. 그는 차디차게 숲을 떠났다. 신세계에 대한 용광로처럼 끓어오르는 호기심과 방랑벽이 그를 가만두질 않았다. 오랜 세월 동안 남자는 세상 곳곳을 떠돌다 다시 숲으로 돌아왔다. 그러나 숲은 이미 흔적도 없이 사라졌고 거대한 사막이 펼쳐져 있었다. 여자는 어디에도 보이지 않았다. 남자는 다시 사막을 떠나기로 마음먹었다. 그때였다. 모래바람이 불어오기 시작했다. 지평선 끝에서 모래회오리가 들소떼처럼 몰려와 순식간에 남자를 휘감아 공중으로 솟구쳤다. 사막의 계곡 깊숙한 곳에 남자를 내동댕이쳤다. 거기서 남자는 길을 잃고 방황하기 시작했다. 낮엔 열사의 태양으로부터, 밤엔 전갈과 혹독한 추위로부터 고통을 받으며 지쳐갔다. 그러던 어느 밤, 남자는 협곡에 쓰러져 얼어가기 시작했다. 얼음장처럼 얼어붙은 가슴을 비비다 남자는 이상한 소리를 들었다. 사막이 흐느끼는 소리였다. 총에 맞아 피를 흘리는 어미를 바라보는 어린 짐승처럼 사막이 울고 있었다. 그제야 남자는 자신이 여자에게 준 고통과 상처의 깊이를 깨달았다. 남자는 오래도록 후회와 자학의 눈물을 흘렸다. 그 눈물 한 방울 한 방울이 고여 샘을 이루었는데 후대 사람들이 오아시스라 불렀다. 이후 남자는 얼음의 몸을 이끌고 아주 멀고 추운 극지의 땅으로 떠났다. 거기서 사람들과의 접촉을 끊고 지금까지 홀로 살고 있다. 남자의 이름은 아이슬란드.

196

식목일

식목일이다. 사랑하는 사람의 상처 부위 살을 스푼으로 떠내고 거기에 꽃씨를 묻고 내 눈물을 묻는 날이다. 언젠가 흰 뼈만 남기고 한 방울의 물기조차 없이 말라버릴 네 몸의 유적지에 내 마음을 묻고 기억의 뼈를 심는 날이다. 식목일이다. 인간의 육체는 불멸할 수 없는 유한의 땅, 그 비극의 땅에 작은 풀꽃 하나 심는 날이다. 네 아픈 살의 울음 속에 내 몸을 심는 날이다. 너를 위해 한 송이 웃음을 심는 날이다. 식목일이다. 먼 산에서 새가 울고 있다. 먼 바다에서 섬이 울고 있다. 먼 숲에서 바위가 울고 있다. 수數의 측면에서 보거나 존재의 연원을 따져보아도 이 세계의 주인은 인간이 아니라 사물들이다. 인간의 말이 아니라 사물들의 침묵이다. 사물들에게 사물들 본래의 존재가치와 위상을 되돌려줄 의무가 있다. 시인은 그 일을 맡아 대행하는 실천가이자 물활론의 사상가이고 법적 대리인이어야 한다. 식목일이다. 부재하는 사물들과 망각된 시간을 위한 헌정의 날이다. 그들의 희생과 헌신을 축원하는 아름다운 제의의 날이다. 먼 산에서 새가 울고 있다. 먼 방에서 너도 울고 있다. 먼 미래에서 나도 이미 울고 있다. 미래는 오지 않은 시간이 아니다. 미래는 죽은 시간이 부활하여 눈송이처럼 네 몸에 젖

어드는 것이다. 식목일이다. 찬기로 뒤덮인 네 몸에 내 온기를 심는 날이다. 따뜻한 시의 꽃씨 하나 묻는 날이다.

197
구두

밤이다. 나의 구두는 취한 배, 닻을 내리고 잠들어 있다. 현관은 배들이 정박한 포구, 온종일 파도에 시달리다 돌아온 배들이 취객처럼 잠들어 있다. 지친 배들이 살을 맞대고 서로의 아픈 꿈을 꾸어주고 있다. 의사가 청진기로 환자의 몸속을 떠도는 울음을 듣듯 나는 구두의 가슴에 손을 대고 구두가 지나왔을 이역異域의 섬들을 상상한다. 구두의 전생과 후생을 상상한다. 구두의 아픈 육체 속에 돌덩이처럼 가라앉아 있을 망각된 시간들을 느낀다. 구두가, 구두가 아니었던 때부터 다시 구두가 아닐 때까지, 그 기나긴 고통과 불면의 밤들을 상상한다. 깊은 밤이다. 구두는 구두라서 고독하다. 다시 구두를 바라본다. 구두가 관棺으로 보인다. 나는 가만히 나의 맨발을 검은 관 속에 밀어넣고 죽음의 나라로 이민 간 가족들과 친구들을 떠올린다. 그들의 웃는 얼굴들이 꽃잎처럼 담배연기에 뒤섞여 하늘하늘 공중을 맴돌다 흩어진다. 오늘밤 구두는 내 삶 속에 깃든 죽음을 엿보게 하는 기억의 묘소다. 사람의 몸이 혼魂과 물物의 공동보관소이듯, 구두는 나의 육체 밖으로 나와 있는 내 죽음의 가상공간이다. 살아 있음이 아픈 밤이다. 아무도 없는 어둠 속에서 '구두~' 하고 길게 발음해본다. 그러면 창밖 초승달 뜬 숲 저편에서 '우~' 하는 메아리가 울려온다. 길고 긴 숲의 회랑을 빠져나오는 어린 짐승의 울음처럼 메아리는 '유you' 소리로 변주되고, 그 즉시 당신이 떠오른다. 당신의 입口과 머리頭가 떠오른다. 당신의 촉촉한 입술, 달빛에 흩날리는 머리카락, 당신의 길고 아름다운 다리에 마지막 대륙처럼 붙어 있는 두 발이 떠오른다. 당신은 지금 머나먼 음역音域이다. 발이 아픈 내가 턱이 아픈 당신을 생각한다. 사는 게 턱턱 숨이 막혀서 당신은 턱이 아프고, 나는 내 무거운 삶을 축구공처럼 땅에서 하늘로 차올리다 무릎 뼈를 다쳤다. 아픈 곳을 문지르며 당신을 생각한다. 당신의 두 발은 분명 새였을 거다. 전생에 짝이 되지 못한 두 마리 새가 이생에서 당신의 두 발이 된 거다. 그래서 새였던 기억의 힘으로 아침마다 당신의 두 발은 구두를 신고 먼 길을 나서는 것이다. 그 작고 투명한 날개를 파닥이며 한 걸음 한 걸음 당신의 아픈 꿈을 향해 날아가는 것이다.

198

공기

　시골에 와 있다. 시골의 공기는 산책자다. 사색에 잠긴 디오니
소스처럼 허공을 고요히 거닐다가 내 폐 속으로 발걸음을 옮긴다.
서울의 공기는 돈 많은 중국 관광객 같았다. 떼를 지어 허겁지겁
내 콧구멍으로 들어와서는 육체 내부를 휘 둘러보고는 실망스러
운 표정을 지으며 코로 빠져나가곤 했다. 시골이든 서울이든 인간
은 공기에 빌붙어 살아가는 공기의 기생물이다. 사람들은 공기를
가볍다 말하지만 공기는 결코 가볍지 않다. 공기는 헤라클래스보
다 힘이 세다. 저 무거운 하늘을 들고 수십억 년을 거뜬히 버티고
있는 자가 공기다. 사람들은 늘 공기 속을 지나다니면서도 공기를
보지 못하고 공기를 사유하지 않는다. 늘 공기와 몸을 섞으면서도
공기를 사랑스러운 연인이나 친구로 생각하지 않는다. 공기도 인
간처럼 하나의 종족이다. 허공을 유랑하는 떠돌이 집시들이다. 공
기도 얼굴이 있고 표정이 있다. 감정이 있어서 토라지기도 하고 새
침해지기도 하고 화를 내기도 한다. 공기 속에서 공기와 진심으로
공감해야 한다. 공기 속에서 공기를 깊게 들이마셔 몸으로 사유해
야 한다. 공기空氣 속에서 공기共起의 말을 익혀야 한다. 그러나 사
유하는 인간이란 난로 위에서 가쁘게 수증기를 뿜어대며 헐떡거리

는 주전자고, 인간의 말이란 죽음이 장난삼아 속을 뒤집어놓은 벙어리장갑 같은 것이다. 시골의 공기는 사색가다. 내 몸속을 산책한 공기들이 천천히 공기의 저녁 마을로 귀가하고 있다.

199

화장지

두루마리 화장지를 들고 변기에 앉아 있다. 화장지 가운데의 텅 빈 구멍에 다섯 손가락을 오므려서 넣어본다. 두루마리 화장지는 중심이 없는 세계를 자기 몸의 핵심 척추로 삼는 불가해한 존재다. 시 또한 뼈 없는 신체를 가진 미지의 우주적 생물체다. 대변을 보는 행위는 내 몸속 폐허의 유적지를 답사한 시간들을 몸 밖으로 빼내어 그 참혹하고 기이한 실체를 확인하는 현장검증이다. 인간의 대변이 뱀의 형상을 닮은 것은 우연이 아니다. 잠시 화장지 구멍에 한쪽 눈을 대고 벽의 타일들을 바라본다. 네모난 타일에 둥근 무늬들이 생겼다가 지워지고 빛에 의해 또다른 무늬들이 생겨났다 지워진다. 내 주검의 모습도 잠시 나타났다 사라진다. 화장실에서도 빛은 한순간도 같은 모습으로 자신을 현현하지 않는다. 거울을 바라본다. 화장지를 풀어 밑을 닦는 거울 속의 나를 바라본다. 나는 나에게 목격되고 나는 나로부터 끝없이 은폐된다. 시에서 의미의 노출과 숨김은 인위적인 것이 아니라 생래적인 것이다. 내가 화장지를 풀어 내 폐허의 흔적을 지우듯 시간이 나를 풀어 자기 밑을 닦고 있다. 인간은 누구나 화장지와 동격同格이고 우린 동병상련의 감정을 교류한다. 중심이 없는 존재, 두루마리 화장지라는 하위下位의

384

사물이 오늘 내 눈엔 부처다. 텅 비운 자기 육신을 흰 종이로 친친 휘감은 종교적 신神이다. 오늘 내게 똥 묻은 화장지는 장엄한 시詩고 숭엄한 경전經典이다. 내 사유의 한 토막을 끊어 인간의 저열한 밑바닥을 닦아내는 신성한 예술품이다. 화장지처럼 사물들은 늘 자유를 갈망하는 진행형이다. 결핍을 앓는 존재고 현상을 발아시키는 씨앗이다. 시인은 늘 새로운 경작지를 꿈꾸는 농부, 내 밑을 닦은 화장지가 변기 구멍으로 빠져나가 또다른 세계로 진입하고 있다.

200

황토물

산사 앞의 계곡에서 우당탕퉁탕 밀려내려오는 황토물을 보고 있다. 거칠게 달려내려오는 수십 마리 야생마처럼 물은 앞발을 높이 쳐들고 발길질을 하며 뛰어내려온다. 갈기를 휘날리며 머리를 좌우로 거세게 흔든다. 벌어진 콧구멍으로 거친 숨을 내쉬며 히힝 거리다가 계곡 아래로 달려간다. 그사이 또 번개가 치고 하늘 저편이 두꺼운 유리판처럼 번쩍거리며 금간다. 갈라진 하늘에서 더 많은 물이 쏟아지고, 야생마로 보이던 계곡물이 수백 마리 뱀으로 보인다. 꼬리에 꼬리를 물고 사납게 꿈틀거리는 황토색 구렁이들이 혓바닥을 날름거리며 나를 쳐다본다. 공중으로 튀어오른 두 마리 새끼 뱀이 내 얼굴을 스친다. 어떤 뱀은 재빠르게 내 발목을 휘감고는 스르르 계곡 아래로 빠져나간다. 나는 서서히 이성을 잃는다. 판단을 잃는다. 감각을 잃는다. 어제를 잃는다. 내일을 잃는다. 나는 나를 잃는다. 그러자 비로소 나는 나를 느낀다. 삶을 느낀다. 죽음을 느낀다. 존재를 느낀다. 그러자 갑자기 내 시야에서 모든 사물들이 흐려진다. 모든 투명한 풍경들이 불투명해진다. 모든 불투명한 풍경은 자명하게 불투명하지 않다. 또한 모든 투명한 풍경은 자명하게 투명하지 않다. "너는 너의 부정문이다. 너는 너의 부정

문의 부정문이다." 구렁이 물들의 기이한 웃음소리가 계속 들려온
다. 나는 계속 휘발되고 나는 나라는 이미지의 변환 과정일 뿐이
다. 나는 계속 흩어진다. 사물들도 흩어진다. 산사의 종소리도 함
께 동심원을 그리며 사방으로 흩어진다. 사물들은 시간을 몸으로
실천해 죽음과 무無를 육화하는 수도승들이다. 투명과 불투명의
합일, 존재와 부재의 길항, 삶과 죽음의 연기적 순환을 몸으로 실
천하는 선禪의 고승들이다.

201

꽃과 거인

아이와 개천을 거닐다 쪼그려 앉는다. 여기저기 꽃을 피워보지도 못한 채 시들어가는 꽃들이 지천이다. 인간의 삶도 대부분 그런 것이다. 누군가 밟고 간 흔적들이 곳곳에 찍혀 있고 허리 부러진 풀들도 많다. 그들의 꺾인 몸을 일으켜 세우다가 나는 작은 풀꽃과 눈이 마주친다. 내 새끼손톱 반의반쪽만한 작은 꽃 몽우리를 맺은 풀꽃이 엉덩이를 하늘로 쳐들고 힘을 주고 있다. 최초이자 최후인 한 송이 꽃을 허공에 배설하기 위해 온힘을 주는 풀꽃의 엉덩이가 경이롭게 예쁘다. 시가 태어나기 직전의 떨림과 흥분을 나는 지금 목격하고 있다. 그런데 이 숭고하고 장엄한 순간에 우습게도 변비에 시달리던 아내의 모습이 떠오른다. 변기에 앉아 얼굴이 붉으락푸르락 끙끙거리던 모습이 떠오른다. 첫 아이를 낳을 때 지르던 짐승의 애절한 비명이 생생하게 되살아난다. 그때의 아내처럼 이마에 땀방울이 송알송알 맺힌 어린 풀꽃이 눈을 감고 마지막 힘을 준다. 초저녁 하늘에 연붉은 풀꽃이 수천 송이 피어난다. 아름다운 노을이다. 아이와 난 점점 짙어지는 서녘 하늘을 바라본다. 한참 동안 말없이 그 자리에 서 있다. 노을 물든 하늘 밑 아파트 단지에 동상처럼 세워진 시계탑이 보인다. 하늘에 머리를 박고 서 있는 우

울한 거인 같다. 인간이 건설한 고층 아파트 속에서 인간의 하루가
또 콘크리트처럼 굳어간다. 아이와 내가 아파트 쪽으로 걷기 시작
하자 개천은 나무들을 데리고 반대편으로 걷는다. 언제 나타났는
지 다리 없는 달이 다리 아래 흐린 물속에서 물장난중이다.

202
아이

다트놀이를 하며 아이는 장난감놀이를 망각한다. 줄넘기놀이를 하며 물총놀이를 망각한다. 자전거놀이를 하며 시소놀이를 망각한다. 정글짐놀이를 하며 진흙놀이를 망각한다. 엄마에게서 말을 배우는 아이를 바라보며 나는 화분에 묻은 먼지와 햇살을 닦고 있다. 말을 배우는 아이를 바라보며 나는 점점 말을 잃어간다. 어쩌면 하나의 새로운 대상과 내밀한 접촉놀이를 하면서 이전의 세계를 무의식적으로 망각해가는 과정이 삶인지 모른다. 삶은 망각놀이다. 그러나 점점 어른이 되어갈수록 놀이의 대상은 자극적인 것으로 변질된다. 물질놀이, 돈놀이, 섹스놀이에 집중적으로 탐닉한다. 이런 관점에서 생각하면 기억과 망각은 서로가 서로에게 등이자 가슴인 하나의 아픈 육체다. 사람이 사람을 망각하는 일은 하나의 세계, 하나의 우주를 내 육체 속에서 베어내는 일과 같다. 그러기에 이별에는 늘 상징적 피가 수반된다. 유모차의 세계와 결별하고 세발자전거의 세계로 옮겨가면서 아이는 커다란 고통과 희열을 동시에 느끼고 있을 것이다. 말을 배우면서 어른들은 알지 못하는 말 못할 감정의 교차를 겪고 있을 것이다. 나는 생각과 판단을 멈추고 아이를 말없이 바라본다. 책상 밑에서 장난감을 갖고 노는 아이를 바라본다. 빛의 정적 속에서 시간이 고요히 타고 있다. 금간 유리창을 통과하다가 햇빛이 살을 베어 흰 피를 쏟고 있다. 아이는 일어나 엄마를 부르며 거실로 간다. 거실은 거실이라는 이름으로 거실을 숨기고 있다. 그 안에 아이와 엄마가 하나의 몸이 되고 숨 쉬고 있다. 시인은 평생을 걸쳐 말을 배우는 아이다. 낯선 말의 세 계는 수많은 세계를 장미 꽃잎처럼 겹겹으로 쌓아 품고 있다.

203
촛불

촛불이 타고 있다. 촛불은 소멸중이다. 만물도 소멸중이다. 만물은 밤에 소멸하고 낮에 소멸한다. 만물은 소멸한다는 이 문장도 소멸한다. 만물은 소멸한다고 내가 반복해서 쓰는 것은 그 소멸의 양식을 시로 실천하기 위함이고 반복의 과정을 내 몸으로 체화하기 위함이다. 만물은 소멸한다고 쓰는 동안 나는 조금씩 소멸하고, 만물이 소멸한다고 읽는 동안 당신도 조금씩 소멸한다. 촛불이 타고 있다. 나도 당신도 타고 있다. 촛불은 소멸하면서 소멸의 의미를 불꽃 속으로 실종시킨다. 자기의 존재를 부재의 형식으로 부재의 영토로 사라지게 한다. 촛불은 실천가다. 관념적 몽상가도 이론가도 비평가도 아니다. 촛불이 타고 있다. 타면서 불꽃의 시를 쓰고 있다. 소멸의 궁극으로 가기 위해 소멸을 실천하고 있다. 불꽃을 보면서 나는 불멸한다는 동사를 주목한다. 동사는 자신의 존재속에 죽음의 빛, 생명의 돌을 내포한다. 내가 동사를 주목하는 행위는 불빛을 통해 만물의 변화 과정을 사유하려는 적극적 선택이다. 나는 불멸이라는 명사가 아니라 불멸한다는 동사를 주목한다. 명사가 확정의 세계라면 동사는 유동적 불확정의 세계다. 명사가 얼음의 세계라면 동사는 물의 세계이다. 불멸은 환멸과 혈육이고,

인간은 누구나 자기환멸을 끌어안고 어둠 속으로 날아가는 유성들이다. 어쩌면 현대 사회에서 인간의 삶이란 자신의 신념에 의해 자신이 살해되어가는 비극의 과정이다. 죽음을 목전에 둔 어떤 환자는 일생 동안의 확고했던 믿음이 자신의 삶 전체를 붕괴시킨 파괴자였음을 깨닫고 극심한 고통을 겪는다. 정치, 사상, 예술, 종교 등 인간의 자기믿음은 먼지와 같은 것일 수 있다. 그러나 이 부조리가 사실일지라도 우린 절망하지 말아야 한다. 그러나 마지막까지 버리지 못하는 이 희망의 끈 때문에 인간은 더욱 비극적이 된다. 그럼에도 불구하고 나는 불멸한다는 동사를 계속 주목할 것이다. 촛불이 타고 있다. 내가 타고 있다. 당신이 타고 있다. 당신의 눈을 가져간 자가 촛불 속에서 파랗게 비명을 지르고 있다.

204
나비

나비가 돌에 앉아 있다. 나비는 지금 자신의 생 위에 고요히 앉아 있는 것이다. 돌에 난 균열을 손으로 발로 만져보며 돌의 마음과 슬픔을 짐작해보는 것이다. 그러나 나비는 도무지 알 수 없다. 자신이 앉아 있는 돌이 어디서 왔고 왜 자신이 거기 앉아 알 수 없는 생각에 빠져드는지 알 수 없다. 그래서 나비는 공중을 난다. 무거운 생각을 떨쳐버리고 싶어서 나풀나풀 허공을 난다. 꽃밭으로 풀밭으로 연못으로 쉼없이 날아다닌다. 나비에게처럼 나에게도 삶은 불가해한 돌이다. 착란의 돌이다. 내가 만지면 돌은 감았던 눈을 뜨고 온화한 눈빛으로 나를 쳐다본다. 내가 키스하면 돌은 웃으면서 공중으로 떠오른다. 그러다가 갑자기 돌은 돌변하여 나를 향해 날아와 내 머리에 상처를 남긴다. 검은 구름이 되어 폭우를 내린다. 그렇게 내 몸이 완전히 젖고 내 집이 떠내려갔을 때, 나는 비로소 깨닫는다. 나의 돌이 나만의 소유물이 아니라 누군가의 아픔이 깃든 시간이고 사랑이라는 사실을, 누군가의 슬픔이 깃든 주검이고 깊은 잠이라는 사실을 깨닫는다. 당신에게도 삶은 불가해한 돌이다. 그것은 삶이 우리에게 분석 방법이나 분석 도구를 제공하지 않기 때문이 아니라 삶 자체가 해석을 거부하는 혼魂의 시이자 광기의 음악이기 때문이다. 죽은 나비 하나가 돌의 마른 이끼에 고요히 앉아 있다. 침묵의 시다.

205

비행기

어떤 비행기는 붕새처럼 하늘을 날고, 어떤 비행기는 격납고에서 깊은 잠에 빠져 있고, 어떤 비행기는 날개에 붕대를 감고 병원 침대에 누워 있다. 사물들도 인간처럼 자기를 앓고 세계를 앓는다. 그런 사물들 사이에서 나는 가끔 시력을 잃는다. 시는 기존의 시력을 잃고 장님이 되는 체험, 그 암흑의 감각으로 사물과 우주를 새롭게 인식하는 전위적 탐측행위探測行爲다. 인간이 구획하고 규정해 놓은 질서의 앞에서 뒤에서 아니 사방에서 온몸으로 동시에 이 모든 규정을 뒤흔들어 무화시키는 임사행위臨死行爲다. 시가 궁극적 놀이를 지향할 때 말은 결국 유희의 극점에서 자기 생 속에 스민 죽음의 비애와 고집멸도苦集滅道를 목격한다. 이 과정은 가벼운 공기가 무거운 대지를 옴짝달싹 못하게 눌러 죽은 대지에서 새 생명의 싹을 돋우는 양상과 흡사하다. 나에게 말과 사물의 놀이운용은 기교 차원을 넘어 자연과 우주의 시적 실천이다. 나는 나라는 얼음 설원을 이륙중인 비행기다. 당신은 당신이라는 사막을 횡단 중인 비행기다. 당신도 나도 도중에 착륙할 수 없는 비극적 비행물체다. 우리에겐 안식할 중간 기착지가 없다. 우리에겐 우리를 역류시킬 대기권이 없다. 시간은 곧 우리를 죽음이라는 제로 공항에 착류시킬 것이다. 공항에 먼저 도착한 자들이 입국심사대를 통과하고 있다. 새로운 여행이 시작된 것이다. 빈 하늘에서 날개 없는 새들이 웃으며 날고 있다. 텅 빈 하늘은 텅 빈 아름다움으로 가득차 있다.

206

스승들

사물들은 나의 스승이다. 사물들은 스스로를 색칠하는 보디페인터 화가다. 언제나 첫 문장을 꿈꾸는 시인이다. 바람 속에서 나무들이 아프리카 토인처럼 제 몸을 채색하고 춤을 추고 있다. 산맥과 대지는 계절의 변화 속에서 제 몸을 새롭게 부활시켜 글자 없는 시를 쓰고 있다. 지상의 모든 풍경은 비유 없는 시다. 태풍은 격정의 시고 사막은 광대한 죽음의 시고 설원은 장엄한 백야의 시다. 나를 횡단하는 모든 사물들, 나를 흡입하는 모든 풍경들은 나의 스승이다. 나는 그들이 거느린 현실과 초현실의 이미지를 동시에 목격하고 감지한다. 사물은 사물을 성형하지 않는다. 사물은 사물을 베껴 쓰지 않는다. 지상의 모든 풍경은 시간의 은유고 암유다. 그러나 나는 나를 복제하고 나를 성형하고 나를 베껴 쓴다. 그때 풍경은 내 눈동자 속 풍경이길 거부한다. 그때 풍경은 내 시를 위해 존립하지 않는다. 그때 풍경은 나에게 항거한다. 그때 풍경은 나를 전복하고 살해한다. 나는 풍경을 우회하기 싫다. 나는 나를 우회하기 싫다. 나는 내 삶을 직파하고 싶다. 나의 방황, 나의 실패, 나의 고통, 나의 번민을 나는 직파하며 논다. 누구에게나 시는 일정 부분 자학놀이고 피학놀이다. 고백놀이고 은폐놀이다. 나의 시는 내 삶과 사물들의 공동수영장이고 놀이터고 술집이고 나이트클럽이다. 사물들은 각각의 유장한 호흡과 맥박, 비탄과 격정을 지닌 나의 스승들이다. 사물들은 스스로의 색채를 탈색하는 화가다. 언제나 마지막 문장을 꿈꾸는 시인이다.

207
묘비

웃음은 눈물이 말라버린 백지다. 창백한 나비다. 너의 웃음이 너의 묘비에 앉아 있다. 그 찬 석비 앞에 나는 고개를 숙인 채 울고 있다. 인간이 묘지에서 슬픔을 느끼는 것은 죽은 자에 대한 애증, 연민, 그리움 때문이다. 또한 자신의 미래의 죽음을 미리 목격하기 때문이다. 자신도 결국은 죽음 피해갈 수 없다는 사실을 생생하게 확인하기 때문이다. 나는 묘비를 만지고 있다. 너의 해맑은 얼굴을 떠올리고 있다. 너의 무덤을 떠도는 창백한 나비를 보고 있다. 나비의 춤이 낳는 아름답고 슬픈 시간의 곡선들을 보고 있다. 나는 망각에 대해 생각한다. 너와의 슬펐던 추억을 생각하고 나의 오만과 치욕을 생각한다. 그러나 너는 없고 생각 속에 나는 존재하지 않는다. 나는 뒤돌아서서 서글픈 담배를 피운다. 흰 연기를 남기며 담배 에쎄esse가 탄다. 에쎄는 존재고 존재는 탄다. 우리의 기억이 타고 시간이 타고 슬픔이 탄다. 어쩌면 담배 한 개비의 짧은 길이와 그것이 타는 시간, 그것이 우리 삶이고 존재의 유한한 시간인지 모른다. 담배연기 사이로 나비가 팔랑팔랑 날아간다.

가베시광(珈琲時光)에서의 고독한 대화

19부

1막. 흔들리는 풍경, 재현 미학의 불안

무대는 카페 가배시광 4층 옥상. 난간에 기대어 담배를 피우는 함기석 시인. 헝클어진 머리, 덥수룩한 수염투성이 턱. 고개를 숙이고 난간 밑을 내려다보고 있다. 뒤쪽에 그의 유령이 카메라를 들고 서 있다. 엘리베이터 문이 열린다. 줄무늬 티셔츠 차림의 오후 4시가 내린다. 긴 머리칼을 흔들며 함기석 시인 곁으로 걸어간다. 유령은 카메라 렌즈로 그들을 바라본다. 등을 보이고 서 있는 함기석 시인과 오후 4시의 뒷모습을 함께 찍는다.

유령 자 받으시오. 방금 찍은 사진이오. 뒷모습이 사실대로 잘 나왔소.

함기석 (사진을 본다. 사진 속의 그는 머리가 없다.) 이건 내가 아니오.

유령 사라진 머리 때문에 그러시오? 머리는 심장 속에 숨겨져 있소.

함기석 머리 때문이 아니오. 재현은 불가능하오.

유령 (햇빛에 반사되어 흰 이마가 반짝거린다.) 사진은 미메시스mimesis 미학을 가장 잘 반영하는 예술 장르요. 인물사진을 볼 때 사람들은

403

그 사진이 실제의 인물을 그대로 재현한 것이라고 믿소.

함기석 그건 착오요. 감각의 착오. 한계를 똑바로 보아야 하오.

유령 한계라니, 무슨 한계 말이오?

함기석 주관성의 한계 말이오. 사진을 찍는 사진가가 아무리 대상을 거울처럼 되비추려 해도 자신의 취향, 빛에 대한 감각, 대상과의 거리, 위치와 방향, 카메라의 높이 등으로부터 완전히 자유로울수는 없소. 사진은 순간을 포착하여 그 순간 속에 놓여 있는 대상의외형, 빛과 이미지를 영원히 정지시키는 행위요. 시간을 자의적으로 고정시켜 거기에 영원성을 부여하는 행위로 대상 전체의 실재를드러내는 것이 아니라 대상의 극히 일부분을 찰나적 이미지로 시각화한단 말이오. 바둑이나 장기에서 말을 특정 위치에 놓는 것처럼사진도 수많은 가능성 중에서 사진가 자신이 선택한 시공간에 주관적으로 풍경이나 인물을 고정 전시하는 행위인 것이오.

유령 (난간 너머 논과 집들을 바라본다. 나무들이 바람에 흔들리고 있다.) 사진이 영원을 순간적으로 정지시키는 행위라는 말엔 나도 공감하오. 사진가가 현실의 풍경이나 인물을 해석하지 않고 사실 그대로 옮기려 의식하더라도 사진가의 무의식이 카메라의 위치와 방향, 거리와 명암 등에 영향을 끼치는 건 사실이오. 그렇다고 사진이 현실을 재현하지 않는 것은 아니지 않소?

함기석 (피우던 담배를 검지로 탁탁 털며) 어떤 대상을 어떤 위치에서 어떤 시각으로 어떤 거리를 두고 어떤 빛과 어둠을 사용하여 어떤 구도로 포착할 것인가 하는 문제를 늘 사진가 스스로 결정한다는 점에서도 사진은 객관적이지 못하오. 사진의 탄생 과정은 사진가의 선택과 버림, 시간과 공간의 절단, 순간과 영원의 문제가 끊임없이 개입되고, 그런 주관적 행위 속에서 대상은 왜곡을 피할 수가 없소.

유령 그런 시각에서 보면 사실을 지향하는 스트레이트Straight 계열의 순수 사진 또한 순수하지 않으며 사실을 일정 부분 왜곡한다는 말이 되오.

함기석 (왼손으로 헝클어진 머리를 쓸어올리고는 유령의 얼굴을 본다. 불룩 튀어나온 광대뼈 아래 검푸른 입술.) 극단적으로 말해 사진을 포함해 사실을 재현하려는 인간의 모든 예술 행위는 사실에 가까울 뿐 사실 자체는 아닌 것이오. 인간이 주체가 되는 주관적 창작 행위 속에는 원천적으로 어찌할 수 없는 한계와 아이러니가 내포될 수밖에 없소.

유령 (카메라 렌즈로 논과 집, 흔들리는 나무들을 바라본다.) 시에도 그런 현상이 벌어지오?

함기석 물론이오. 대상에 대한 주관적 왜곡은 시 창작에서는 더욱 자주 일어나오. 가시적 대상과 비가시적 대상 모두 포함하여, 시인이 어떤 대상을 언어로 재현하는 행위 자체 속에 이미 무수한 왜곡과 변질의 가능성이 내포되어 있소. 어떤 대상을 이미지로 포착한다는 건 그 대상의 전체 중에서 극히 일부분을 주관적으로 선택하고 나머지를 버리는 행위요. 달리는 바퀴, 날아가는 새, 솟구치는 분수, 떨어지는 빗방울 등에서 하나의 순간 이미지를 포착하는 행위는 대상의 연속 흐름을 차단시켜 고정시키는 것으로 대상의 전체성을 훼손하고 왜곡하오.

유령 (함기석 시인에게 담배를 하나 얻어 입에 문다.) 하지만 많은 시인들이 자신의 기억의 한 장면, 일상 속에서 경험한 어떤 사건, 여행중에 목격한 인상적인 장면 등을 언어로 옮기어놓고 그 결과물인 시에 자신의 기억, 사건, 장면 등이 그대로 재현되어 있다고 생각하잖소.

함기석 그건 착오요. 시 속의 사실은 뒤틀린 사실이고, 그 왜곡은 어떤 시인도 피해갈 수 없는 시적 현실이오. 부정할 수 없는 자명한 현실인 것이오.

유령 왜 그런 뒤틀림이 생기는 거요?

함기석 시간과 기억의 망실 때문이기도 하지만 무엇보다 언어 때문이오. 언어는 시인의 기억과 감각에 의해 포착된 장면들을 사실 그대로 완벽하게 재현하지 못하는 한계성을 띤 불완전한 존재요. 인간에 의해 만들어진 비극적 존재란 말이오.

유령 (눈을 크게 뜨며) 비극적 존재요? 언어가 없었다면 우리가 지금처럼 대화를 나눌 수도 없었을 테고, 무수한 시간 속의 빛나는 역사 또한 기록될 수 없었을 거요. 인간의 문명은 언어의 발명과 함께 시작되었고 문명의 발달 또한 언어의 토대 위에서 이루어진 거 아니오?

함기석 맞는 말이오. 그러나 그건 어디까지나 인간의 관점에서 인간의 문명과 역사를 평가하는 것이오. 언어의 편에서 언어의 입장과 처지를 생각해본 적 있소? 언어를 언어라는 사물의 편에서 바라보면, 언어의 탄생과 성장 역사는 인간에 의한 폭력과 고통의 역사였음을 알 수 있소. 언어는 인간의 이성의 산물이고, 인간의 폭력적 사회구조 속에서 지금까지 변해왔소. 그런 사회구조 속에서 언어가 무자비하게 행할 수밖에 없었던 악행들은 부지기수로 많소. 그런 행위들은 사실 언어의 의지가 아닌 인간의 욕망에 의해 자행된 짓들이오.

유령 (한동안 말이 없다.)

함기석 인간과 언어, 언어와 대상, 대상과 세계, 세계와 시간 사이엔 메울 수 없는 비극적 간극이 원천적으로 존재하오. 적어도 시인이라면 이 간극들을 첨예하게 응시하고 질문을 던져야 하오.

유령 (길게 연기를 내뿜으며 허공을 바라본다.) 좀더 포괄적으로 이야기해주시오.

함기석 시는 저 허공처럼 광대하오. 무엇이 시고 무엇이 시가 아닌지를 당연히 고민해야 하지만, 시가 아닌 시가 왜 시가 아닌지 그것들이 왜 시가 될 수 없다고 단정되는지도 고민해야 하오. 시가 아닌 시로 규정해버리는 집단적 행위 속에 사회적 편견, 획일화된 폭력이 내재되어 있는 건 아닌지 비판적으로 회의해봐야 하오. 그런 총제적인 반성 속에서 시인은 자신의 몸과 현실과 언어의 관계를 재고해야 하고, 나아가 대상에 대한 인지행위, 몸의 감각체계, 지각의 현상학, 자아와 언어, 존재와 시간의 문제 등을 보다 심층적으로 사유해야 하오.

유령 왜 그런 생각을 하는 거요?

함기석 시에서 무엇보다 중요한 것이 시의 기본 토대이기 때문이오. 또한 과거의 시적 잣대만으로는 이 복잡다단해진 21세기 현실을 직파하기는 힘겹기 때문이오.

2막. 존재 탐구와 언어들의 춤

바람이 분다. 바람 속에서 흙먼지 냄새가 난다. 자리를 옮기는 함기석 시인과 그의 유령. 비상계단을 통해 3층 카페로 내려간다. 계단을 돌아 검은 쇠문을 열자 카페 안의 풍경이 눈에 들어온다. 클래식 음악이 흐르고 있다. 천장의 검고 긴 파이프를 따라 물결처럼 천천히 흐르는 선율. 파이프 중간중간에 조명등이 달려 있다. 세미나실 앞 타원형 탁자에 함기석 시인의 노트북이 놓여 있다. 덮개는 열려 있고 모니터는 검다. 화면에서 프랙털 입체도형 하나가 천천히 회전하고 있다.

유령 (의자에 앉으며) 무슨 작업을 하고 있었소?

함기석 (노트북 자판 하나를 손으로 툭 치고는 유령의 맞은편에 앉는다.) 골치 아픈 글을 하나 써야 하는데 아직 시작도 못했소.

유령 무슨 글이오? 내가 대신 써줄 수도 있는데.

함기석 (프랙털 도형이 사라진 초기화면을 쳐다보며) 농담 마시오. 말이 현실이 될 수도 있는 법이오.

유령 대체 어떤 글이오? 시요?

함기석 시는 아니고 문예지 『딩아돌하』 여름호에 실릴 건데 망막하기만 하오. 마감이 지난 지 벌써 열흘이나 됐는데 아직 주제도 내용도 못 잡고 있는 상황이오.

유령 (무언가 좋은 생각이 떠올랐다는 표정이다.) 지금 막 떠오른 생각인데, 방금 전까지 당신과 내가 나누었던 이야기, 앞으로 우리가 나누게 될 이야기를 쓰면 어떻겠소?

함기석 아 그거 괜찮은 생각 같소.

유령 (탁자에 놓인 머그컵 손잡이를 만진다.) 그럼 그 글에 방금 우리가 옥상에서 바라본 논과 집들, 내가 촬영해서 보여준 당신 사진도 꼭 넣어주시오.

함기석 (잠시 생각하다가) 알겠소. 약속하오. 하지만 당신 이름은 나오지 않을 거요. 당신은 유령이니까. 없는 존재니까.

유령 (갑자기 슬픈 표정을 짓는다. 작은 목소리로 말한다.) 상관없소.

카페 여주인이 에스프레소를 가져온다. 함기석 시인은 말없이 창밖 주차장을 바라본다. 노송 아래 검은 승용차가 서 있다. 차 안에서 남녀가 키스하고 있다. 바람이 분다. 카페 외벽에 세로로 길게 걸린 현수막이 흔들리고, 유령은 계속 자신의 존재를 생각한다.

유령 (우울한 표정이다. 독백의 말투로) 나의 존재가 궁금하오. 하지만 아무리 나를 분석하고 과학적으로 추론해보아도 나는 나의 존재를 규명할 수 없소.

함기석 (포개어 얹은 다리를 내리며 유령의 목을 쳐다본다. 몇 개의 주름선이 보인다.) 과학적 사유에 의한 존재 규명은 불가능하오. 하이데거Heidegger는 『존재와 시간』에서 존재의 의미를 되물으면서, 과학적 사고에 의존하는 데카르트 이후의 철학을 비판하오.

유령 (입술을 살짝 입안으로 당겨 이로 몇 번 누른다.)

함기석 하이데거는 철학을 명료한 사고체계를 중시하는 과학보다 모호함을 통해 울림을 낳는 시 같은 예술에 가깝다고 본 철학자요. 그는 세계와 철학의 관계를 재규정하면서, 세계는 과학적 탐구 대상이 아니며 과학에 토대를 둔 철학으로는 세계를 사실대로 규명하거나 재현할 수 없다고 지적하오.

유령 (눈을 가늘게 뜨고 머그컵 테두리를 만진다.) 세계는 과학적 패러다임의 사고와 관찰로는 온전히 자신의 실체를 드러내는 대상이 아니라는 거요?

함기석 그렇소. 세계는 은폐의 구조를 띠고 은폐된 채 존재하기 때문에 그런 세계를 과학적 탐구 방식만으로는 결코 해명할 수 없다는 것이오. 그런 해명 불가능한 대표적 존재가 바로 나 같은 인간이오. 그래서 하이데거는 이 인간이라는 규명되지 않는 '세계 내 존재'에 대한 물음에서 철학을 다시 시작해야 한다고 강조한 것이오.

유령 (인간? 난 인간도 아닌데 왜 자꾸만 '나의 존재'가 궁금한 걸까. 진짜 나는 '없는 존재'일까? 없는 존재도 존재 아닐까? 속으로 생각하다가) 그럼 존재에 대한 형이상학적 물음이 하이데거 철학을 지탱하는 궁극적 기둥이었던 거요?

함기석 (에스프레소를 한 모금 입에 넣고 삼키지 않고 음미한다.) 그런 셈이오. 그래서 그는 '철학은 어떻게 세계를 온전히 드러내는가?' 하는 문제를 해결하기 위해 현상학을 활용하오. 그의 스승 후설 Edmund Husserl이 인식론적 관점에서 현상학을 탐구하면서 유예시킨 '존재론적 관점'에서 현상학을 재점검하오. 실존을 주제로 삼아 '존재의 의미'를 집요하게 파고들면서 말이오.

유령 (어렵다는 표정이다. 몸을 탁자 앞으로 바싹 당기고는) 쉽게 풀어서 설명해보시오. 우선 존재, 실존, 현상이라는 말부터.

함기석 (은은하게 흐르는 클래식 선율, 음들이 간질이는 촉감을 귓불로 느끼면서 유령의 상처 난 손을 바라본다.) 하이데거는 존재론을 펼치면서 존재와 존재자를 구분하오. 존재자는 눈에 보이지만 존재는 눈에 보이지 않소. 귀에 들리지도 않고 손으로 만져지지도 않고 코로 냄새 맡을 수도 없소. 그러나 존재는 존재자를 존재자로 규정하고 이해하는 지평이오. 인간은 세계 속에 하나의 존재자로 존재하며 다른 존재자들과 달리 자신의 존재에 대해 끊임없이 물음을 던지오. 이처럼 자신의 존재에 대해 물음을 던지면서 존재와 스스로 관계하는 존재자가 '현존재'고, 이 현존재의 존재 방식이 바로 '실존'이오. 하이데거의 존재론은 존재하는 것은 무엇인가를 묻고 존재를 스스로 이해하고 있는 인간의 존재, 즉 현존재의 분석으로부터 시작하오.

유령 (자신의 존재에 대해 끊임없이 물음을 던지는 존재자가 인간이라면 난 정말이지 유령이 아니라 인간일지도 몰라, 생각하면서 고개를 갸우뚱한다.) '세계 내 존재'요?

함기석 '세계 내 존재'는 현존재와 세계와의 관계를 가리키는 말로서, 현존재는 세계에 끝없이 관계하오. 인간과 세계는 하나의 포괄적인 구조이지 독립된 별개가 아니라는 말이오. 신체에 비유해서 설명하는 게 좋을 듯하오. 팔, 다리, 입, 식도, 위장, 간, 폐, 방광, 항문 등은 각각의 독립된 기관으로 존재하면서도 몸이라는 포괄적 구조를 이루는 복합체로 존재하오. 이처럼 사물과 사물, 인간과 인간, 사물과 인간, 인간과 자연도 세계라는 포괄적 구조 속에서 존재하오. 즉 '세계 내 존재'는 인간의 존재 방식인 셈이고,

그것을 하이데거는 자기 방식대로 그렇게 표현한 거요. 철학자들이 새로운 개념을 창안하여 명명하는 행위는 시인들이 행하는 세계질서의 재편 및 명명 행위와 매우 흡사하오.

유령 (입안이 점점 마르고 있다. 어딘가 불안한 표정이다.) 그런데 현존재인 인간이 존재할 때만 존재가 개시된다면 현존재인 인간은 근원적으로 불안정할 수밖에 없을 거 같소.

함기석 그렇소. 인간의 그 불안정한 심리가 바로 불안Angst이오. 원인이 분명한 공포보다 원인이 불분명한 불안이 중요한 건 그것이 모든 인간의 부정할 수 없는 토대이기 때문이오.

유령 (탁자에 불투명하게 쏟아지는 빛을 본다. '난 정말 유령이 아니라 인간일지 몰라' 속으로 또 생각한다. 조금 더 불안한 표정이다. 컵 옆에 놓인 스푼을 초조하게 만진다.) 도대체 불안은 왜 생기는 거요?

함기석 (스푼을 만지작거리는 유령의 희고 찬 손을 바라본다.) 정확히 알 수는 없지만 하이데거의 견해를 빌리면, 불안이 생기는 것은 우리의 실존이 무無에 노출되어 있기 때문이오. 그러나 현존재의 불안은 존재 자체를 좀더 근본적으로 드러내는 불빛 역할을 한다는 점에서 역설적이오. 우리 자신 속의 궁극적 무無를 직면하고 그를 통해 우리에게 존재의 물음을 되묻게 하니까.

유령 (빛과 함께 탁자에 쏟아지는 음들) 그럼 존재에 대한 탐구와 사유가 시를 깊게 감상하거나 시를 쓰는 데 도움이 되오?

함기석 물론이오. 현대 시에는 존재에 대한 불안과 흔들림, 권태와 소외, 고통과 악몽의 이미지들이 빈번하게 나타나오. 김춘수의 시에도 사물에 대한 존재론적 인식, 관념의 묘사적 제시가 나타나오. 특히 초기의 시들은 릴케의 영향이 짙게 드리워져 있어 죽음에 대한 사유가 빈번히 나타나오.

유령 (입술을 오물거리며 살짝살짝 침을 바른다.) 김춘수 시인 하면 '꽃' 이미지가 가장 먼저 떠오르오.

함기석 대부분의 사람들이 그럴 것이오. 김춘수 시인이 독자적인 시 세계를 펼치기 시작한 것은 바로 그 '꽃'에 관한 시들을 쓰면서부터요. 꽃에 관한 그의 시에는 존재에 대한 형이상학적 물음들, 즉 존재와 언어의 문제, 명명과 의미의 문제가 내재되어 있소.

유령 (꽃을 든 자신의 모습을 상상해본다. 잠시 아이처럼 맑게 웃다가 다시 심각해진다.) 좀 자세히 말해주시오.

함기석 (창밖으로 시선을 돌린다. 손으로 턱을 괸 채 꽃과 나무와 행인들을 바라본다.) 김춘수는 꽃에 부여된 상투적 아름다움과 감상을 제거하여 꽃을 처음의 상태에서 재인식하오. 즉 꽃이라는 사물에게 부여된 인간의 관습적인 언어질서를 지우고 인간에 의해 관념화된 의미를 벗겨내오. 그러니까 시인에게 꽃은 스스로의 존재 자체만으로도 아름다운 모든 존재들을 대리하는 상징물이지 단순히 잎과 줄기, 꽃잎과 뿌리를 가진 생물학적 대상이 아니오. 그는 꽃을 통해 꽃이라는 언어가 불러일으키는 이데아의 세계를 지향하는데, 어떤 목적을 위해 존재하지 않는 순수 존재라는 점에서 그의 꽃은 무용無用한 대상이기도 하오. 꽃으로 대표되는 사물들이 갖는 이 존재의 순수성을 회복하는 것이 예술의 본질이고, 김춘수가 시를 통해 추구했던 것도 바로 그것이오. 꽃 연작시에는 세계와 사물에 대한 시인의 인식론적 깊이, 존재론적 탐구, 이데아의 세계관이 투영되어 있소.

유령 김춘수의 시를 '인식의 시'라고도 하는데, 왜 그런 말이 붙게 된 거요?

함기석 그는 구체적인 설명으로 '무엇'을 말하려고 하지 않고, 떠오른 관념을 풍경들의 '묘사'로 제시하오. 이때의 관념은 특정한 의미를 갖지 않는 무상無想의 세계를 지향하는데, 무상의 세계란 의미가 제거된 난센스nonsense의 세계를 말하오. 다시 말해 시에 쓰이는 언어를 사회와의 관계에서 차단시켜 언어 그 자체를 절대화하는 것이오. 이런 점에서 그의 시는 순수시고, 대상 자체에 대한 회의이자, 사물과 존재와 언어의 양태에 대한 끈질긴 질문인 셈이오. 그의 시를 '인식의 시'라고 부르는 이유가 여기에 있소. 그에게 사물과 언어는 따로 떨어져 있지 않은 동일한 육체라 할 수 있소. 꽃은 꽃을 꽃으로 보고 표현하는 시인에 의해서 비로소 꽃이 되는 것이오.

유령 (주차장으로 시선을 돌린다. 조금 전까지 있던 자동차는 없고 고양이 한 마리가 걸어간다. 고양이를 보며 고양이라는 이름과 의미를 생각한다.) 시인은 사물과 존재와 언어에 대해 끊임없이 질문을 던지는 자 같소. 하지만 모든 시가 그런 질문에 사로잡힐 필요는 없지 않소?

함기석 (의자 등받이에 대었던 등을 뗀다. 두 손을 탁자에 올려놓으며) 물론이오. 하지만 어떤 내용 어떤 색깔의 시이건 분명한 건 모든 시가 언어를 질료로 삼는다는 점, 그 언어를 시인이 운용한다는 점이오. 그래서 그런 근본적인 질문들이 반드시 필요하다고 말하는 것이오. 근원에 대한 반성적 시선 없이 밖으로 드러난 현상과 사물의

표면에만 집중하는 시들도 꽤 많소. 그런 시들은 대체로 감각과 상
상력은 승한데 감각의 깊이와 인식의 통찰력이 약하오. 물론 그런
현상 자체를 무조건 부정적인 것으로 치부하는 건 아니오. 그러나
시의 확장과 새로운 변화는 가장 기본이 되는 것들에 대한 질문,
당연한 것들에 대한 비판적 질문, 세계 속의 자신과 사회를 반성적
으로 성찰하는 과정에서 태동된다는 사실을 망각해서는 안 되오.

유령 (고개를 끄덕인다. 움직일 때마다 아래턱이 조금씩 흔들린다.)

함기석 (카페 카운터 쪽에서 간간이 유리컵 부딪히는 소리가 들린다.
작게 발소리도 들린다.) 시인이라면 그런 반성적 질문을 통해 시의
근본 질료인 언어를 깊게 사유해야 하오. 인간의 사고와 목적의식
에 갇힌 언어로는 사물의 시원始原에 닿을 수는 없소. 낡은 언어의
옷으로는 대상의 절대 순수에 도달할 수 없소. 그러나 사물을 해방
하기 위한 수행 과정은 언어로 진행되며 그때 사용되는 언어들이
다시 사물들을 왜곡하고 사물의 순수성을 훼손시키기도 하오. 그
래서 그런 부조리하고 불합리한 언어들에 대한 비판적이고도 반성
적인 메타 언어가 또 필요해지는 것이오.

유령 (입술을 또 오물거린다.) 대상을 의미에 종속시키지 않으려
언어와 치열하게 고투중이라는 말로 들리오. 그러나 그런 메타 언
어들의 운용 과정에서 자칫 언어가 지나친 기교로 흘러들 가능성
도 많지 않겠소?

함기석 그렇소. 그래서 언어적 기교를 극대화하여 유희적 언어
놀이를 즐기기도 하오.

유령 (맞은편 벽을 쳐다본다. 하얀 벽 아래 사각형 그림이 하나 놓여 있

다. '너는 나의 로또다'라고 적힌 슈퍼맨 그림이다. 그림을 보자 심각하던 얼굴 표정이 조금 풀린다.) 언어들의 춤, 말들의 놀이를 추구한다는 거요?

함기석 (고개를 끄덕이고는 물을 마신다.) 가능한 감정이나 관념을 드러내는 도구로 언어를 사용하지 않겠다는 의지의 표명인 거요. 주관적 의미와 판단은 가능한 차단시키고 언어의 자율적 운동과 리듬에 따라 사물들이 자유롭게 흘러가도록 놔두자는 거요. 나에게 시는 아름다운 검무劍舞고 처연한 음악이고 도도한 물결이오. 한 송이 폭포고 거대한 뿌리고 허공을 가득 채운 광대한 어둠이오. 또한 이 모든 것이 사라진 세계이기도 하오.

유령 (창밖을 본다. 꽃에 날아드는 벌과 나비의 아름다운 율동이 계속되고 있다. 꽃도 벌도 나비도 끝내 말이 없다. 유령은 가만히 눈을 감는다.)

3막. 사물과 현상의 탐구

카페 주차장에 다시 자동차들이 늘어난다. 빈 공간이 점점 채워지면서 자동차 윗면에 비치는 빛의 눈부심도 심해진다. 함기석 시인은 눈의 피로감을 느낀다. 카페 안도 사람들이 하나둘 늘어난다. 그는 다시 옥상으로 올라간다. 처음 서 있던 동쪽 난간으로 간다. 똑같은 논과 집들, 똑같은 나무들이 서 있다. 그러나 아까와 똑같은 사물들은 하나도 없다. 그는 시야에 포착되는 풍경들을 바라보면서 감각과 현상을 생각한다. 담배를 꺼내 입에 물고 불을 붙인다.

유령 저 아카시아나무는 아까 보았던 아카시아나무와 다르오?

함기석 나무의 몸에 고여 있는 빛도 시간도 다르고, 가지의 휜 방향도 다르오.

유령 (입에 단 과일을 넣은 것 같은 표정. 아카시아나무를 쳐다본다.) 참 아름답소.

함기석 참 이상한 현상이오. 내 눈엔 지저분한데 당신 눈엔 아름답게 비치니 말이오.

유령 (카페 안에 있을 때보다 한결 밝아진 표정이다.) 현상, 하니까 현상학의 창시자 후설이 떠오르오. 예전에 흥미롭게 읽은 적이 있소. 그의 현상학에서 중요한 개념이 '의식의 지향성'이라고 한 것 같소. 그게 무슨 뜻이오? 오래돼서 기억이 가물가물하오.

함기석 (잠시 생각에 잠긴다.) 의식은 고립되어 있지 않고 늘 무엇인가를 지향한다는 거요. 실제로 지금 우리 눈앞에 있는 저 아카시아나무나 저 논과 집처럼 눈에 직접 감각되는 실재의 대상들, 또는 사칙연산 같은 어떤 개념적 대상들을 떠올려보면 의식은 늘 그 대상들을 향해 움직이는 것을 확인할 수 있소. 즉 의식은 결코 독립적으로 홀로 떨어져 존재하지 않고 언제나 대상을 향한다는 의미요.

유령 (빛에 수면이 반짝거리는 논을 바라본다. 논의 아름다운 보디라인을 바라본다.) 인간의 의식은 언제나 대상을 전제하여 펼쳐진다는 거요?

함기석 그렇소. 대상과 의식 사이에 대상의 존재 방식과 의식에 주어지는 대상의 형태가 따로 있는 것이 아니라는 말이오. 이처럼 자기 자신의 모습을 존재하는 그대로 의식에게 내주는 대상이 바

로 '현상'이오. 재미있는 건 현상을 기록하는 과정과 현상의 다양
성이오. 의식에 주어진 대상, 즉 현상에 대해 시인이 기록하는 시
적 행위는 곧 그 대상의 존재 방식을 기술하는 행위와 같소. 그리
고 세계에는 무수한 대상들이 존재하므로, 만약 무수한 대상들이
의식에 주어지는 방식이 모두 제각각이라면 그 다양한 방식을 기
술하는 방식 또한 무수할 수밖에 없을 거요.

　　유령　(옥상 난간을 손으로 톡톡 치며 함기석 시인의 턱수염을 바라본
다. 꼭 철사 뭉치를 붙여놓은 것 같다.) 그럼 똑같은 풍경이라 할지라
도 현상의 주체에 따라 무한히 다른 풍경일 수 있겠소.

　　함기석　그렇소. 나무는 나무가 놓인 시공간적 상황에 따라 의
식에 주어지는 현상이 모두 다르게 나타나오. (철사 뭉치를 쓰다듬
던 손을 뻗어 아카시아나무를 가리킨다.) 그러니까 시간의 흐름에 따라
저 아카시아나무는 전혀 다른 나무로 그 자리에 계속 존재하는 것
이오. 한순간도 똑같은 않은 다른 존재로 계속 변화중인 거요. 만
약 이 현상학적 시선으로 자기 자신을 바라보면 나는 언제나 '없
는 나'로 존재하오. '없는 나'는 존재의 찰나성과 시간의 가변성을
내포한 표현이오. 그래서 예전에 시 속에 '없는 나' '없는 새' '없는
나무' 등의 표현을 썼던 것이오.

　　유령　(생각에 잠긴 채 입술을 금붕어처럼 오물거리다가) 만약 그런
현상학적 시각으로 사물과 인물, 자연과 사회를 바라보면 풍경이
굉장히 무궁무진해질 거 같소. 시적 표현 또한 매우 다양하게 나타
날 수밖에 없을 거고.

　　함기석　(논 저편의 작은 인조 축구장을 바라본다. 빨간 유니폼을 입은

아이들이 축구하고 있다.) 같은 자연, 같은 사회를 보아도 전혀 다른 현상들로 표현될 수밖에 없을 것이오. 즉 다채로운 이질성은 현상의 본성적 속성이오. 그런데 우리의 시는 자연과 사회를 너무 비슷비슷하게 복사하여 보여주오. 다른 시인이 본 방식을 그대로 차용하여 자신의 시적 자장 안으로 끌어들이기 때문에 발생하는 획일화 현상일 것이오. 이는 세계를 대면하는 자아에 대한 근본적 질문이 부재한 상태에서 시작행위가 이루어지고 있다는 반증이오. 어떤 시인의 시가 고정된 세계를 개혁하는 기폭제가 되기 위해서는 시인 자신과 자신의 삶에서부터 근본적인 개혁이 없이는 불가능할 수밖에 없소.

유령 (목을 좌우로 움직인다. 빙빙 돌리다 멈춘다.) 후설의 글에는 에포케, 노에시스, 노에마라는 말들이 나오는데 간단히 개념 설명을 해주시오.

함기석 (유령을 따라서 목을 빙빙 돌리다 금방 멈춘다. 목 디스크 때문에 통증을 느낀다.) 에포케epoche는 그리스 회의주의 철학자들이 쓰던 말인데 '판단중지' 또는 '판단의 미결정 상태'라는 뜻이오. 어떤 대상에 대한 판단은 대상의 상태와 조건 그리고 판단하는 자의 입장에 따라 얼마든지 달라질 수 있소. 에포케는 그런 상황에서 그 대상의 옳고 그름, 진리의 유무有無를 함부로 단정할 수 없을 때 쓰는 말이오. 우리가 빨간 사과를 볼 때 빨간색은 의식에 내재해 있는 것, 즉 경험된 것으로 의식의 순수 현상으로서 환원되지만 과학적으로 기술되는 그 색깔의 성질과 양태 등은 모두 판단중지 되오. 결국 판단중지를 통하여 이 세상의 모든 것은 순수 현상으로 환원

된다고 할 수 있소. 이 현상학적 환원 뒤에 남는 사유 작용과 사유 내용을 각각 노에시스noesis, 노에마noema라고 부르오. 노에마는 질료에 노에시스가 작용해서 생겨난 의미라 할 수 있소. 간단히 말해 현상학은 바깥에 있는 객관적 사물과 사실들이 의미가 되는 과정, 즉 인간 주체성의 작용을 밝히는 과정인 셈이오.

유령 (알쏭달쏭한 듯 눈을 빠르게 깜박인다.) 그런 현상학적 관점과 표현이 도드라진 시들이 있소?

함기석 모든 시에 현상학적 시선과 사유가 드러나는 건 아니지만 부분적으로 그런 사유가 감지되는 시들은 많소. 오규원의 시에도 바깥 세계의 사물과 자연에 대한 현상학적 응시와 사유가 나타나오. 그의 시는 관습화된 통념과 자동화된 인식을 위반하오.

유령 그의 시에 왜 그런 시선과 사유가 나타나고 있는 거요?

함기석 (아랫입술을 위로 밀어올려 윗입술을 덮고는 생각에 잠긴다.) 글쎄, 원인을 명확히 규명하기는 불가능하겠지만 그의 언어관을 보면 어느 정도 추측은 가능하오. 그에게 언어는 사물을 단순 지시하거나 의미를 담아내는 추상적 그릇이 아니었소. 그는 언어를 사물과 마찬가지로 하나의 실체로 인식하는데 소리, 냄새, 빛깔, 체취를 지닌 생명적 대상으로 받아들이오.

유령 (어디선가 꽃냄새가 퍼져온다. 유령은 눈을 감고 냄새를 맡는다. 자신이 왜 그런 즉각적 행동을 하는지 전혀 의식하지 않은 채 계속한다. 잠시 후 눈을 뜬다.) 언어를 인간이나 동물처럼 살아 있는 육체, 호흡하는 신체로 받아들인다는 거요?

함기석 그렇소. 이는 시인이 언어의 절대성과 사물의 순수를 추구했음을 암시하오. 그러나 그 또한 김춘수처럼 언어가 타락한 현실 속에서 어떻게 훼손되고 어떻게 오염되는지를 목격하게 되오. 현실은 언어의 순수성이 보존되는 곳이 아니라 언어의 순수성이 훼손되는 장소라는 걸 깨닫게 되오.

유령 (뒤돌아서서 난간 반대편의 뜨란채 아파트를 바라본다.) 시인에게 현실이 어떤 곳이었기에 그런 자각이 들었을까요?

함기석 (아파트 단지 앞의 상가 건물들을 바라본다.) 자본주의사회에서 물신화되지 않는 것은 없소. 시인도 마찬가지고 시인들의 시집 또한 예외일 수 없소. 그는 자본주의사회에서 언어 또한 그런 변질의 물적 대상으로 전락하여 상처 입고 불순해질 수밖에 없음을 깨달은 것 같소. 나아가 사회적 통념이나 이데올로기로부터 자유로울 수 있는 대상은 거의 없는데, 언어 또한 그런 이념들의 구속대상이라고 생각한 것 같소. 그래서 아이로니컬한 언어운용을 통해 현실을 시니컬하게 반영하고, 현상 자체를 중요시하는 사물들의 세계로 나아간 게 아닐까 생각되오. 그의 '날生이미지' 시학은 인간 중심적인 시각과 관념으로부터 언어를 해방시키려는 의식의 고투 끝에 나온 결과로 보이오.

유령 (아파트 벽에 커다랗게 찍힌 숫자들을 쳐다본다. 201, 203, 207) 그런 현상학적 응시와 인식이 잘 드러나는 작품들에는 어떤 게 있소?

함기석 시집 『길, 골목, 호텔 그리고 강물 소리』(1995), 『토마토는 붉다 아니 달콤하다』(1999), 『새와 나무와 새똥 그리고 돌멩이』(2005) 등을 들 수 있소. 세 권 모두 재미있는 시집들인데 시인의 언어에 대한 존재론적 탐구, 존재와 현상에 대한 현상학적 탐구, 세계와의 대면 방식 등이 잘 드러나 있소. 원근법을 소멸시킨 평면적 응시를 통해 시인이 세계와 어떻게 대면하고 있는지 잘 드러나오. 인간의 관념과 통념을 배제하여 사물들의 순수성을 회복시키려 얼마나 애썼는지 시인의 마음과 숨결이 잘 느껴지는 시집들이오.

유령 (속으로 계속 중얼거린다. 길, 골목, 호텔, 강물소리 그리고 새똥, 새똥, 새똥⋯⋯)

4막. 존재의 절멸, 끝없는 사막

무대는 다시 3층 카페 안. 오후 7시 직전이다. 빛의 양이 줄면서 노랗고 빨갛게 빛나던 꽃과 나무들은 어둡게 변색되고 있다. 태양이 서쪽으로 기울면서 함기석 시인과 유령의 대화는 서서히 북쪽으로 기울기 시작한다. 유령의 몸이 아주 서서히 녹아 흐른다. 그러나 유령은 고통을 느끼지 않는다. 시간의 변화에 따라 동반되는 몸의 변화를 자연스럽게 받아들이며 유령은 말없이 창밖을 본다. 태양이 남긴 허공의 발자국을 물고 새들이 숲으로 날아간다.

유령 (허공에 검은 점처럼 찍힌 새들을 바라보며 묻는다.) 당신은 누구요?

함기석 (잠시 침묵한다.) 그림자요. 하나의 기호고 기호의 흔적이고 흔적의 흔적이오. 세계는 흔적과 흔적들이 뒤엉켜 이루는 거대한 시詩고, 실재하는 환영幻影의 숲이오. 이 기호들의 순환 고리 속에서 시간은 영속되고 인간은 누구나 절멸하오.

유령 (심각한 표정이다.) 그럼 난 당신의 환영이고 착란이고 꿈인 거요? 난 모르겠소. 왜 내가 오늘 이곳에 와서 당신을 만나게 되었는지 말이오.

함기석 우연일 것이오. 실은 나도 내가 왜 이곳에 왔고 당신을 만나게 되었고 골치 아픈 이야기들을 무수히 떠들었는지 모르겠소. 나도 내가 무엇인지, 왜 존재하는지, 과연 존재하기는 한 건지…… 모르겠소. 시가 뭔지 모르겠고, 어떻게 써야 할지 모르겠소. 그 모름을 알지만 그럴수록 모름이 점점 커진다는 사실만 계속 느낄 뿐이오. 절망이 점점 커지고 있소.

유령 (숙이고 있던 고개를 든다.) 우린 많이 닮았소. 당신도 나처럼 모르는 게 많다는 점에서 당신이 오랜 친구처럼 느껴지오. 방금 당신이 말한 그 느낌이 중요하오. 유령에게도 느낌이 있고 감정이 있소. 난 지금 당신의 고통을 설명할 수는 없지만 느낄 수는 있소. 당신이 느끼는 존재의 슬픔을 나 또한 느끼기 때문이오. 힘내시오.

함기석 (침울한 얼굴로 카페 바닥을 바라보다 작은 소리로) 고맙소.

유령 인간은 누구나 죽어가는 존재고 소멸을 향해 나아가는 존재요. 나 또한 당신처럼 무無 속으로 곧 사라질 것이오. 흘러내리는 나를 보시오. 존재에서 부재로 점점 사라지는 지금의 이 현장을 보시오. 나는 내 운명을 증오하지 않소.

유령은 고개를 돌려 서쪽 지평선을 바라본다. 지평선 아래로 사라지는 태양을 침묵 속에서 바라본다. 서녘 하늘이 점점 붉게 물들고 있다. 저 붉은 노을은 태양이 자신의 존재를 소멸의 세계로 옮겨 놓으면서 지상에 남기는 마지막 시고 음악이 아닐까? 유령은 그런 생각에 사로잡힌 채 점점 빛이 사라지는 콘크리트 숲을 바라본다.

함기석 (유령의 손을 잡으며) 당신도 너무 상심하지 마시오.

유령 고맙소. 솔직히 난 당신이 부럽소. 당신은 시를 통해 당신의 존재와 당신의 짧은 삶을 위로할 수 있잖소. 시를 통해 순간을 영원으로 고정시킬 수도 있잖소.

함기석 (유령의 눈동자를 가만히 바라본다. 깊고 검은 샘 같다.) 위로는 일시적인 것이고, 영원은 불가능하오. 나는 불멸을 증오하오. 불멸하는 삶보다 가혹한 형벌은 없을 것이오. 불멸의 시를 꿈꾼다는 것은 영혼의 치열함을 지향하는 행위이면서도 한편으로는, 자신의 존재의 처소 깊은 밑바닥까지 내려가보지 못한 자의 헛된 욕망일 것이오. 나도 나의 시도 당신처럼 당신이 바라보는 저 태양과 꽃과 나무들처럼 한계 속에서 천천히 소멸해갈 것이오. 나도 나의 운명을 증오하지 않소. 나는 당신이 나의 유령이라는 사실이 자랑스럽소. 자 이제 원래대로 우리의 위치를 바꿉시다.

둘이 동시에 자리에서 일어선다. 자리바꿈이 일어난다. 함기석 시인의 몸에 들어 있던 혼魂이 빠져나가 떠도는 함기석이 되고, 바닥으로 흘러내리던 유령이 발등을 타고 몸속으로 빨려들어간다. 자리바꿈이 이루어지는 몇 초 동안 몸은 가는 유리막대처럼 파르르 떤다. 태양은 이제 지평선 아래로 완전히 가라앉아 보이지 않는다. 유령은 천천히 눈을 뜬다. 사방이 어둠에 고요히 물들고 있다.

유령 (자기의 몸 이곳저곳을 손으로 만져보면서) 약속대로 몸을 돌려주어서 고맙소. 오랜 시간 동안 나는 내 몸이 무슨 생각을 하며 존재하고 있었는지 몰랐었소. 오늘 당신의 말을 통해 나는 다시 나의 육체와 존재를 생각해보게 되었소.

함기석 (연기처럼 공중에 떠 있다.) 이제 당신은 당신의 자리로 돌아갔으니 그 자리에서 이 자리의 내게 말해주시오. 시가 무엇인지 시인이 무엇인지 말이오.

유령 나도 모르오. 내겐 시적 대상에 대한 사고, 사고에 의한 앎보다 감정에 의한 느낌과 느낌의 증폭이 더 중요하오. 오늘 나는 당신을 통해 내가 인간임을 느끼면서 동시에 인간임에 회의를 느끼오. 시인? 시인이 뭐냐고? 시인은 빛과 어둠을 한몸에 지닌 야누스요. 한쪽 눈이 빛 속의 태양을 볼 때, 한쪽 눈은 어둠 속의 달을 보오. 한쪽 눈이 지성의 눈빛으로 세계의 심장을 투시할 때, 한쪽 눈은 항거의 눈으로 세계의 썩은 음부를 어루만지오. 시인은 이 상반된 아니 결코 상반될 수 없는 두 세계를 처음으로 되돌려 다시 창조하는 생명의 존재일 것이오.

함기석 (유령의 머리 위를 천천히 돈다.) 신에게 도전하는 자란 말이오?

유령 (고개를 들어 공중을 떠도는 혼을 바라본다.) 신적 질서의 폭력과 억압에 대항해야 한다는 말이오. 신의 이름을 교묘하게 빌려서 인간이 재편한 인간 중심의 무제한적 법과 질서가 세계를 구속하고 사물들을 고문하기 때문이오. 세계와 세계를 구성하는 모든 생물, 무생물들로부터 자유를 박탈하기 때문이오. 시인이 종교적 교리의 하수인이 되어서는 안 되는 이유가 여기에 있소. 시인의 언어가 신-인간, 종교-예술의 종속관계를 공고히 하는 역할을 해서는 안 되오. 시가 시인의 하수인이 되어서도, 종교적 도그마가 되어서도 안 되오.

함기석 (방금 전까지 자신이 앉아 있던 빈 의자를 바라본다.) 사물들은 사물의 최초 자리로 돌아가 각자의 자유를 되찾아야 하고, 그 임무를 시인이 수행해야 한다는 말로 들리오. 그 과정은 필시 위험한 모험이 될 터인데, 두렵지 않소? 그리고 실질적인 사안은 시인 자신의 의지나 정신이 아닌 언어, 언어의 역할이 무엇보다 중요할 것이오. 언어가 과연 그 목표를 충분히 수행할 능력과 잠재력을 갖고 있다고 보시오?

유령 (왼손 엄지와 검지로 입술 끝을 만진다.) 반드시 그렇지는 않소. 언어는 인간처럼 유한자고 한계적 존재요. 인간의 이성이 만든 가장 아름다운 창조물이면서도 가장 그로테스크하고 흉측한 살해자이기도 하오. 그 살해의 궁극적 대상은 바로 인간이 될 것이오.

함기석 (조금 아래로 내려와 유령의 얼굴을 정면으로 바라본다.) 그게 무슨 말이오?

유령 인간이 창조한 문명에 의해 인간의 운명이 파괴되는 것처럼 신이 창조한 인간에 의해 신이 붕괴되는 카오스 항구에 우린 이미 오래전에 닻을 내렸소. 그때부터 언어는 인간의 종속에서 벗어나 인간을 공격하기 시작했소. 언어는 수동성을 버리고 능동적으로 움직이기 시작했소. 자신의 육체 안에 은폐되어 있던 공격적 충동과 무의식을 에너지로 자발적으로 움직이고 있단 말이오.

함기석 현대의 시가 그렇다는 말이오?

유령 (카페 천장에서 탁자로 불빛이 설탕처럼 쏟아지고 있다. 손으로 탁자를 문지르며) 그렇소. 현대 시의 언어는 그런 중층적이고 복합적인 성격과 심리를 지닌 불합리한 존재요. 유한성과 무한성, 논리성과 비합리성을 한몸에 지닌 규정 불가능한 존재요. 그런 언어들이 인간과 세계의 내부를 집요하고 파고들고 있소. 무언가를 향해 나아간다는 목표점 자체를 버리고 본능적으로 움직이고 있소. 나는 그런 언어들의 움직임과 움직임의 불규칙 패턴이 중요하다고 생각하오. 그러나 언어들의 그런 충동적 움직임에 대한 나의 충동적 느낌 또한 중요하다 생각하오.

함기석 언어를 하나의 물적 존재 또는 동물적 본능을 지닌 생명체로 인식한다는 말 같소. 좋소. 그럼에도 불구하고 언어는 언어의 자율성 때문에 사물들의 자유를 회복하는 데 실패할 가능성이 훨씬 크다고 판단되오. 어떻게 생각하시오?

유령 (탁자에 놓인 노트북 모서리를 손끝으로 톡톡 친다.) 나의 시는 실패의 기록이오. 시는 바람이 불면 일순간에 사라질 사막 위에 찍히는 발자국 같은 것이오. 불멸을 생각했다면 나는 애초에 이 극지의 길을 택하지 않았을 것이오. 이 또한 시와 종교의 차이점이기도 할 것이오. 종교는 내세의 삶, 후생의 낙원을 상정하지만, 나의 시는 현생의 고통과 질곡 속에서 태어나오.

함기석 사후의 영원성을 그리는 시들도 있지 않소.

유령 (노트북 자판을 순서 없이 이것저것 톡톡 건드린다.) 그런 시들은 역설적으로 현생의 비극과 한계를 명료하게 인식하기 때문일 것이오. 초현실적 꿈과 이데아를 갈망하는 시들도 현실의 비극과 고통이 거울처럼 반대의 영상으로 비친 것이라고 나는 생각하오. 시는 결과가 아니라 과정이고 그 과정은 모두 순간으로 사라지는 법이오. 당신과 나처럼, 휘발되는 사물들의 세계 속에서 그 휘발됨의 현상 속으로 우린 모두 홀로 걸어가는 것이오.

함기석 (빈 의자로 내려와 잠시 앉아본다.) 외롭지 않겠소? 자유라는 선험적 명제, 그게 과연 구현 가능하겠소?

유령 (깊게 숨을 들이마시었다가 천천히 내쉰다.) 외롭지 않는 삶, 고독하지 않는 존재가 어디 있소? 사물들은 늘 인간이 구획한 무자비한 질서 속에 침묵의 상태로 남아 있소. 침묵이 가장 큰 비명임을 당신도 잘 알 것이오. 나는 나의 삶이 내 죽음의 선험적 명제라고 생각하오. 내겐 참과 거짓, 그 명제의 옳고 그름의 판단 자체가 중요한 것이 아니라 그것의 오류, 그 오류의 오류들을 가슴 깊이 끌어안고 어떻게 삶의 현장에서 구체화하여 펼칠 것인가가 더 중요하오. 좀더 아름답고 좀더 유려한 방식으로, 좀더 호응과 공감대를 높일 수 있는 방식으로 나는 나의 삶과 시를 풀어갈 수도 있소. 그러나 그것은 내가 나의 몸과 삶에게 솔직하게 정면으로 대면하는 방식이 아니라오. 사실을 사실이 아닌 것으로 은폐하고 위장하는 졸렬한 방식을 나는 나에게 쓰고 싶지 않소. 나는 많은 것을 잃더라도 그 폐허 속에서 진실을 볼 것이오.

함기석 (아무 말도 하지 않는다. 계속 말이 없다. 다시 천천히 공중으로 떠오른다.)

유령 나는 풍경과 사물들로 이루어진 이 세계가 기호들의 집합체라 생각하오.

함기석 (천장까지 올라갔다가 내려오면서) 집합체? 그것의 의미와 가치는 뭐요?

유령 의미와 가치는 부산물이오. 사물들은 사물 자체로 존재할 뿐 의미는 인간이 부여하는 질서 속에서 파생되는 부산물이오. 의미가 존재보다 선행할 수는 없소.

함기석 그럼에도 불구하고 세계는 인간이 만든 체계 속에서 인간의 상상과 이성에 의해 흘러가고 있지 않소.

유령 맞는 말이오. 그러나 시인은 그 위계질서의 한계와 모순을 회의하고, 시간의 위계적 흐름을 위반하고 역행하는 행위를 통해 세계를 재편하는 자들이오. 사물과 세계의 순수를 응시하고, 위악적인 폐허의 현실 속에서 순수와 자유를 회복하려는 자란 말이오.

함기석 (천천히 옆으로 퍼지면서 흩어진다.) 세계가 기호들의 집합체라면 당신도 나도 하나의 차가운 기호존재라는 말이 되오. 그럼 세계를 기호들의 그림이라고 볼 수도 있는 거요?

유령 그렇소. 세계는 일반화된 기호와 특수한 기호들이 모여 이루는 거대한 추상화일 수도 있소. 잠시도 쉬지 않고 움직이면서 변하는 그림말이오.

함기석 기호들이 움직이기 때문에 그림 자체가 끊임없이 변한다는 말이오?

유령 (흰 컵에 남은 에스프레소를 마신다. 혀로 입술을 문지른다.) 그 움직임 때문에 의미는 고정될 수 없는 것이오. 당신도 나도 지금 하나의 기호로서 이 자리, 이 시공간에 찰나적으로 있는 것이오. 잠시 전까지만 해도 당신은 나의 대리물로서 내 육체 속에서 자신의 존재를 발설하지 않았소. 당신은 지금의 당신과 조금 전까지 당신 중에서 무엇이 가상이고 무엇이 실재라고 생각하시오. 지금 내가 속해 있는 내 존재의 유일한 근거지인 이 육체 또한 사실은 살을 담은 기이한 자루고 텅 빈 동굴이오.

함기석 (당혹스러운 표정이다. 카페 저편에서 간헐적으로 사람들의 웃음소리가 들려온다.) 당신과 나, 우리가 지금 이렇게 찰나 속에서 영원히 마주보고 있음이 난 중요하오.

유령 (에스프레소를 모두 마시고 창밖 하늘을 바라본다.) 그러나 기나긴 시간의 흐름 속에서 보면 당신과 내가 마주하는 이 찰나의 영원성도 티끌에 지나지 않소. 거대한 시간 앞에 순간이 아닌 것이 과연 있을 수 있겠소? 어찌 보면 당신과 내가 기호로서 등장하는 이 시간, 이 공간을 포함한 이 세계 자체가 참담한 시, 비극의 시인 것이오.

함기석 세계가, 당신과 내가 함께 쓰는 찰나의 시詩에 불과할 수도 있다는 말이오?

유령 그렇소. 그래서 내가 주목하는 것은 당신과 나라는 존재기호들의 의미와 가치가 아니라 당신과 나 사이에 존재하는 여백, 그 무수한 공백, 그 무수한 행들 사이로 무수히 휘발되어 사라지는 것들이오. 말은 의미를 드러내는 단순 도구가 아니라 의미의 실종, 자아의 실종, 세계의 실종을 직면케 하는 현실적 각성제이기도 한 것이오. 말은 혹독한 거울, 차갑게 금이 간 거울이오. 나는 계속 느끼오. 당신이 돌려준 이 작은 육체 속에서 느끼오.

함기석 무엇을 느낀다는 말이오?

유령 (말없이 노트북의 빈 한글 파일을 하나 연다.) 모든 종국적 물음은 결국 '나의 존재와 무無'로 귀결된다는 사실 말이오. 이 질문은 세계의 처음이자 끝이오. 이 질문을 통해 시인은 자신과 자신이 속한 시공간에 대해 재성찰하고 재인식해야 하오. 나의 존재형식에 대한 근원적 질문이 나에게서 세계로 확산되어나갈 때 시 또한 확장되기 때문이오. 문제는 그 확장의 형식이오. 그것이 파괴의 형식을 취할 수도 있는데, 그 파괴가 미지의 세계를 여는 약진躍進 행위가 되길 바랄 뿐이오.

함기석 당신의 삶과 시가 함께 그렇게 되길 빌겠소.

유령 고맙소. 이제 당신은 어디로 갈 것이오?

함기석 (천천히 카페 안을 돌다 출입문 쪽으로 간다.) 잘 모르겠소. 오랫동안 당신이 그랬듯, 나도 이 세계 속을 오래도록 떠돌 것이오.

유령 (작고 낮은 목소리) 잘 가시오.

함기석 (카페를 나선다. 점점 멀어지다 소실점 자리에서 잠시 멈추어 선다. 뒤돌아서서 유령을 향해 손을 흔든다. 어둠 속에 서 있는 그의 주변에 불빛이 수천 마리 나비처럼 나풀거리고 있다.)

카페 안 혼자 남겨진 유령. 침묵이 흐른다. 클래식 선율이 차고 낮게 흐른다. 음의 물결을 타고 한 아이가 걸어온다. 한 손에는 꽃, 한 손에는 카메라. 아이는 유령에게 꽃을 건네준다. 몇 걸음 뒤로 물러나 사진을 찍는다. 탁자에 고개를 숙인 채 앉아 있는 유령의 뒷모습을 찍는다. 인화된 사진을 건네주고는 말없이 뒷문으로 나간다. 아이가 떠나고 유령은 사진을 본다. 사진 속엔 아무도 없고 기나긴 능선의 사막만 끝없이 펼쳐져 있다.

침묵이 계속된다. 클래식 선율이 계속 차고 낮게 흐른다. 유령은 탁자에 사진을 내려놓고 다시 본다. 사진 속 사막의 끝으로 하나의 점이 되어 사라져가는 함기석 시인을 발견한다. 모래바람에 천천히 지워지고 있는 그의 뒷모습을 보며 유령은 시작한다. 떠나간 그를 기억하며 언젠가 다시 돌아올 그를 기다리며 유령은 시작한다. 그가 남긴 작은 육체 속에서 그가 남긴 작은 노트북에 글을 시작한다. 제목을 쓴다. 가배시광珈琲時光에서의 고독한 대화.

20부

밖에 웃는 사람들, 우리는 진짜인가?

—

흩날리는 눈발 사이로 새들이 날아간다. 붕붕거리는 하얀 벌떼
처럼 눈들은 허공을 떠돌다 어디론가 사라진다. 새들이 내려앉은
솔숲 위에서 하늘이 펄럭인다. 하늘을 만져본다. 하늘은 표면이 없
어 손으로 만질 수가 없다. 형태도 크기도 무게도 가늠할 수 없다.
하늘은 변화하는 유기적 총체의 공간일 뿐 그려질 수 있는 어떤 대
상이 아니다. 이 아님, 이 부정이 공간에 대항하는 투쟁을 낳고 현
대의 예술은 공간과의 싸움, 시간과의 싸움, 통념과의 싸움, 예술
과의 싸움, 현대성과의 끝없는 싸움에서부터 출발한다.

화가들은 자신의 예술품 속에 담기는 이미지 공간, 그런 공간들
을 담고 있는 캔버스라는 공간, 캔버스가 전시되는 현실이라는 공
간, 그런 현실들을 몸에 담고 흘러가는 현대 사회라는 괴물과의 투
쟁을 통해 현대 너머의 또다른 세계로 모험을 떠난다. 화가들은 색
채, 형태, 재료, 기법 등과의 싸움을 통해서, 음악가들은 소리, 상
상, 침묵이 구현되는 악보라는 추상의 음률 공간을 통해서, 시인들
은 언어, 꿈, 형식 등과의 싸움을 통해서 새로운 우주로 탐험을 떠
난다. 그러기에 현대의 예술가들은 안정이 아닌 불안정, 확정이 아
닌 불확정, 결정이 아닌 미결정, 빛이 아닌 어둠의 좌표 속을 점처

럼 떠가는 미지의 탐험 우주선들과 흡사하다.

어른들이 풍경화 속에 하늘을 그릴 때 사실은 하늘을 그리는 것이 아니라 하늘과의 거리를 그리는 것이다. 하늘이라는 대상에 대한 자신의 고정관념을 그리는 것이다. 어른들이 문장 속에 구름을 표현할 때 사실은 구름에 대한 통념과 관습적 이미지를 표현하는 것이다. 이때 예술적 표현의 대상이 된 하늘과 구름은 어른들의 정형화된 시각과 해석의 감옥에서 얼마나 답답하고 상처받을까. 그런데 아이들의 그림이나 동시에는 이런 거리가 소멸하고 사물의 형태나 크기가 아주 자연스럽게 변형되어 나타난다. 의식과 사고 이전의 감각들이 매우 유머러스하게 등장한다. 아이들은 하늘을 접어 바지 주머니에 넣고 다니기도 하고 구름을 주물러 장난감 강아지를 만들기도 한다. 좋아하는 사람의 얼굴은 17층 아파트보다 더 크게 그리고 입이 코 위에 붙은 사람들을 멋지게 만들어내기도 한다. 이러한 아이들의 지각 패턴을 신체 기관과 감각 기관의 미성숙 때문이라고 단정해서는 안 될 일이다. 예술사는 단순히 말해 지각 패턴 변화의 역사가 아니던가.

할머니를 늘 공항에서 배웅하던 어린 소년이 있었다. 소년은 할머니를 태운 비행기가 점점 멀어지다가 하늘 속으로 쏘옥 사라지는 것을 늘 신기해했다. 그러던 어느 날 처음으로 비행기를 타게 되었다. 비행기가 활주로를 달리며 날아오르기 시작하자 아이는 상기된 표정을 지으며 옆자리의 친구에게 속삭인다. "우린 언제부터 작아지기 시작할까?" 나는 아이들의 이런 천진한 눈길과 마음이 담긴 예술 작품을 좋아한다. 회화가 회화이기를 그치는 한계에 도달하려는 회화들, 조각이 조각의 전형을 거부하고 탈脫조각으로 비상하려 꿈꾸는 조각들, 음악이 음악의 확정된 국경을 월경越境하려는 음악들, 시가 시의 제한된 도구적 기능과 형식을 넘어서려는 낯선 모험의 시들을 좋아한다. 고착된 시선에 대한 반항과 도전이 유머와 익살로 표출된 창조물들을 좋아한다.

낙서나 아이들의 그림을 연상시키는 장 뒤뷔페(Jean Dubuffet, 1901~1985)의 작품에서 내가 우선적으로 만나는 것은 선의 자유분방함이다. 선들의 속도와 흐름 속에 스미어 있는 해학과 위트에 나는 매료된다. 〈전화 고문〉〈벽에 오줌 누는 사람들〉〈영양 섭취〉〈코 푸는 사람〉 같은 작품들에는 작가 특유의 유머 감각과 비판적 농담이 천진하게 스미어 있다. 일반적으로 작품 형성의 3요소라 하면 예술가, 대상, 재료를 말하는데, 화가가 대상과 재료를 선택하고 조종하는 것과 달리 뒤뷔페는 재료의 자발성에 큰 비중을 두고 작업을 한다. 그에게 재료는 화가의 의도보다도 더 많은 능력을 가진 신기한 마티에르인 것이다. 그는 물감에 모래나 유리 조각 같은 것들을 섞어 바르기도 하고, 화면을 긁거나 파는 것처럼 상처를 내기도 한다. 당연히 화가의 의도보다 재료 자체에 의해 발생되는 우연성이 화폭에 담기면서 화가의 무의식까지 드러나게 된다.

뒤뷔페가 재료의 자발성에 관심을 기울인다면 호안 미로(Joan Miro, 1893~1983)는 행위 중심의 표현 방식에 관심을 기울인다. 그는 밑그림 없이 직접 캔버스에 직접 그림을 그린다. 어떤 대상이나 주제를 미리 설정해놓고 작업을 시작한 것이 아니라 무無에서 출발한다. 물감을 흘리거나 붓을 미끄러뜨려 엉뚱한 이미지들을 탄생시킨다. 그에게 캔버스는 대상이나 이미지를 담는 그릇이 아니라 추상 기호들의 초현실적 유희 공간이었던 것이다. 이러한 작업을 통해 회화는 구체적 이미지 중심의 사고로부터 출발해야 한다는 고정관념을 무너뜨린다.

이런 행위 중심의 회화 표현을 극단적으로 밀고 나간 화가로 잭슨 폴록(Jackson Pollock, 1912~1956)이 있다. 바닥에 엄청나게 큰 화폭을 깔아놓고 물감을 뿌리거나 흘리는 드롭 페인팅을 시도했던 폴록은 그렇게 함으로써 회화의 일부가 된 느낌을 받는다고 고백한 적이 있다. 그는 그리는 대신에 뿌리고 던지고 밟고 뭉갠다. 이는 회화가 화가의 자아 표현이라는 기존의 관념을 넘어선 것이고, 화폭은 현실이나 대상을 재현, 구성, 분해하는 표현 공간이라기보다는 행위를 위한 경기장 혹은 행위 자체로의 몰입을 체험하는 놀이 공간에 가깝다. 뒤뷔페가 재료의 물질성을 문제 삼았다면 폴록은 재료들의 복합 공간인 화폭과 회화의 평면성을 문제 삼았던 것이다.

나는 폴록의 즉흥적이고 무의식에 가까운 창작 행위도 좋아하지만 그와 비슷한 시기에 활동했던 윌렘 드 쿠닝(Willem de Kooning, 1904~1997)의 거칠고 과격한 붓놀림도 좋아한다. 그의 터치는 난폭하고 공격적이지만 그만큼 섬세하고 매혹적이다. 그들은 모두 그린다는 행위란 무엇인가라는 문제에 대해 근본적 회의와 부정을 통해 이전과는 다른 회화를 모색했던 예술가들이다. 나는 그들의 이러한 관점을 소중하게 생각한다. 왜냐하면 그린다는 것은 단순한 테크닉이 아니라 삶의 중요한 창조 행위이고 작품 속에 당연히 그 행위 과정이 녹아들어 있어야 하기 때문이다.

어떤 예술품을 감상할 때 나는 가능한 한 감각과 본능에 따라 즉흥적으로 반응하고 상상하는 편이다. 그와 동시에 내게 전해진 감동과 울림의 세부를 확인하기 위해 대상 예술품을 정밀하게 해부하고 분석하기도 한다. 내게 글쓰기는 이 두 개의 시스템이 중층적으로 작동하는 과정이다. 무의식과 의식이 지속적으로 오가는 길항과 배반의 과정이다. 그래서 나는 글을 쓸 때 한없는 자유를 느끼면서도 강력한 억압을 동시에 느낀다. 그래서 글쓰기 자체를 문제시하고 일탈을 꿈꾸는 건지도 모른다. 나는 글을 쓰면서 글의 소멸을 꿈꾸고, 글의 양이 늘어날수록 글의 최소화를 욕망한다. 극소화된 자아와 언어와 세계의 삼위일체를 무의식적으로 욕망한다. 이처럼 사물이 갖는 시각적 형태를 극소화하려는 예술가들이 있다. 이들은 주로 순수 추상 계열의 작가들이다.

순수 추상이란 무엇인가? 이 물음은 시에서 본다는 감각 행위와 표현한다는 언어 행위와 해석한다는 감상 행위는 무엇인가라는 문제와 연결된다. 어떤 사물을 본다는 것은 그 대상을 전체 속의 하나의 장소 하나의 공간에 위치시킨다는 것이다. 대상에 내재된 시간과 이미지와 내적 긴장을 동시에 감각한다는 것이다. 회화에서의 긴장은 형태, 색채, 명암, 배경 등에 의해 유발되고, 음악에서의 긴장은 음의 파고, 파장, 공간, 연주자의 감정 등에 의해 유발되고, 시에서의 긴장은 리듬, 형식, 대상, 서사, 화자의 미묘한 심리 등에 의해 유발된다. 어느 장르든 예술의 대상은 물적 대상 자체를 넘어선 주관적 오브제이면서 크기와 방향을 갖고 꿈꾸기를 멈추지 않는 비물질적 정신인 것이다.

말레비치(Kazimir Severinovich Malevich, 1878~1935)는 물적 대상들을 기하학적으로 제거하여 추상의 세계로 진입한다. 나에게 말레비치는 이상하고 아름다운 누드 해변이다. 이곳에서 사물들은 옷을 벗는다. 구두를 벗고 모자를 벗고 양말을 벗는다. 모래는 모래라는 인식의 옷을 벗고 정물은 정물이라는 형태의 옷을 벗는다. 사각형은 사각형을 벗고 새로운 사각형으로 탄생한다. 그는 사물들을 사각형으로 치환하는 것이 아니라 사물들을 사물들 밖으로 완전히 내보냄으로써 사각형을 낳는다. 거기에 자신이 투영된 색을 입힌다. 말레비치의 추상 회화는 인간과 세계의 단절, 자아와 대상 간의 단절, 언어와 사물 사이의 간극을 직시하게 한다. 그 관계의 미학에 대한 비판적 해석과 반성의 시간을 갖게 한다. 색과 형태가 환기시키는 비非물질성, 비非대상성을 생생하게 체험하게 한다.

언어를 통해 언어를 부정하고자 하는 현대의 시인들처럼 아이러니컬하게도 그의 사각형 그림들은 사각형의 시선에 의해 사각형으로 구획된 사각형의 세계를 사각형을 통해 지워버린다. 엄밀히 말해서 말레비치의 사각형 회화에 사각형은 없다. 그의 사각형은 어떤 생물 혹은 무생물, 즉 하나의 대상을 단순 추상화시켜놓은 추출물이 아니다. 대상의 표현 불가능성을 사각형이라는 극단적 형식으로 시각화하고 있는 것이다. 사각형은 언제나 열려 있고 붉은 사각형은 언제나 붉게 비어 있다. 그에게 사각형은 소멸로 가는 존재의 입구였던 셈이다. 그가 후에 흰 바탕 위에 흰 사각형을 그려

세계와 사물의 무無를 직시하라고 한 것은 당연한 귀결이다.

앞에서 언급한 몇몇 예술가들은 기존의 미적 가치관이라는 벽에 오줌을 갈긴 작가들이다. 화가 자신의 신체 개입이 작품의 리얼리티를 결정하는 중요 요소로 작용하는 행위적 회화 작업을 한 예술가들이라 할 수 있다. 행위에는 필연적으로 시간이 개입되고, 행위의 연속은 운동이라는 개념으로 확장될 수 있다. 그러니까 그들은 공간의 변형, 빛의 변형, 통념의 해체를 통해 사라진 시간과 함께 사라진 세계, 사라진 꿈, 사라진 자아, 사라진 자신의 흔적과 고통을 함께 그린 것이다. 혹자는 그들의 작품이 추상적이고 모호해서 현실감이 없다고 말하지만 내가 보기엔 어떤 구체적인 예술품보다 더 구체적이고 현실적이다. 그들은 모두 기존의 화법과는 다른 방식으로 일생을 통해 자신과의 싸움에 치열했고 진실했다. 내가 그들의 예술과 예술 정신을 사랑하는 것은 그 때문이다.

독일의 가수이자 배우이고 파스빈더(Rainer Werner Fassbinder, 1945~1982) 영화감독의 아내이기도 했던 잉그리드 카벤(Ingrid Caven, 1938~)에 관한 이야기가 떠오른다. 한 남자와 한 여자가 호텔에 숨어 있다. 그들은 도피중인 사기꾼 커플이다. 경찰의 추적을 피하기 위해 그들은 다시 가방을 챙긴다. 여자는 벽에 걸려 있던 재스퍼 존스(Jasper Johns, 1930~)의 그림을 가방에 챙겨 넣는다. 남자가 의아한 듯 묻는다.

"이 그림 가져가려는 건 아니지? 모조품이잖아?"

그러자 여자가 말한다.

"그럼, 우리는, 우리는 진짜인가?"

고독한 대화

ⓒ 함기석 2017

초판 1쇄 인쇄 2017년 1월 9일
초판 1쇄 발행 2017년 1월 19일

지은이 함기석
펴낸이 김민정
편집 김필균 도한나
표지 디자인 고은이
본문 디자인 이원경
마케팅 정민호 나해진 김은지
홍보 김희숙 김상만 이천희
제작 강신은 김동욱 임현식
제작처 영신사

펴낸곳 (주)난다
출판등록 2016년 8월 25일 제406-2016-000108호
주소 10881 경기도 파주시 회동길 210
전자우편 blackinana@hanmail.net | 트위터 @blackinana
문의전화 031-955-2656(편집) 031-955-8890(마케팅) 031-955-8855(팩스)

ISBN 979-11-959077-8-6 03810